HEYNE <

Das Buch
Vivian und Leni sind zwei scheinbar ganz normale Mädchen. Sie leben zusammen in einer WG in Köln, die sie nur nachts verlassen, aber das reicht ja auch, wenn man Party machen und Jungs kennenlernen will. Dumm nur, dass beide noch dieselbe Frisur haben wie 1989, als sie in Vampire verwandelt wurden. Dumm auch, dass sie, wenn sie sich verlieben, das Objekt der Begierde immer gleich beißen wollen. Dumm auch, dass gängiges Make-Up für ihre bleiche Haut nicht geeignet ist. Aber immerhin haben sie allen sterblichen Frauen eines voraus: Sie sind hübsch in alle Ewigkeit. Bis einer dieser Ewigkeit ein Ende setzen will.

Die Autorin
Emma Flint, geboren 1975 in Bonn, hatte schon vor ihrem Sportstudium ein Faible für Geschichten, die das Leben schreibt, und für Geräte mit Tastatur. Der Beruf der Kassiererin verband beides. Da nach Einführung der Scannerkassen diese angestrebte Karriere an Attraktivität verlor, blieb nur noch der Laptop, um beiden Leidenschaften gleichzeitig nachzugehen.

Emma Flint lebt als freie Journalistin in Köln. *Hübsch in alle Ewigkeit* ist ihr erster Roman.

Emma Flint

Hübsch in alle Ewigkeit

Roman

WILHELM HEYNE VERLAG
MÜNCHEN

FSC
Mix
Produktgruppe aus vorbildlich
bewirtschafteten Wäldern und
anderen kontrollierten Herkünften

Zert.-Nr. SGS-COC-001940
www.fsc.org
© 1996 Forest Stewardship Council

Verlagsgruppe Random House FSC-DEU-0100
Das für dieses Buch verwendete FSC-zertifizierte Papier
Holmen Book Cream liefert Holmen Paper, Hallstavik, Schweden.

2. Auflage
Originalausgabe 05/2010

Redaktion: Christiane Wirtz
Printed in Germany 2010
Umschlagillustration und Umschlaggestaltung:
© Eisele Grafik Design, München
Satz: Uhl + Massopust, Aalen
Druck und Bindung: GGP Media GmbH, Pößneck
ISBN: 978-3-453-53343-1

www.heyne.de

Heute

Die beste Entscheidung meines Lebens war zu sterben. Ich bin zwanzig Jahre jung und bleibe es. Für immer. Ich habe ewiges Leben und fast keine Cellulite! Man könnte also sagen, ich lebe den Traum aller Menschen. Wenn da nur nicht diese Frisur wäre! Untot mit einer Achtzigerjahre-Dauerwelle, die dazu noch rechts kürzer ist als links, aber nur ein bisschen, weil der Friseur gemeint hatte, asymmetrisch wäre in, aber sich dann doch nicht getraut hatte, Nägel mit Köpfen zu machen. Bis in alle Ewigkeiten (und ich meine *Ewigkeiten!*) einen Haarschnitt tragen zu müssen, der irgendwo zwischen Cyndi Lauper und Wolle Petry liegt? Das ist ja wohl ziemlich nah am Fegefeuer.

»Verdammt«, schimpfe ich und schleudere die Bürste weg. »Da ist nichts mehr zu retten.«

Vivian schaut gar nicht vom Computermonitor hoch, während ich wütend auf das Frisurendesaster glotze. »Du hättest mich wirklich warnen müssen!«, fahre ich sie an.

»Meine Güte, mach doch nicht jedes Mal so einen Aufstand!«, sagt Vivian. »Wie oft willst du dich noch darüber aufregen, dass unsere Haare nicht mehr wachsen?«

»Na und? Ich bin vielleicht seit einundzwanzig Jahren Vampirin, aber das heißt noch lange nicht, dass ich mich mit dieser potthässlichen Frisur anfreunde. Man muss auch als Untote einen Rest Würde bewahren.«

Frustriert streiche ich über das aufgeplusterte Gekräusel.

»Ich weiß gar nicht, was du dich so anstellst, die Achtziger sind doch wieder total angesagt!« Vivian unterdrückt ein Lachen. Diese gemeine Kuh!

»Ja, jetzt gerade vielleicht. Aber nächstes Jahr lachen mich wieder alle aus.«

»Sei einfach froh, dass du dir damals nicht auch noch die orangenen Strähnchen hast machen lassen.«

»Stimmt, das wäre der absolute Horror gewesen«, grusele ich mich und betrachte meine dunkelblonden Haare mit den hübschen hellen Sonnenreflexen.

»Und eigentlich ähnelst du eher Kylie Minogue, als sie *The Locomotion* gesungen hat.«

»Ha ha.«

»Auf jeden Fall siehst du so dünn aus wie sie damals.«

»Meinst du wirklich?« Ich drehe mich vor dem Spiegel. »Auf jeden Fall bin ich so dünn wie noch nie«, stelle ich befriedigt fest. Aus dem Augenwinkel sehe ich, wie Vivian mit den Augen rollt. »Hey, das habe ich bemerkt!« Ich werfe mein nutzloses puscheliges Haargummi nach ihr. »Außerdem hast du leicht reden.« Vivian sieht mit einem Meter fünfundsiebzig von vornherein schlanker aus als ich mit eins achtundsechzig. Und sie hat lange schokobraune Haare mit schickem, zeitlosem Stufenschnitt.

»Wieso? Du hast immerhin Locken. Und ich nicht!«, sagt sie patzig. »Ich leide genauso darunter, dass Vampire sehr eingeschränkte haartechnische Möglichkeiten haben.«

»Dass deine Lockenwickler nicht mehr funktionieren, ist doch wohl lang nicht so schrecklich wie diese Zotteln. Du kannst dir einen Pferdeschwanz machen *und* die Haare hochstecken! Also hast du es viel besser als ich!«

Vivian widmet sich wieder dem Internet und antwortet nicht. Muss sie auch gar nicht. Die Antwort, die sie mir gegeben hätte, kenne ich sowieso schon. Schließlich führen wir diese Diskussion ungefähr dreimal die Woche. Und das, seit asymmetrische Dauerwellen out sind, also seit mindestens 1991. »Ich weiß, ich soll eine Mütze anziehen und den Mund halten ...«

»Ach, du Scheiße«, entfährt es Vivian. »Der Vampirkiller hat wieder zugeschlagen.« Ich beuge mich über ihre Schulter und lese die Überschrift in der Internetzeitung *Blut*, dem Zentralorgan der Vampir-Community Deutschlands. »Fünftes Opfer! In Gelsenkirchen wurde in den späten Nachtstunden Heribert Kaminski in seiner Wohnung gepfählt und enthauptet aufgefunden. Auch diesmal hinterließ der Mörder eine Fledermauskralle. Heribert Kaminski war ein allseits beliebtes Mitglied in der Gelsenkirchener Vampirgesellschaft und Vorstandsvorsitzender des Schalke-Fanclubs Blau-Weiß-Untot. Sein Verlust ist tragisch ...«

Pang! Pang! Pang! Das Klopfen an der Tür hallt durch unsere kleine Souterrainwohnung, und ich packe vor Schreck Vivians Schultern. »Aua!«, ruft sie. »Was soll das?«

»Äh, ich hab mich erschrocken«, flüstere ich und schiele ängstlich zur Tür.

»Meine Güte, das wird schon nicht der Vampirkiller sein.« Sie steht auf.

»Aber was, wenn doch?«

»Dann nützt es auf jeden Fall nichts, wenn du flüsterst.«

Ich räuspere mich und sage lauter: »Wir brauchen wirklich diese verdammte Sicherheitstür, dann wäre mir wohler.«

Vivian geht zur Tür und öffnet. Es ist Herr Hennes, unser Vermieter, den wir seit unserem Einzug vor zwei Monaten nur noch den Blödmannsvermieter nennen. Er hat sich nämlich total angestellt, weil wir eine Satellitenschüssel haben wollten. »Wozu um alles in der Welt brauchen Sie eine Satellitenschüssel, wenn es hier doch Kabel gibt?«, hatte er gefragt. Leider konnten wir ihm nicht erklären, dass wir nur über Satellit deutsches Vampir TV, den englischen Vampire Channel, Blood-Shop-TV und Transsilvania Broadcast empfangen können. »Der Typ im zweiten Stock hat auch eine Satellitenschüssel«, hatte Vivian deswegen gesagt.

»Der hat auch einen Balkon, wo er das Ding aufstellen kann. Sie haben keinen! Kein Balkon, keine Schüssel.«

Vivian hatte ihm einen Vortrag über den verfassungsgemäßen Gleichbehandlungsgrundsatz von allen Mietparteien gehalten. Das hörte sich wegen des einen Semesters Jura, das sie im echten Leben studiert hatte, sogar richtig gut an. Aber der Vermieter sagte nur: »Hä?«

»Wir stellen die Schüssel einfach im Vorgarten auf«,

sagte Vivian und untermalte diesen Vorschlag mit einem Wimpernklimpern vom Feinsten.

»Das sieht doch unmöglich aus«, antwortete er und starrte in Vivians Augen. Ich muss dazu sagen, dass Vivians Augen veilchenblau sind und tief wie das Grab der Titanic.

»Wir können sie ja tarnen«, sagte sie liebenswürdig.

Er schüttelte sich, senkte den Blick auf seine Füße und sagte: »Nein.«

Dieser Blödmann! Da wir aber nicht ohne unsere Vampir-News leben wollten, sind wir in den nächsten Baumarkt gefahren. (Dracula sei Dank gibt es seit einigen Jahren vernünftige Öffnungszeiten bis 22 Uhr, so dass wir neuerdings auch normal konsumieren können, ohne gleich in der Sonne zu verbrutzeln.) Dort haben wir eine dämliche Holzwindmühle gekauft, die groß genug ist, um die Satellitenschüssel darin zu verstecken. Dem Blödmannsvermieter haben wir gesagt, wir hätten einen Vorschlag zur Verschönerung der Wohnanlage, und angesichts der dunkelbraunen Windmühle mit den weißen Flügeln war er total »positiv überrascht«, dass »zwei junge Studentinnen« sich für »rustikale deutsche Handwerkskunst« (Ha! Das Ding ist aus China.) begeistern können und sich freiwillig für die »Steigerung des allgemeinen Wohnwertes« einsetzen. Somit war er einverstanden, dass wir das hölzerne Monstrum im Vorgarten aufstellten, und als er weg war, haben wir dann die Schüssel da reingequetscht. Aber wie sich herausstellte, musste die Windmühle für den richtigen Empfang ein bisschen verrückt werden, so dass der Mühleneingang jetzt Richtung Nachbargrundstück zeigt. Aber es hat funktioniert, und seitdem können wir wieder Nachrichten, Klatsch und Tratsch und – sehr wichtig! – Produktinformationen aus unserer Welt sehen. Man muss schließlich wissen, was es für den Vampir von heute Neues gibt, um sich das Leben so angenehm wie möglich zu machen.

Jetzt aber steht der Blödmannsvermieter vor unserer Tür und ist stinksauer. »Was erlauben Sie sich?«, dröhnt er. Sein Kopf ist rot und angeschwollen, ich sehe seine Halsschlagader wie unter einer Lupe pochen, kann förmlich riechen, wie literweise Blut durch seine Adern rauscht, und plötzlich läuft mir das Wasser im Mund zusammen. Verdammt. Schon spüre ich das leichte Ziehen im Kiefer, gefolgt von dem Druck auf die oberen und unteren Zahnreihen, als meine Eckzähne ausfahren und ihren Platz fordern. Das ist wirklich blöd. Vivian scheint es ähnlich zu gehen, denn sie wendet sich von ihm ab. Da sie sowieso einen leichten Überbiss hat und noch dazu schmalere Lippen als ich, sind ihre Reißzähne so wenig zu verbergen wie der Zinken eines Einhorns. Sie winkt mich heran, und das bedeutet, dass ich jetzt übernehmen muss. Ich habe mir für solche Fälle im Laufe der Jahre eine Kleinmädchentaktik angewöhnt, die grundloses Giggeln und schamhaftes Hand-vor-den-Mund-halten als Haupttarnmethode vorsieht. Zusammen mit der Dauerwelle bewirkt das Kichern, dass die meisten Leute mich für zurückgeblieben halten und Mitleid mit mir haben. Das finde ich zwar nicht so toll, aber immer noch besser, als wenn jeder sieht, dass meine Kauleiste zwei Paar hübsche scharfe Säbelzähne aufweist.

»Die Windmühle …«, bebt der Blödmannsvermieter.

»Was denn, hihihihi?«

»Äh.« Er glotzt mich doof an, und angesichts eines so wehrlosen Opfers sinkt sein Blutdruck ein bisschen. Ich höre, wie sein Herzschlag sich verlangsamt. »Die steht schief.«

»Ich weiß, hihihihi, lustig, was? Sie grüßt ihre Schwestern in Holland, der Heimat der Windmühlen.«

»Das ist doch Blödsinn«, sagt er. Sein Gesicht nimmt dennoch langsam wieder eine normale Farbe an, und ich merke, wie meine Reißzähne schrumpfen. Sein Blick fällt auf unsere kleinen Fenster, von denen man auf den Gehsteig schauen kann. Normalerweise. Wir haben sie natürlich ziemlich verrammelt. Bevor er darüber meckern kann, sage ich: »Hören Sie, Herr Hennes, wir würden gerne eine Sicherheitsstahltür einbauen lassen, hihihihi.«

»Wie bitte? Was denn noch alles?«

»Zwei so junge Mädchen alleine in der großen Stadt müssen sich doch absichern«, sage ich und klimpere mit den Augenlidern. Meine Augen sind zwar nicht ganz so hypnotisierend wie Vivians, aber er wäre nicht der erste Mann, der meine graugrünen Pupillen faszinierend fände.

»Das ist solides Holz!«, sagt Herr Hennes und klopft gegen die dünne Tür, mit dem Effekt, dass der Rahmen bebt. Er scheint plötzlich selber irritiert und fasst an die wackligen Scharniere, die irgendwie schief aussehen. »Außerdem ist hier noch nie was passiert.«

»Ja, das sagt man immer. Bis es zu spät ist«, meldet sich Vivian von hinten zu Wort.

»Wir brauchen diese Tür. Wir würden uns auch an den Kosten beteiligen«, sage ich, da steht Vivian wieder neben mir und stößt mir den Ellenbogen in die Rippen.

»Herr Hennes, sehen Sie es mal so: Der Einbau einer Stahltür würde den Wert dieser Wohnung erheblich steigern, und davon würden Sie ja auch profitieren.« Vivian schaut ihm tief in die Augen. Er ist sichtlich irritiert. »Äh, ich überleg es mir«, sagt er, wendet sich schnell ab und schiebt ein »vielleicht« hinterher.

»Warum hast du ihm gesagt, dass wir uns an den Kosten beteiligen?«, faucht Vivian, als er weg ist. »Wir sind doch sowieso fast pleite.«

»Keine Ahnung. Okay?«, gebe ich pampig zurück.

»Du bist einfach immer viel zu nett«, stellt sie fest. Ich will auf ihren gönnerhaft versöhnlichen Ton nicht eingehen. »Entschuldigung, ich wusste nicht, dass Nettsein jetzt auch schon ein Verbrechen ist.«

»Dann lass es mich so sagen, Leni: Die Grenze zwischen nett und dämlich ist fließend …«

»Ach, es ist einfach dieses nervige Umziehen«, unterbreche ich sie. »Jedes Mal der gleiche Mist.« Das ist jetzt schon die achte Wohnung in zwanzig Jahren. Schließlich altern wir nicht, und das würde selbst dem tumbesten Nachbarn irgendwann auffallen. Deswegen müssen wir spätestens alle drei Jahre umziehen. »Es wird Zeit, dass wir in ein Vampirhaus einziehen«, sage ich, »damit wir das nicht mehr machen müssen.«

»Ach, nur unter Vampiren ist doch total öde. Die meisten Vampire sind alte Knacker und total spießig«, antwortet Vivian, die sich wieder an den Computer setzt, um den Artikel über den Vampirkiller zu Ende zu lesen.

»Aber hier müssen wir jetzt in Angst und Schrecken leben, obwohl *wir* eigentlich von Amts wegen Angst und Schrecken verbreiten müssten«, maule ich.

»Das Tatwerkzeug bestand aus einem klassischen Holzpflock und einer rasierklingenscharfen Axt«, liest Vivian vor.

»Igitt! Pfählen und köpfen …«, ich schüttele mich. »Jetzt ist wirklich ein für allemal Schluss mit lustig.« Ich nehme mir, ohne dass ich es richtig merke, die Packung mit den Choco Crossies. »Stell dir vor, er erwischt uns. Du weißt doch, was man über den Tod eines Vampirs sagt: Die Qualen aller Höllenkreaturen vereinen sich im Todeskampf des Vampirs«, zitiere ich das Handbuch *Vampirismus für Dummies*. Ich bekämpfe die Panik mit einer Handvoll Schokowaffeln.

»Stell dich nicht so an«, sagt Vivian und kichert. »Wenn er dich erwischt, bist du wenigstens deine Frisurprobleme los.«

»Ha ha«, sage ich, »das ist natürlich total beruhigend.« Ich knuspere weiter.

»Jetzt hör endlich auf, diese Sachen in dich reinzustopfen«, schimpft sie. »Davon wird dir doch nur schlecht.«

»Na und? Nur weil ich davon kotzen muss, ist das noch lange kein Grund, es nicht zu essen.«

»Als du noch lebtest, hast du auch nicht gefressen wie ein Scheunendrescher.«

»Nein, aber ich hätte so gerne, das kannst du mir glauben. Aber mein ganzes echtes Leben habe ich Diät gemacht. Unfassbar!«

»Aber Bulimie hättest du auch früher haben können.«

»Ich habe keine Bulimie. Ich esse und kotze. Das ist alles.« Ich nehme mir eine Packung Pralinen. Vivian wendet sich angewidert ab. »Du bist krank.«

»Zu deiner Erinnerung. Ich bin tot. Wir können keine feste Nahrung mehr verdauen und haben keine Magensäure, also ist gegen ein bisschen kotzen auch nichts einzuwenden. Das ist nur essen rückwärts. Ich könnte sogar das Erbrochene *essen*. Da ist nichts dran. Das ist nur Schokobrei. Nichts weiter.«

»Untersteh dich!«

»Mach ich ja auch nicht, keine Sorge«, sage ich. »Da fehlt einfach der Crunch. Und das Knacken des Schokoladenüberzugs, gefolgt von dieser hauchdünnen Zuckerschicht, die wie die dünne Eisschicht auf einer Pfütze zersplittert und den kleinen Sturzbach Kirschlikör auf die Zunge strömen lässt ...«

Vivian stöhnt auf. »Schon gut, ich hab verstanden.«

Es klopft schon wieder. Diesmal ist es Frau Keller, die im Erdgeschoss wohnt. Sie bringt ein Paket vorbei, das sie tagsüber für uns angenommen hat. Vivian schleppt es herein. »Was schickt uns der RTL-Shop denn schon wieder?«, fragt sie misstrauisch.

»Nichts«, sage ich und versuche ihr das Paket abzunehmen.

Sie hält es fest. »Leni?«, sagt sie drohend, und ich weiß,

es gibt Ärger. In letzter Zeit habe ich es zugegebenermaßen mit dem Homeshopping ein bisschen übertrieben. Aber ich habe nur total praktische Sachen zu Schnäppchenpreisen gekauft! Das japanische Messerset, zum Beispiel, damit kann man sogar Konservendosen aufschneiden! »Und was für Konservendosen, bitte schön?«, hatte Vivian total gemein gefragt. »Sag bloß, du willst ab jetzt Mexikanischen Feuerzauber essen?«

»Natürlich nicht«, hatte ich gesagt, »aber wenn man mal ein wirklich scharfes Messer braucht, dann freuen wir uns!« Aber Vivian hatte an allem was auszusetzen. An der einmaligen Teddybärenkollektion (Okay, in echt ist sie nicht ganz so niedlich wie im Fernsehen, aber dafür haben wir jetzt einen Matrosenteddy, einen Lokomotivführerteddy und einen Gentlemanteddy in limitierter Sonderauflage – man muss sich nur mal vorstellen, was die in hundert Jahren wert sind!), an der Gitarre (Sie war auch nicht durch meine Beteuerung zu besänftigen, dass ich bald anfangen würde zu spielen. »Wann *bald?*«, hatte sie gefragt. »In zwanzig Jahren?« Ihr wollte einfach nicht einleuchten, dass für ein ewiges Leben zwanzig Jahre so gut wie nichts sind.), und natürlich moserte sie auch über den batteriebetriebenen Mückenfänger in Form eines Federballschlägers, mit dem man Mücken einfach aus der Luft pflücken kann, denn sie verbrutzeln an der unter Strom stehenden Schlagfläche. »Hast du auch nur einen einzigen Mückenstich gehabt, seit du Vampir geworden bist?«, hatte sie gefragt.

»Äh, nein. Aber das auch nur, weil ich Glück gehabt habe«, hatte ich gesagt.

Sie hatte die Augen verdreht. »Leni, denk doch mal nach. Wovon ernähren sich Mücken normalerweise?«

»Ja, Miss Schlaumeier, aber auch wenn sie unser schlammiges Blut nicht trinken, hasse ich das Gesurre, wenn sie einem um die Nase fliegen! Außerdem hört es sich total super an, wenn man den Schläger durch die Luft schlägt! Siehst du!« Wir hatten den Mückenfänger ein paar Mal zischen lassen, als ob man auf einen Federball eindrischt – und auch wenn Vivian es nicht zugegeben hatte, hatte ich doch gemerkt, dass es ihr auch gefallen hatte.

Na ja. Jedenfalls ist Vivian nicht gut auf mein Shopping-Hobby zu sprechen, vor allem weil unser Aktiendepot, mit dem wir unseren Lebensunterhalt bestreiten, ein klein wenig unter der Wirtschaftslage gelitten hat. Und angesichts *dieses* Neuerwerbs schwant mir ein besonders übler Streit.

Sie reißt mit grimmiger Miene das Paket auf und fördert die säuberlich in Plastik eingepackten Sachen zutage. »Leni? Bist du jetzt völlig übergeschnappt?«, fragt sie, »Schwimmflügel? Ein aufblasbarer Krokodilreifen? Ein Sonnenschirm? Hast du nicht mehr alle Tassen im Schrank? Was willst du denn damit?«

Ich beiße mir verlegen auf die Lippen.

»Leni, sag was!«

»Es tut mir leid, Vivian, aber in der Werbung sah es so schön aus«, sage ich leise, »das Meer, all die fröhlichen braungebrannten Leute. Die Kinder, die im Sand buddeln. Die Sonne …«

»Oh, verflixt, Leni, komm mal her.« Vivian nimmt

mich in den Arm. So verharren wir einen Moment, dann sagt sie: »Komm, es wird Zeit!« Wir schauen uns an und rufen gleichzeitig: »Partytime!«

1989

Hamburger Abendblatt, 17. Januar 1989

Zwei Mädchen nach Discobesuch verschwunden

Vor drei Tagen verschwanden die Metzgerstochter Vivian Schlevogt und ihre Freundin Helene Burmanns auf mysteriöse Weise. Nach dem Besuch der Diskothek Carpe Noctem wollte Vivian Schlevogt gegen zwei Uhr morgens per Anhalter nach Hause fahren. Augenzeugen sagten, sie hätten ein Mädchen, auf das Vivians Beschreibung passt, in eine schwarze Limousine einsteigen sehen. Helene Burmanns, die länger im Carpe Noctem geblieben war, machte sich laut einem Freund Sorgen um ihre Freundin und wollte sie suchen. »Sie wollte aber absolut nicht, dass ich ihr helfe«, sagte Tobias Backer, der die Vermisste zuletzt in der Nähe des Parks Planten und Blomen gesehen hatte. »Jetzt weiß ich, dass ich nicht auf sie hätte hören sollen. Aber wenn ein Mädchen Nein sagt, dann meint sie eben auch Nein«, fügte er hinzu. Vivian Schlevogt stammt aus der vermögenden Metzgersfamilie Schlevogt, die im Hamburger Raum mehrere Filialen besitzt. Die Polizei hat eine Sonderkommission eingerichtet und prüft auch die Möglichkeit einer Entführung. Noch ist aber keine Lösegeldforderung eingegangen. »Natürlich sind die Kollegen im gesamten Bundesgebiet alarmiert«, sagte Hauptkommissar Werner, der die Soko *Carpe Noctem* leitet. »Solange keine Leiche gefunden wird, lebt Vivian für uns. Und wir werden sie finden«, sagte Holger Schlevogt, der Bruder der Vermissten.

»Mann, ist das geil!« Ich strich mir zum hundertsten Mal über meine fantastische neue Frisur. »Endlich habe ich eine Dauerwelle!«

»Und der Clou ist ja wohl dieses Asymmetrische«, sagte Vivian. Wir standen nebeneinander vor dem Spiegel. »Ich finde das total genial, dass er rechts nur ein bisschen kürzer gemacht hat.«

»Das ist wirklich der Hit!«, bestätigte Vivian. »Ich dagegen sehe voll öde aus.« Sie seufzte und schüttelte ihre braunen langen Haare. »Total langweilig.«

»Vielleicht lasse ich mir nächste Woche doch noch die orangenen Strähnchen machen«, sagte ich übermütig. »Das würde super zu diesen geilen Ohrringen passen.« Ich zog mir die orangefarbenen Sonnen-Ohrringe aus Holz an, die ich mir selbst zu Weihnachten geschenkt hatte.

»Meinst du, ich sollte das Stirnband anziehen?«, fragte Vivian. Sie hielt das mintfarbene Tuch hoch, das sie aus dem Urlaub mit ihrer Mutter auf den Kanaren mitgebracht hatte.

»Warum nicht? Das passt gut zu deinem Teint.« Ich betrachtete Vivian neidisch. »Bist echt toll braun geworden. Schade, dass ich kein Geld für den Flug hatte, ich wäre wirklich supergerne mitgekommen. Ein bisschen

Sonne tanken!« Ihre Familie hatte eine Finca mit Pool auf Gran Canaria.

»Machen wir nächstes Jahr, okay?« Sie zog das Stirnband über und ging ins Wohnzimmer. Wir hatten freie Bahn bei uns, weil meine Mutter wie jeden Tag in ihrer Stammkneipe saß und sich volllaufen ließ. »Hey, dreh mal lauter!«, rief ich, schminkte mich schnell zu Ende und lief zu Vivian. Wir tanzten ausgelassen zu den Fine Young Cannibals, sangen ganz laut »She drives me crazy« und tranken Asti Spumante. Heute wollten wir richtig feiern. Vivian hatte die erste Hausarbeit ihres Jurastudiums bestanden, und meine Waage hatte mir heute Morgen – tatatataaa – das erste Mal seit über drei Jahren wieder mein optimales Traumwunschgewicht von sechzig Kilo angezeigt! (Jedenfalls wenn ich auf der Waage nur das linke Bein belastete, aber das reichte mir als Beweis aus!) Ich hatte endlich, endlich einmal eine Diät durchgehalten bis zum Schluss! Dafür hatte ich mich monatelang mit Ananas und ungesalzenem Reis und die letzten Wochen sogar mit Slim Fast gequält. Sogar über Weihnachten hatte ich mich zurückgehalten! Hatte Höllenqualen ausgestanden, um nicht über Marzipankartoffeln, Dominosteine und diese köstlichen Schoko-Nuss-Printen herzufallen. Aber es hatte sich gelohnt. Sogar die Röhrenjeans passte mir jetzt, die ich mir vor zwei Jahren als Motivation zum Abnehmen gekauft hatte. Dazu das fliederfarbene T-Shirt mit dem aufgestickten Pailletten-Bärchen und meine neuen, superfantastischen gelben Pumps – perfekt!

»Vielleicht sollte ich Sandra Albrecht sogar danken«, sagte ich im Überschwang der Gefühle.

»Das ist nicht dein Ernst!« Vivian schaute mich entsetzt an.

»Wieso nicht? Wenn sie mir nicht prophezeit hätte, dass ich in zwanzig Jahren aussehe wie eine Tonne, dann hätte ich die Diät nie durchgehalten.«

»Sandra Albrecht, oder besser gesagt Lady Shave, ist eine arrogante, intrigante und sonst-wie-gante dumme Zimtzicke, die das doch nur gesagt hat, weil du ihr den Volleyball ins Gesicht geschmettert hast.«

»Aus Versehen!«, warf ich ein.

»Aus Versehen«, bestätigte Vivian. Sandra Albrecht war in unserer Stufe gewesen und bei einem unsäglichen Fest zum hundertjährigen Jubiläum der Schule zur »Miss Lessing-Gymnasium« gekürt worden (wir hatten sie selbstverständlich nicht gewählt), was sie wiederum zum meistgehassten Mädchen gemacht hatte. Sie war eine dürre, aufgedonnerte Ziege mit sehr blonden Haaren, langen lackierten Fingernägeln und extrem schmal gezupften Augenbrauen gewesen, die zu Zeiten von buschigen Achseln und unrasierten Beinen nur ein Gesprächsthema kannte: das Entfernen von Körperbehaarung. Vivian und ich und ein paar andere Mädchen lästerten liebend gerne über »Lady Shave«. Lady Shave war nicht besonders schlau, aber schlau genug, um sich durch die Schulzeit und das Abi zu mogeln, wobei ihr die blauen Augen halfen, denn sie war sich nicht zu fein, jeden mit Dackelblick um Hausaufgaben anzubetteln. (Vivian und ich würden es nie zugeben, aber den Trick mit dem Augenaufschlag haben wir bei ihr abgeschaut.) Jedenfalls hatte ich wegen der stressigen Prüfungen im letzten Schuljahr ein klitzekleines bisschen zugelegt. (Okay, genau genommen waren es sieben Kilos! Bei eins achtundsechzig! Schluck ...) Und als Lady Shave mich von oben bis unten angegafft und dann mit schneidender Stimme gesagt hatte, dass ich später mal *richtig* fett werden würde, da gäbe sie mir eine »hundertprozentige Garantie« drauf, da hatte sie natürlich meinen wunden Punkt getroffen. Diese dumme Kuh. War ausfallend geworden, nur weil sie im Sportunterricht mehr auf ihre Fingernägel als auf den Ball geachtet hatte und ich *ein* einziges Mal den Ball richtig cool getroffen hatte. (Wow, war der abgegangen!) Das sind die Momente im Leben, die sich für immer ins Gedächtnis einbrennen. Ich vergesse nach ungefähr drei Minuten, wann im Englischen der verdammte Present Perfect Progressive genommen wird, aber dass Sandra Albrecht mir eine Zukunft als Fettklops vorausgesagt hat, das werde ich niemals vergessen! Ich war so wütend und verletzt gewesen, dass ich am liebsten heulend aus der Halle gelaufen wäre. Vivian und die anderen hatten mir aber den Rücken gestärkt, und als Vivian zu Lady Shave gesagt hatte, dass sie sich mal lieber den Damenbart abrasieren sollte, da hatten alle gelacht. Aber trotzdem konnte ich ihren Satz und vor allem ihren vernichtenden Blick nicht aus dem Kopf kriegen, und nur deswegen hatte ich die Adventszeit mit Knäckebrot und Magerquark überstanden. »Siehst du, Vivi, ob du willst oder nicht, Lady Shave hat einen Anteil daran, dass ich diese Jeans anziehen kann. Sie passt! Ist das nicht unglaublich!?«

»Bevor du Lady Shave um den Hals fällst, warte lieber

ab, ob die Hose in drei Wochen auch noch passt«, sagte Vivian grimmig.

Ich schluckte. »Wie meinst du das?«

Vivian wurde rot. »Äh, das hab ich nur so gesagt.«

»Diesmal halte ich mein Gewicht«, sagte ich. »Da kannst du einen drauf lassen.«

»Ja klar, natürlich! So, und jetzt lass uns gehen! Sonst verpassen wir den nächsten Bus auch schon wieder!«

Vivian und ich waren uns einig: Es gab nichts Besseres, als samstagabends tanzen zu gehen. Nein, das stimmt nicht ganz. Es gab doch noch was Besseres: samstagabends *mit Topfigur und neuer Frisur* tanzen zu gehen – oder wie wir das nannten: abzuzappeln. Im Carpe Noctem war es knallvoll und total verraucht. Wir hatten einen Platz an der Bar ergattert, tranken Tequila Sunrise und ließen die Blicke schweifen. Es war ganz klar, nach wem wir Ausschau hielten: Tobias Backer, genannt »der Backes«. Wir kannten ihn von der Schule, er war eine Stufe über uns gewesen, was ihn in unseren Augen unerreichbar gemacht hatte. Aber jetzt war die Schule schon fast ein Jahr vorbei. Vivian studierte, und ich machte eine Lehre zur Bankkauffrau. Der Backes hatte seinen Wehrdienst abgeleistet und feierte – wie wir gehört hatten – seine neue Freiheit gerne im Carpe Noctem. Er war schon immer gut aussehend gewesen, hatte strohblonde kurze Haare, breite Schultern und ein selbstbewusstes Grinsen, das er den Lehrern gerne entgegengehalten hatte, wenn sie ihn aufgefordert hatten, doch endlich mal ruhig zu sein und mitzumachen. Der Backes war so was wie eine Schul-Legende, ihm wurden alle möglichen Streiche angedichtet, und ein paar Mal hieß es, er sei von der Schule geflogen. Die Mädels hatten ihn bewundert, und auch Vivian und ich hatten ihn immer mit Blicken verfolgt, wenn er mit seinen Jungs über den Schulhof stolziert war. Aber der Backes war nie solo gewesen, hatte »nie was anbrennen lassen« und immer die hübschesten Mädchen zur Freundin gehabt. Ich erinnere mich noch, wie er mit Sandra Albrecht an der Hand auf eine Fete in die Aula gekommen war. Ausgerechnet diese Ziege! Meine Güte, war sie stolz gewesen! Sie war das einzige Mädel aus unserer Stufe gewesen, das die Aufmerksamkeit vom Backes auf sich gezogen hatte – woraufhin sie noch arroganter geworden war (falls das überhaupt möglich war!). Von uns hatte er dagegen nicht ein einziges Mal Notiz genommen. Aber was wäre ein echtes Mädchen ohne Hoffnung auf den Traumprinzen? Genau. Eine Emanze! (Vivian war da ein bisschen anderer Meinung. »Was soll ich denn mit *einem* Traumprinzen, wenn ich *viele* richtige Männer haben kann?«, sagte sie immer.)

»Da hinten ist er«, rief ich und zeigte zum Flipper. Der Backes bearbeitete die Knöpfe mit den Händen und wackelte dabei mit der Hüfte vor und zurück und stöhnte lautstark, als ob er bumsen würde. Eine Horde Jungs und Mädels stand lachend um ihn rum. Es war nicht auszumachen, ob er mit einer von ihnen ging.

»Er sieht immer noch gut aus«, sagte ich. »Das blaue T-Shirt steht ihm.« Der Backes haute scherzhaft wütend auf den Flipper und schüttete ein Bier auf ex in sich rein.

»Hat er zugenommen?«, fragte Vivian. »Es sieht aus, als hätte er einen kleinen Bauch.«

»Nein, hat er nicht.«

»Doch. Guck mal richtig!«

»Ich gucke ja. Aber ich sehe nichts.«

»Da, unter dem T-Shirt! Das spannt doch über dem Dash-Ultra-Aufdruck!«

»Du brauchst wirklich eine Brille, Vivi. Da steht nicht Dash Ultra, da steht Hash Ultra. Das ist ja total geil! Hash Ultra! Haha!«

»Ich glaube, er geht aus dem Leim«, sagte Vivian und nahm einen Schluck.

»Wenn er dir nicht gefällt, umso besser, dann nehme ich ihn.«

»Er wird uns sowieso nicht beachten.«

»Hast du eine Ahnung!«, sagte ich und lächelte siegessicher. Was eine neue Frisur so alles bewirken kann! Sonst bin ich eher das Mäuschen, das zwar niedlich ist, aber nicht wirklich auffällt. Vor allem im Gegensatz zu Vivian, die mit ihrer Größe automatisch hervorsticht. Sie ist wirklich schön, finde ich, besonders seit sie ihre Gothic-Phase hinter sich hat. Eine Zeit lang hatte sie sich die Haare schwarz gefärbt und hochtoupiert und war nur in langen schwarzen Kleidern und mit spitzen Schnürstiefeln rumgelaufen. Das hatte sie aber nur gemacht, um ihren Vater, den alten Spießer, zu ärgern. (Der war sowieso immer auf hundertachtzig, weil Vivian seit ihrem ersten Praktikum im Familienbetrieb kein Fleisch mehr aß.) Sie hatte ihren Kleidungsstil erst wieder radikal geändert, als sie sich entschlossen hatte, Jura zu studieren. Die verwandelte Erscheinung seiner eleganten Tochter hatte Herrn Schlevogt aber kein bisschen beruhigt, denn er wollte seine Tochter hinter der familieneigenen Wursttheke sehen und nicht im Gerichtssaal. »Wie kannst du so was Sinnloses studieren?«, hatte er geschrien, und sein Gesicht hatte die Röte eines gut abgehangenen Schweinenackens angenommen.

»Jura ist nicht sinnlos«, hatte Vivian zurückgebrüllt.

»Du bist eine *Frau*. Du machst dich lächerlich!«

»Mach ich überhaupt nicht. Ich mach, was ich will.«

»Glaub ja nicht, dass ich dir diese Zeitverschwendung finanziere!«

»Na und? Ich komme schon selber zurecht.«

»Ich sag dir eins, Frollein, wenn du wirklich Jura studierst, rede ich nie wieder mit dir.«

»Doch das wirst du. Ich werde nämlich Anwältin und verklage dich wegen Unterstützung von Massentierhaltung und Tierquälerei!« Mit diesen Worten war Vivian abgerauscht und hatte seitdem nicht mehr mit ihm gesprochen. »Welche Erleichterung«, hatte sie immer gesagt, »dann muss ich mir seine Meckereien nicht dauernd anhören.«

Der DJ spielte Metallica, und auf der Tanzfläche ließen ein paar Langhaarige die Köpfe bangen. »Komm«, sagte Vivian, »wir spielen *Einmal und nie wieder*.«

Das war eines unserer Insider-Party-Spiele. Wir bestellten den Drink mit dem ekelhaftesten Namen, und wer ihn nicht austrank, musste die nächste Runde geben. Vivian drehte sich zum Barmann um und orderte ein Getränk namens Kalte Muschi. Kurz darauf drängelte sich der Backes zur Theke. Und – was hab ich gesagt? – er nahm Notiz von uns! Besser gesagt von mir. Ich grinste ihn mit meinem Scharfe-Frisur-super-Figur-Selbstbewusstsein und meinen Lipgloss-Lippen an und fragte, ob ich ihm einen Drink ausgeben könne.

Er antwortete: »Ja, klar«, und dann unterhielten wir uns ein bisschen. Besser gesagt, der Backes erzählte mir, wie viel er beim Bund gesoffen hätte, dass das echt die geilste Partytruppe der Welt wäre, dass die Jungs auf seiner Stube die affengeilsten gewesen wären und was es für ein geiles Gefühl wäre, eine Knarre in der Hand zu halten. Ich nickte und sonnte mich in seiner Aufmerksamkeit. Vivian verdrehte die Augen und ging zu Depeche Mode tanzen.

Nach einer Weile kam sie zurück. Der Backes quasselte immer noch, und ich glotzte wie paralysiert auf seinen schönen Mund und dachte nur noch daran, wie es wäre, wenn er endlich die Klappe hielte und mich küssen würde.

»Ich hau ab«, rief Vivian.

»Was?«, brüllte ich. Es war tierisch laut in der Disco, und der Backes schrie mich die ganze Zeit an, was so langsam auf mein Gehör schlug.

»Ich verschwinde.«

»Aber ich dachte, wir fahren nachher zusammen mit dem Bus.«

»Nee, keinen Bock mehr. Kommst du mit?«

Jetzt, wo ich ihn fast so weit habe?, signalisierte ich mit den Augen und schüttelte den Kopf.

»Okay, dann bis morgen«, sagte sie und schnappte ihre Tasche.

»Aber wie willst du nach Hause kommen? Der Nachtbus fährt doch erst in einer Stunde.«

»Per Anhalter.«

»Was? Mach das nicht, Vivi!«

»Du weißt doch«, sagte sie und grinste, »ich erkenne einen Verbrecher, wenn er vor mir steht. Also, ich rufe dich morgen an.« Sie gab mir einen Kuss auf die Wange und sagte: »Und vergiss nicht, nur mit Gummi!« Dann war sie weg.

Mir war nicht wohl dabei, dass sie trampen wollte. Und im Normalfall hätte ich sie auch niemals alleine gelassen. Aber es war der Backes, der vor mir stand und mich mit alkoholgeschwängertem Atem vollaberte und mit jeder Minute näher an mich ranrückte. Mir war klar, ich hatte nur diese eine Chance, nämlich hier und jetzt.

»Sollen wir tanzen?«, fragte ich ihn, aber er schüttelte den Kopf und erzählte von irgendeiner Übung im Schlamm, wo sie der Unteroffizier dauernd beleidigt hätte, woraufhin er und seine Kameraden ihm nachher ins Shampoo gepisst hätten. Meine Gedanken schweiften ab, und ich stellte mir vor, wie Vivian alleine an der Straße stand und in ein Auto einstieg.

Ich wurde unruhig. Vivi und ich waren beste Freundinnen seit der Grundschule. Wir hatten geschworen, immer alles zusammen zu machen. Als wir mit zehn *Winnetou* gesehen hatten, hatten wir uns sogar Blutsschwesternschaft geschworen. Vivian hatte eines der sauscharfen Metzgermesser aus der Küche genommen, wir hatten uns in die Finger geritzt (Aua!), sie aneinandergehalten und gelobt, niemals auseinanderzugehen. Außer um ganz schnell ein Pflaster zu holen. Und jetzt war sie weg, alleine in der Nacht. Mir fielen die Zeitungsberichte über vergewaltigte, ermordete und verschwundene Anhalterinnen ein, die man immer mal wieder las. Dass Vivian Verbrecher erkennen konnte, bewies sie zwar regelmäßig bei *Miami Vice* und *Remington Steele* (Sie liebte Krimiserien!), aber es war doch klar, dass das im echten Leben anders laufen würde! Und viel, viel gefährlicher war. »Du bist doch mit dem Auto hier, oder?«, fragte ich den Backes.

»Lllogisch«, lallte er.

»Komm, lass uns abhauen.«

»Na klar«, grinste er und tatschte mir beim Rausgehen auf den Hintern.

Vor der Tür trafen wir zwei Bekannte, die dort kifften. Ich fragte sie nach Vivian, und sie waren sich nicht ganz sicher, meinten aber, sie gesehen zu haben, wie sie in einen schwarzen Jaguar eingestiegen wäre. Ich bekam es jetzt richtig mit der Angst.

»Lass mich besser fahren«, sagte ich zum Backes, der sich an mich lehnte, weil er sonst umgekippt wäre.

»Ach wasss!«, zischte er. »Besoffen fahre ich *noch* besser.« Er schloss seinen tiefergelegten Golf in Rot-Metallic auf und plumpste schwerfällig auf den Recaro-Sportsitz. Mit wachsender Unruhe beobachtete ich seine hilflosen Versuche, mit dem Schlüssel das Loch zu treffen. Gerade wollte ich einschreiten, da ließ er mit triumphierender Miene die Karre aufheulen und jagte in einem Affenzahn vom Parkplatz. Ich fing an zu zweifeln, ob es wirklich eine gute Idee gewesen war, Vivian zu suchen. Denn erstens hatte ich keine Ahnung, wie ich sie finden sollte, wenn ihr wirklich was passiert wäre. Und zweitens war ich mir absolut nicht sicher, ob *ich* diese Fahrt überleben würde. Der Backes ignorierte eine rote Ampel und bog mit quietschenden Reifen auf den Wall ein.

»Nicht so schnell«, rief ich und klammerte mich am Seitengriff fest. Der Backes lachte nur und raste weiter. Dann fragte er plötzlich: »Willst du mir nicht einen blasen?« Er versuchte meinen Kopf auf seinen Schoß zu ziehen.

»Hey!« Ich schlug seine Hand weg, und er fuhr einen Schlenker und rumpelte auf den Bürgersteig. Ich schrie auf vor Schreck. Und dann sah ich sie. Für den Bruchteil einer Sekunde. Im Licht der Scheinwerfer auf dem Rasen: Vivians Handtasche.

»Halt an!«, kreischte ich.

Der Backes stieg auf die Bremse. »Okay, hast recht, so geht's besser.« Er lächelte debil und öffnete den Hosenschlitz.

Ich riss die Tür auf.

»Wo willst du denn hin?«, fragte er verblüfft.

»Da liegt die Handtasche von meiner Freundin«, sagte ich, stieg aus dem Auto und zog meinen Mantel fester um mich. Mein Atem stieg in kleinen Wölkchen auf. Ich war sofort stocknüchtern. Nebelschwaden zogen über den Boden und streichelten die Tasche, die verlassen und klein auf dem mit einer weißen Frostschicht überzogenen Grün lag. Die rote Gucci, die Vivian von ihrer Tante zu Weihnachten geschenkt bekommen hatte und nichts als Freude bereiten sollte. Im Scheinwerferlicht der Autolampen hatte sie nun aber plötzlich die Hauptrolle in einem Thriller übernommen.

»Na und? Soll die Schlampe halt besser auf ihre Sachen aufpassen«, blaffte der Backes von seinem Fahrersitz aus.

»Nein, verstehst du denn nicht? Sie ist per Anhalter gefahren und jetzt …« Ich machte eine hilflose Handbewegung in Richtung des dunklen Parks. Die Straßenlampen erleuchteten nur die Stämme der ersten Reihe blätterloser Bäume, die wie Gerippe in den Nachthimmel ragten. Dahinter war es pechschwarz. Das Knattern des Motors war das einzige Geräusch weit und breit. Das Knattern des Motors und das Piepen in meinen Ohren vom Lärm der Disco. »Komm, wir müssen sie suchen«, sagte ich.

»Was?«, fragte der Backes.

»Wir müssen sie su…«

»Nein. *Was* hab *ich* mit dieser Tussi zu tun?«

»Aber sie ist meine Freundin …«, sagte ich.

»Mach was du willst, ich steig nicht aus.«

Ich war wie vor den Kopf gestoßen. »Wartest du denn wenigstens auf mich?«, bettelte ich.

»Meinetwegen«, knurrte er. »Aber dann bläst du mir gleich einen.« Er zündete sich in Seelenruhe eine Zigarette an und schaltete die Anlage ein. »Und mach die Tür zu, es ist kalt.«

Als die Autotür mit einem Knall ins Schloss fiel, überkam mich die nackte Angst. Niemals zuvor hatte ich mich so einsam gefühlt. Vor lauter Furcht konnte ich mich noch nicht mal über diesen feigen Penner Backes ärgern, der im warmen Auto saß und seine Drecksmusik hörte. Der Heavy-Metal-Sound dröhnte nach draußen. Ich lief ein paar Meter im Scheinwerferlicht, das wie eine kleine leuchtende Insel im Meer der Finsternis schwamm, und versuchte angestrengt, irgendwas in der Dunkelheit zu erkennen. Der Himmel war wolkenverhangen, so dass der Mondschein mir nicht die Suche erleichtern konnte. Ich nahm Vivians Tasche und blieb am Rand des Scheinwerferlichts stehen. Falls mich jetzt jemand packen würde, würde der Backes es sehen und mich retten. Na ja. Vielleicht.

Langsam gewöhnten sich meine Augen an die Dunkelheit, was die Sache aber nicht besser machte, denn aus dem Schwarz schälten sich ein paar noch schwärzere Schatten heraus. Die Welt war in ihre Einzelteile zerfallen und wurde von meiner Fantasie neu zusammengesetzt. Was war das da vorne? Kauerte da ein Mensch? Mir fielen die Eskimos ein, die zig Wörter für Schnee kannten. Bei uns gab es keine verschiedenen Wörter für die unterschiedlichen Grade von Dunkelheit, weil kein Mensch auf die Idee kommen würde, in einer solchen Nacht durch den Park zu latschen. Von Vivian war nichts zu sehen und mir blieb nichts anderes übrig, als aus dem rettenden Licht in die Finsternis einzutauchen. Ich konnte kaum atmen vor Panik, als ich langsam vorwärtstapste. Der frostige Boden knirschte unter meinen Schuhen und ich fühlte die Kälte durch die Sohle meiner Pumps aufsteigen.

Verdammt, Vivi, warum hast du nicht auf mich gehört? Plötzlich sah ich etwas funkeln, nur für einen Moment, und ich blieb stehen. Waren das die Augen eines blutrünstigen Hundes gewesen? Ich versuchte angestrengt zu lauschen, ob da vielleicht ein bissiger Köter keuchte, der sich von hinten an mich ranschlich, aber das verdammte Piepen in meinen Ohren übertönte alles. Plötzlich war ich sicher, dass jemand hinter mir war, und drehte mich keuchend um.

Doch nichts als die Nacht verfolgte mich. Scheiße, verdammt. Ich hatte erst vor kurzem so ein gruseliges Buch über Werwölfe gelesen, obwohl ich vorher gewusst hatte, dass ich davon Albträume bekommen würde. Ich hatte sogar nach dem Film *Gremlins – kleine Monster* ein paar Nächte nicht gut schlafen können und überall das Licht anmachen müssen, wenn ich nachts auf die Toilette gegangen war.

Vivi, wenn wir das überstehen, dann bringe ich dich eigenhändig um, fluchte ich innerlich und tastete mich weiter vor. Wie kann etwas, das bei Sonnenschein so wunderbar friedlich und fröhlich und einladend ist wie ein Park, sich in der Nacht bloß in einen so unheimlichen Ort des Schreckens verwandeln? Die Dunkelheit löste alles auf, die vertrauten Formen und Farben, alles, was man brauchte, um sich zurechtzufinden und sich sicher zu fühlen. Alles verschwamm um mich herum, wurde zu einem Ozean voller Tinte, in dem ich hilflos umherpaddelte, in der Hoffnung, nicht unter Wasser gezogen zu werden. Ich hasste so was! Deswegen schwamm ich auch nicht gerne im Meer, es war mir einfach zu unübersichtlich. Besonders seit ich gesehen hatte, wie der weiße Hai plötzlich aus der Tiefe der See angeschossen kam und die arglose Frau zerfleischte.

Etwas flatterte dicht an meinem Kopf vorbei, ich schrie auf und duckte mich. Am Boden kauernd versuchte ich mich zu beruhigen. Das war nur eine harmlose kleine Fledermaus gewesen. Nichts weiter. Dabei fiel mir ein, dass ich letztens einen Bericht bei *Spiegel TV* gesehen hatte, wo es um Dämonen und Vampire gegangen war. Da waren grisselige Infrarotbilder von irgendwelchen unheimlichen Gestalten gezeigt worden, die nachts in einem Wald ihr Unwesen trieben, und ein Professor hatte behauptet, dass es natürlich untote Lebewesen gäbe. Damals hatte ich gedacht, der spinnt, aber jetzt kam er mir auf einmal sehr überzeugend vor.

Plötzlich fiel mir etwas auf. Das Wummern der Bässe aus dem Autoradio war verstummt. Ich hörte einen Motor starten. Vielleicht fährt der Backes mir einfach über den Rasen hinterher?, hoffte ich für einen kurzen Moment, dann entfernte sich das Auto und damit das einzige Geräusch, das mich mit der Zivilisation verbunden hatte. Meine Rettungsleine war gekappt worden. Ich war endgültig allein. Und wie ich da so hockte, wähnte ich mich plötzlich umzingelt von augenlosen Kreaturen, groß wie Doggen und nackt wie gehäutete Ratten, die mit hängender Zunge und ätzendem Atem nur darauf warteten, mich in Stücke zu reißen. Ich konnte ihr Keuchen hören und spürte schon fast ihre scharfen Klauen in meinem Rücken. Ich schnappte nach Luft, als wäre ich in eisiges Wasser gefallen, drehte mich um und rannte in Richtung der Straßenlaternen, die in der Ferne das rettende Ufer bedeuteten. Mit jedem Schritt stieß ich seltsame Laute aus, ein wimmerndes Stöhnen, dann stolperte ich in diesen dämlichen Pumps und ging mit einem Schrei zu Boden.

Ich fiel auf etwas Weiches. Und dann, langsam, drang durch den Nebel in meinem Kopf die Tatsache in mein Bewusstsein, dass ich meine Freundin gefunden hatte. Am Boden liegend. Kalt. Tot. Ich glaube, ich schrie um Hilfe, als ich vergeblich versuchte, sie wachzurütteln, aber niemand kam. So saß ich da und wiegte meine Freundin in den Armen und schluchzte. Ihr Gesicht leuchtete seltsam blass, wie ein bleicher Mond. Meine Vivi. Meine Freundin. Meine Seelenverwandte. Tot! Und alles war meine Schuld! Ich weinte.

»Was ist denn mit dir los?«, hörte ich plötzlich ihre Stimme. »Hat dich der Backes sitzenlassen?«

»Hä? Was?« Ich starrte sie an. Sie war so blass. Ihre Augen wirkten riesig. Ich weiß noch genau, dass ich mich fragte, was mit ihren Augen war. »Nein. Ja. Egal. Ich dachte, du wärst tot.«

»Hmm. Ich auch.« Sie setzte sich auf. Schaute auf ihre Hände. Schaute mich an.

»Und hat dich jemand …«

»Vergewaltigt? Nein, nicht dass ich wüsste.« Sie stand auf und prüfte ihre Klamotten. »Nein, alles noch an seinem Platz. Das ist doch schon mal super.«

»Aber was ist denn passiert?«

»Mich hat so ein komischer Typ mitgenommen. Erst war ich froh, dass so schnell jemand angehalten hat. Aber dann …« Sie betastete ihren Hals. »Dann hat er sich dreimal bei mir entschuldigt und mich gebissen. Und daraufhin bin ich ohnmächtig geworden.« Sie holte ein Feuerzeug aus ihrer Handtasche. »Guck mal«, sie hielt die Flamme neben ihren Hals, »kannst du was erkennen?«

»Ja«, sagte ich und schluckte. Da waren Bissspuren, wie ich sie schon mal gesehen hatte. Im Fernsehen. »Äh ... wie fühlst du dich?«

»Keine Ahnung. Irgendwie nüchtern. Genau. Ich fühle mich total nüchtern. Obwohl ich echt viel getrunken habe, drei Tequila und noch eine Menge anderes Zeug. Komisch, was?«

»Na ja, das ist natürlich *auch* komisch.« Ich fand es viel merkwürdiger, dass sie nicht in Panik aufgelöst war. Oder sonst wie beunruhigt. Immerhin war sie gerade dem Tod von der Schippe gesprungen. Ich fasste sie am Handgelenk. Es war total kalt. Und einen Puls konnte ich auch nicht fühlen. »Frierst du nicht?«

»Nein.«

»Komisch. Dabei hast du doch eine ganze Zeit hier auf dem Boden gelegen.«

»Was soll's? Und was ist jetzt mit dem Backes?«

»Ach, das ist ein blöder Arsch. Keine Ahnung, weswegen ich gedacht hatte, er könnte ein Traumprinz sein«, brummelte ich.

»Das kann doch jedem mal passieren«, beruhigte mich Vivian.

Wir gingen zur Straße. Ich musste immer wieder auf meine unheimlich blasse Freundin schauen. Eben war sie noch urlaubsbraun gewesen, jetzt war sie weiß wie ein Fischbauch, hatte Bissspuren am Hals und keinen Puls. Das Werwolf-Buch fiel mir wieder ein und dieser blasierte Professor mit seinem Vampirgeschwafel.

»Erzähl doch mal von dem Typen, der dich mitgenommen hat«, sagte ich.

»Ach, das war so ein Kauz. Er war irgendwie voll spießig angezogen mit einem Gehrock und weißem Hemd, aber er war sehr höflich und freundlich.«

»Kam er dir nicht merkwürdig vor?«

»Doch, na klar. Aber er war kein Verbrecher! Das habe ich sofort gesehen. Er sah nur merkwürdig aus, irgendwie wie ein Schwarz-Weiß-Foto. Aber ich wollte nur noch nach Hause, und ich dachte, wer nicht wagt, der nicht gewinnt, haha. Und er war ja auch sehr nett.«

»Aber er hat dich gebissen. Und im Park liegen gelassen«, fasste ich zusammen.

»Na ja. Das war wahrscheinlich nicht ganz so nett, aber was soll's? Ist ja noch mal gut gegangen.« Sie grinste mich an.

»Vivian …«, sagte ich und stolperte einen Schritt zurück.

»Was ist los?«

»Vivian, du hast da was …« Ich zeigte auf ihren Mund. Da ragten plötzlich vier blendend weiße Eckzähne heraus. Sie befühlte ihre Zähne.

»Ach du Scheiße«, entfuhr es ihr. Sie holte ihr Lippenstifttäschchen mit dem kleinen Spiegel raus. »Sieht aus wie …«

»… Vampirzähne!«, sagte ich.

Sie schrie panisch auf. »Hölle, was soll das denn? Wie kommen die dahin?« Sie rüttelte mit den Fingern daran, aber sie saßen bombenfest. »Hat der Arsch die mir da etwa angeklebt, oder was?«

»Immerhin hat er dich nicht vergewaltigt und ermordet, dagegen ist ein verunstaltetes Gebiss vielleicht nicht das Schlechteste«, versuchte ich zu scherzen, aber sie tobte immer noch.

»Aber es sind ja nicht nur die Zähne! Guck doch mal, wie blass ich bin!«, jammerte sie. »Meine ganze schöne Bräune – mit einem Schlag weg! Ich glaub, jetzt wird mir doch schlecht.« Sie kramte in ihrer Jackentasche nach einem Pfefferminz, wie immer, wenn sie nervös war.

Doch statt eines Bonbons förderte sie einen Zettel zutage. Darauf stand säuberlich mit Füllfederhalter geschrieben:

Der Jaguar sucht des Adlers Nest, um sich darin zu betten. Er wartet auf sein Junges, ergebenst und voller Hoffnung, dass sie ihm verzeiht. Noch vor Morgengrauen soll es ihn treffen, sonst stirbt es im Sonnenlicht.

»Was soll denn das?«, fragte ich.

»Das ist ganz eindeutig ein Rätsel«, sagte Vivian. »Das hab ich schon in zig Krimis gesehen. Dieser miese Typ will, dass wir ihn finden.«

»Aber warum?«

»Keine Ahnung. Vielleicht ist er ein durchgeknallter Gothic-Fetischist, der auf makabre Spielchen steht.«

»Der kann uns mal«, sagte ich, aber es klang nicht halb so entschlossen, wie ich es eigentlich vorgehabt hatte.

Wir überlegten einen Moment. Vivian strich sich unablässig mit der Zunge über ihre neuen Zähne.

»Eines ist klar«, sagte sie, »diese Prothese muss ich schleunigst wieder loswerden.«

»Stimmt«, sagte ich. »Mit *den* Beißerchen kannst du jedenfalls nicht nach Hause, sonst flippt dein Alter völlig aus.«

Vivian fing an zu kichern. Und steckte mich damit an. Wenige Augenblicke später japste ich nach Luft. Hysterische Lachanfälle waren unsere Spezialität. Immer wenn irgendwas total schieflief oder wir gerade in einer völlig unpassenden Situation waren, mussten wir lachen. Vivian hatte plötzlich Vampirzähne – das war so absurd, dass wir nicht anders konnten als lachen.

»Mein Vater würde sagen, das kommt vom Grünzeugfressen«, presste Vivian heraus.

»Na klar, du siehst eine Frikadelle, und schon machst du lange Zähne!«, gluckste ich.

»Er wird sich freuen zu hören, dass ich ab jetzt Blutwurst mag.«

»Hör auf«, keuchte ich, »mir tut der Bauch schon weh.«

Entfernt hörten wir eine Kirchturmuhr schlagen. Plötzlich hörte Vivian auf zu lachen. »Wie spät ist es?«

»Halb fünf«, sagte ich.

Vivian blieb einen Moment ruhig. Dann fragte sie: »Und was, wenn ich ein echter Vampir geworden bin?«

»Na klar«, prustete ich, »und ich bin die echte Kylie Minogue.« Doch mein Lachen blieb mir angesichts von Vivis versteinerter Miene im Halse stecken.

»Zähl doch mal zwei und zwei zusammen.«

Ich biss mir auf die Lippen. Es wäre gelogen gewesen, wenn ich gesagt hätte, dass mir das alles völlig normal vorkam. Und der Professor im Fernsehen hatte ja schließlich auch klipp und klar gesagt, dass es Vampire gab. Aber sollte Vivi tatsächlich… Ich schüttelte mich. Die Vorstellung war zu ungeheuerlich.

»Leni«, sagte Vivian jetzt mit ihrer typischen Entschlossenheit. »Wir müssen ihn finden. Ich muss wissen, was Mister Schwarz-Weiß hier für ein Spiel spielt. Denn wenn er tatsächlich recht hat mit diesem Unfug«, sie wedelte mit dem Zettel, »dann werde ich bei Sonnenaufgang gegrillt wie ein Spanferkel.«

Ich wusste, dass Vivi sich nicht davon abbringen lassen würde. »Also gut, meinetwegen«, sagte ich seufzend. »Dann lass mal sehen.« Insgeheim hoffte ich natürlich, dass sich morgen früh alles in Wohlgefallen auflösen würde, und wir bald nur noch lachen würden über die Nacht, in der wir dachten, Vivi wäre ein Vampir geworden.

Wir schauten auf den Zettel. »Mit Jaguar meint er sich selbst wegen seinem Auto, das ist klar«, sagte Vivian. »Aber was ist mit Adlernest gemeint? Vielleicht hat er sich in eine Fledermaus verwandelt und hockt irgendwo auf einem Baum?« Sie grinste.

»Sehr witzig«, sagte ich. »Ein bisschen mehr Ernst, wenn ich bitten darf.«

»Er hatte ein Berliner Kennzeichen«, überlegte Vivian, »also ist er nicht von hier.«

»Und wo wohnt man, wenn man in einer fremden Stadt ist?«, fragte ich.

»Im Hotel!«, riefen wir gleichzeitig. Wir liefen bis zur nächsten Telefonzelle, das heißt, ich eierte mehr, denn meine Füße schmerzten ganz schön nach der langen Nacht auf hohen Schuhen. Aber immerhin hatten wir Glück: Das Telefonbuch war noch da.

»Wir sind einfach total clever, Leni«, lobte Vivian uns.

»Mal sehen«, sagte ich. »Hotel Zur Sonne, Holiday Inn, Hotel Gerneschön … Was ist das denn für ein blöder Name.« Ich fuhr mit dem Finger weiter das Alphabet zurück. »Hotel Atlantic … hää? Ein Hotel Adler gibt es in Hamburg nicht.« Enttäuscht ließ ich das Buch sinken. »Und was machen wir jetzt?«

Wir wanderten die Straße entlang und suchten die nächste Bushaltestelle. Katerstimmung machte sich breit. »Das mit den Zähnen war vielleicht nur eine optische Täuschung«, sagte Vivian auf einmal. »Siehst du, sie sind wieder ganz normal.«

»Was?«, rief ich erstaunt. »Stimmt! Vielleicht haben wir uns das auch nur eingebildet. Du weißt schon, wegen dem Schock.« Ich versuchte fröhlich und überzeugt zu klingen, aber eigentlich war ich kein bisschen beruhigt. Ich hatte die Zähne doch genau gesehen. Und Vivian hatte sie sogar angefasst!

»Genau. Und dann dieses blöde Kinderrätsel. Der hat uns einfach verarscht«, schimpfte Vivian.

»Der kann uns mal! Ha, Hotel Adler, so ein Mist. Wahrscheinlich sitzt er im Hotel Gerneschön und holt sich einen runter«, frotzelte ich, aber in dem Moment machte es bei mir auf einmal klick. »Mensch Vivi, ich hab's. Es gibt in Hamburg ein Hotel Greif!«

»Hotel Greif?«, wiederholte sie dümmlich.

»Adler – Greif – du verstehen? Der Adler ist ein Greifvogel! Und in der Mythologie ist ein Greif zumindest zur Hälfte ein Adler.«

»Woher weißt du denn so was?«

»Weil ich im Gegensatz zur dir auch gerne mal Dokus

gucke und nicht nur so einen Blödsinn wie *Miami Vice*. Komm, es ist nicht weit.«

Ein paar Minuten später standen wir tatsächlich vor dem Hotel Greif. Da wir irgendwie nicht sicher waren, was uns erwartete, verbargen wir uns in einem Gebüsch auf dem Parkplatz gegenüber.

»Wenn ich es mir recht überlege, bin ich ziemlich sauer auf diesen Scheißkerl«, sagte Vivian. »Wegen ihm muss ich wieder ein Vermögen für die Sonnenbank ausgeben.«

»Genau. Und ich habe mir wegen dem fast in die Hose gemacht im Park. Und meine Füße bringen mich um von der ganzen Latscherei!«

»Der wird sich jetzt eine Packung abholen!« Vivian ballte kampfeslustig die Faust.

»Auf geht's«, sagte ich.

Wir wollten gerade losgehen, da rollte ein Wagen genau vor unsere Füße. Es war der schwarze Jaguar. Die verdunkelte Scheibe wurde runtergelassen. Vivian hatte nicht gelogen. Er war wirklich ein komischer Kauz. Er sah ein bisschen aus wie Gregory Peck in *Wer die Nachtigall stört* – nur mit schlechterer Maske, denn die Schatten unter seinen Augen hätten wirklich ein bisschen Make-up vertragen können.

»Ich bin zutiefst erfreut, Sie zu sehen«, sagte er gestelzt.

»Hören Sie, was soll der Quatsch?«, fuhr Vivian ihn an. »Sie haben mich und meine Freundin zu Tode erschreckt.«

»Ich bitte vielmals um Vergebung, wertes Fräulein. Ich kann Ihnen nicht oft genug meine Bestürzung kenntlich machen, angesichts der Umstände, die ich Ihnen bereitet habe.«

Es klang total geschwollen, aber ehrlich. Dazu machte er ein zerknirschtes Gesicht. Das nahm Vivian irgendwie den Wind aus den Segeln. »Tja, und jetzt?«

»Ich würde Ihnen mit Ihrer Erlaubnis gerne mein Anliegen näher erläutern.« Er öffnete die Beifahrertür. »Würden Sie mir die Ehre erweisen und einsteigen?«

Vivian stand einen Moment unentschlossen da. »Ich steige nie zu Fremden ins Auto, das hat mir meine Mama beigebracht«, sagte sie.

»Verzeihung, dass ich bisher versäumt habe, mich vorzustellen. Mein Name ist Eduard Canterbury.«

»Aha«, sagte Vivian und warf mir einen belustigten Blick zu. »Aber meine Freundin kommt mit rein.«

»Es tut mir außerordentlich leid, aber das Fräulein Freundin müsste bitte einen Moment Geduld aufbringen. Mein Anliegen ist nur für Ihre Ohren bestimmt. Ich versichere Ihnen, es ist nur in Ihrem Interesse.«

Vivian schaute mich an. Ich nickte ihr zu, und sie verschwand im Wagen. Ich trat von einem Bein aufs andere und stellte mir vor, wie wir gleich am Hafen frühstücken und bei einem starken Kaffee und Rühreiern die unglaubliche Nacht Revue passieren lassen würden. Dann würden wir nach Hause fahren, ich würde in mein Bett fallen und vor dem Einschlafen noch mal die neue Pet-Shop-Boys-Platte hören und mir dabei überlegen, in wen ich mich als Nächstes verlieben könnte, jetzt wo der Backes von meiner Traumprinzliste gestrichen war. Ja, genau das würde ich machen. Ich lächelte.

Dann stieg Vivian aus dem Auto. Sie sah nachdenklich aus. »Hör zu, Leni …«

»Was ist denn?«, fragte ich erschrocken. Ich fühlte mich plötzlich wie beim Arzt, wenn man auf die schreckliche Diagnose wartet.

»Scheint so, als ob ich jetzt tatsächlich ein Vampir bin.«

»Ha ha«, machte ich, doch Vivian blieb ungewöhnlich ernst. »Wie meinst du das, du bist jetzt tatsächlich ein Vampir?«

»Na ja«, sagte Vivi, »Ede meint, ich habe keinen Puls und diese schicken Kauwerkzeuge, weil ich nun zur Spezies der nachtaktiven Blutsauger gehöre.«

»Echt jetzt?«, fragte ich. »So schnell geht das?«

Sie nickte. »Wenn ein Vampir einem das gesamte Blut bis auf den letzten Tropfen austrinkt, dann wird man auch einer. Wenn Ede mich gebissen und nur ein bisschen Blut getrunken hätte, dann wäre ich jetzt tot. Glück gehabt, was?« Sie lächelte verlegen.

»Ja«, sagte ich. Das war alles, was mir dazu einfiel. Einen Moment standen meine bleiche beste Freundin und ich in der kalten Hamburger Nacht. Irgendwie war mir noch nicht richtig bewusst geworden, was Vivi da eben gesagt hatte. Doch dann schaltete mein Hirn plötzlich auf Schnelldurchlauf, und ich kam zu dem Schluss, dass es gar nicht so schlimm wäre, wenn Vivian nun tatsächlich ein Vampir wäre, schließlich waren wir schon immer am liebsten nachts unterwegs gewesen. »Und jetzt?«, fragte ich. »Sollen wir noch einen Absacker trinken? Auf den Schreck könnte ich jedenfalls einen Schnaps gebrauchen.«

Vivian sah mich merkwürdig an, dann schüttelte sie traurig den Kopf. »Leni, das scheint vielleicht etwas spontan, aber ich muss mit Ede mitgehen. Und komme nicht wieder.«

Ich fing augenblicklich an zu flennen. »Aber eben dachte ich, ich hätte dich für immer verloren, und dann finde ich dich wieder, nachdem ich mein Leben für dich riskiert habe, und dann willst du mich sitzenlassen?«

»Tja, Leni, ich weiß, das ist total ätzend, aber es geht nicht anders. Leider. Mein Leben und dein Leben sind nach diesem kleinen … äh … Malheur irgendwie nicht mehr kompatibel. Sagt Ede jedenfalls.«

»Aber wir haben geschworen, niemals auseinanderzugehen!«

Vivian seufzte. »Ich würde dich ja natürlich auch mitnehmen, aber Ede hier ist ein bisschen starrsinnig und sagt, dass nur Vampire mitdürfen.«

»Dann beiß mich halt! Ich will auch ein Vampir sein«, heulte ich.

»Wie stellst du dir das vor? Ich kann dich doch nicht einfach beißen«, protestierte sie.

»Hast du keinen Durst auf Blut?«, schluchzte ich.

»Doch. Irgendwie schon. Ist das nicht merkwürdig?«

»Hallo? Du hast vorhin Kalte Muschi getrunken? *Das* nenne ich merkwürdig.«

»Stimmt. Und dass irgendwas fieser schmeckt als Cola mit Rotwein, kann ich mir auch gar nicht vorstellen.«

»Und ich hab meinen Ekeldrink nicht ausgetrunken und muss die nächste Runde geben, so geht *Einmal und nie wieder* nun mal. Also los! Worauf wartest du noch?«

Ich zog meinen Schal aus und hielt ihr meinen Hals entgegen.

Vivian starrte auf meine Halsschlagader mit einem Gesichtsausdruck, wie ich ihn noch nie zuvor an ihr gesehen hatte. Ihr lief das Wasser im Mund zusammen, und ihre Eckzähne wurden noch länger.

»Warte kurz.« Sie stieg noch mal ins Auto.

Ich hörte gedämpft, wie sie sich mit Ede stritt. In meinem Kopf drehte sich alles, und ich kniff mich in den Arm, um zu sehen, ob ich nicht doch träumte. War meine beste Freundin Vivi eben ein Vampir geworden? Und hatte ich sie tatsächlich gebeten, mich auch zu einem Vampir zu machen? Und war das nicht die saudoofste Idee, seit ich mir eingeredet hatte, Bankkauffrau sei der richtige Beruf für mich? Ich betrachtete die dunkle Fensterscheibe des Jaguars, aus der Gesprächsfetzen herausdrangen. Ich war komplett durcheinander. Vivi will alles stehen und liegen lassen und mit diesem komischen Kauz mitgehen?

Plötzlich fiel mir meine Mutter ein, die morgen früh nach mir schauen würde. Na ja, wahrscheinlich erst gegen Mittag, wenn sie ihren Rausch ausgeschlafen hätte. Aber dann würde sie nur mein leeres Zimmer mit den Madonna- und Kylie-Minogue-Postern vorfinden und die Pet-Shop-Boys-Platte, die ich mir erst gestern gekauft hatte. Und dann würde sie sich Sorgen machen. Na ja. Vielleicht. Jedenfalls würde sie nichts Vernünftiges essen, sondern direkt Weinbrand frühstücken.

Was mache ich denn jetzt? Vivian war immer noch in dem Auto. Noch hätte ich die Möglichkeit abzuhauen.

Aber dann wurde mir klar, dass ich Vivian heute auf keinen Fall ein zweites Mal alleine lassen würde.

»Mach ich wohl!«, rief Vivian beim Aussteigen. Dann sagte sie zu mir: »Wenn ich dich beiße, darfst du deine Freunde niemals wiedersehen!«

»Welche Freunde? *Du* bist meine Freunde!«

»Und deine Familie auch nicht.«

Ich schluckte, dann sagte ich mit fester Stimme: »Falls du damit die Schnapsdrossel meinst, die sich meine Mutter nennt... Die würde eine Flasche Doppelkorn eher vermissen als mich.« Ich presste die Lippen zusammen und verdrängte jeden weiteren Gedanken an sie.

»Was ist mit deinem Job? Wird er dir nicht fehlen?«

Ich guckte sie nur tadelnd an.

»Hey, Ede hat gesagt, ich *muss* dich das fragen.«

»Du weißt genau, dass ich meinen Chef hasse, diesen ekligen Grapscher.« Seit dem ersten Tag meiner Ausbildung tatschte er mich bei jeder sich bietenden Gelegenheit an. Und erst am Donnerstag hatte er mich wieder gefragt, was mein schöner Mund denn so alles könne. Igitt! Ich wusste einfach nicht, was ich dagegen machen konnte, schließlich war er mein Chef.

»Gebongt. Also, komm her, hübsches Kind«, zitierte sie Kurgan aus *Highlander*, nahm mich in den Arm wie in den alten Hollywoodfilmen und bleckte die Zähne.

»Moment noch«, sagte ich.

»Was?«

»Du trinkst auch ja alles? Nicht dass du irgendwann keinen Durst mehr hast und mich hier halbleer liegen lässt?«

»Keine Sorge, Baby, nach einer langen Partynacht habe ich immer tierischen Nachdurst.« Sie grinste diabolisch, und die Zähne blitzten.

»Moment noch«, sagte ich wieder und wollte gerade fragen, ob es eigentlich wehgetan hatte, da biss sie zu, und es fühlte sich an, als würde mich jemand am Hals kitzeln. Mir wurde ganz warm, und ich dachte: Vivi, ich liebe dich. Dann spürte ich, wie meine Lebensenergie aus mir herausfloss, mir wurde schwarz vor Augen, und am Ende des Tunnels sah ich ein rotes Licht.

Hamburger Abendblatt, 21. Februar 1989

Vermisste Hamburgerinnen tot

Die seit dem 14. Januar vermissten Frauen, Vivian Schlevogt (20 J.) und Helene Burmanns (20 J.), sind offensichtlich tot. Die Polizei fand in der Nähe von Kiel die völlig verkohlten Überreste zweier Leichen, die nur noch anhand von Kleidungsstücken und Accessoires (u. a. einem gelben Schuh), die in der Nähe des Fundorts lagen, als die sterblichen Überreste von Vivian Schlevogt und Helene Burmanns identifiziert werden konnten. Die beiden Freundinnen waren nach dem Besuch der Hamburger Diskothek Carpe Noctem verschwunden. Trotz intensiver Fahndung und zahlreicher Hinweise aus der Bevölkerung konnte die Polizei den beiden Frauen nicht mehr helfen. Hauptkommissar Günther Werner, der Leiter der Soko *Carpe Noctem*, sagte: »Es gibt eben Verbrechen, gegen die ist die Polizei machtlos.« Die Familien der beiden sind zutiefst bestürzt. »Mein Gott«, sagte Olga Burmanns, Helenes Mutter, als sie von der Polizei die schlechte Nachricht erhielt. »Das ist ja furchtbar. Wie lange ist sie denn schon fort? Kommt mir gar nicht so lange vor.« Dann ging sie in ihre Stammkneipe. »Die Routine beizubehalten ist sehr wichtig in so einer Situation«, sagte ein Polizeipsychologe. Auch Familie Schlevogt äußerte sich zutiefst betroffen. »Wir haben bis zuletzt gehofft, dass es sich um eine Entführung handelt«, schluchzte Petra Schlevogt, Vivians Mutter, unter Tränen. Ihr Vater, Würstchen-Tycoon Hans Schlevogt, sagte: »Ich hab gewusst, dass es eines Tages so kommen würde. Wer kein Fleisch isst, muss ein böses Ende nehmen.« Die Urnenbeisetzung findet nächste Woche statt. Der Bruder der Ermordeten, Holger Schlevogt, sagte: »Es ist schwer zu glauben, dass sie tot ist, wenn man sich nicht richtig verabschiedet hat.«

»Dass wir so früh die dritten Zähne kriegen, hätte ich nicht gedacht«, kicherte ich und befühlte zum ersten Mal meine Hauer.

»Abgefahren«, fand Vivian. Wir saßen auf der Rückbank von Eduards Jaguar und ließen uns durch die schwindende Nacht des 14. Januar 1989 kutschieren. »Hör mal, Ede, was sollte denn der Quatsch mit dem Rätsel?«, fragte Vivian und stemmte die Knie gegen die Beifahrerlehne. »Warum hast du mich nicht gleich mitgenommen?«

»Nun, wertes Fräulein Vivian …«

»Vivi. Meine Freunde nennen mich Vivi.«

»Also, ähem, Vivi, ich bin jetzt Ihr Pate.«

»Mit meinem Patenonkel duze ich mich aber.« Forsch war Vivian schon immer gewesen, aber jetzt kam es mir vor, als ob sie jede Hemmung abgelegt hätte.

Eduard Canterbury seufzte leise. »Nun denn, Vivi, als Vampirpate habe ich die Aufgabe, dich in unsere Sitten und Gebräuche einzuweisen. Und das Rätsel ist die erste Vampirprüfung. Wer – mit Verlaub – von zu bescheidenem Verstand oder von zu arroganter Wesensart ist und das Rätsel nicht löst, der wird in der Regel sehr schnell ein Opfer der Sonnenstrahlen. Das ist eine Art natürliche

Auslese. Unsere Herrscherin kann solche Bürger nicht gebrauchen.«

»Huuu! Herrscherin. Klingt ja imposant«, sagte Vivian.

»Ja, unsere Herrscherin Königin Carla zu Lohenstein ist auch eine imposante Erscheinung.«

»Gibt's auch einen schicken Kronprinzen?«, fragte ich und strich über das weiche Lederpolster der Sitze. Ein Vampir zu sein lohnte sich offensichtlich, denn in einer so schicken Karre war ich noch nie gefahren.

»Da muss ich euch leider enttäuschen.«

»Schade.«

Eduard kurvte den Jaguar auf den Parkplatz einer Autovermietung. Er drehte sich zu uns um. »Meine verehrten Fräuleins, das oberste Gebot für mich ist nun, euer Verschwinden so unauffällig wie möglich zu gestalten. Zum Wohle eures zukünftigen Lebens in der Vampirrepublik Deutschland.«

»Alles roger«, sagte Vivian. »Was sollen wir tun? Sollen wir uns verkleiden?«

»Oder unsere Klamotten tauschen?«, rief ich.

»Ich hab's! Wir geben uns Tarnnamen!«

»Ich heiße Holly McClane, wie die Frau von Bruce Willis in *Stirb Langsam*!«, sagte ich schnell.

»Oh, Menno, den wollte ich«, quengelte Vivian.

»Nun, in unserer derzeitigen Situation wäre es schon hilfreich, wenn wir etwas weniger Konversation betreiben würden, damit wir noch vor Sonnenaufgang in unserem Tagesdomizil eintreffen«, sagte Eduard mit einem Anflug von Gereiztheit.

»Oh. Okay«, sagte ich, und wir hielten die Klappe und

folgten Eduard nach draußen. Er warf den Autoschlüssel und die Papiere in den Briefkasten der Autovermietung und sagte, dass wir ein paar Meter laufen müssten. Ich war total erstaunt, dass meine Füße gar nicht mehr wehtaten, obwohl ich immer noch die Pumps trug.

»Wow!«, sagte ich. »Ich glaube, der Erfinder der Stöckelschuhe war ein Vampir.« Ich machte ein paar Sprünge und konnte es nicht fassen, wie leicht das ging! Ich hüpfte wie eine Antilope herum, bis mich auf einmal jemand am Fuß festhielt. Ich schaute nach unten und erkannte, dass ich in einem Ablaufgitter stecken geblieben war! »Verdammt! Mein schöner neuer Schuh!«

Vivian beugte sich runter, um mir beim Rausziehen zu helfen, aber der Absatz hing fest wie angeschraubt.

Eduard warf einen prüfenden Blick auf den heller werdenden Morgen. »Es wäre angebracht, in dieser Situation ein kleines Opfer zu bringen«, schlug er vor.

»Ich lasse meine Freundin nicht im Stich«, schrie Vivian.

In Eduards Gesicht erschien ein gequälter Ausdruck. »Nun, davon kann auch keine Rede sein. Ich dachte eher daran, dass Fräulein Leni den Schuh auszieht.«

»Äh. Ach so.«

»Aber die sind neu!«, jammerte ich und zerrte weiter.

»Du hast dich eben in einer Sekunde entschieden, deine Mutter, deinen Job und dein gesamtes Leben hinter dir zu lassen, aber wegen eines *Schuhs* stellst du dich an?«, fragte Vivian.

»Aber das sind echte Designerschuhe! So welche habe ich noch nie gehabt!«

»Von welchem Designer sind die denn?«

»Weiß ich jetzt nicht mehr«, sagte ich ärgerlich. »Aber sie waren vorher total teuer gewesen, und ich hab ein super Schnäppchen gemacht!«

Eduard räusperte sich. »Wenn die Damen sich jetzt entscheiden könnten mitzukommen, wäre das äußerst erbaulich. Wir haben noch exakt sechs Minuten bis Sonnenaufgang. Und ich erinnere nur ungern an die Folgen des Zusammentreffens von Tageslicht und Vampiren.«

Vivian wurde hektisch. »Los, Leni!« Sie zog entschlossen meinen Fuß aus dem Schuh. »Sonst passen wir drei gleich alle zusammen in *eine* Schuhschachtel!«

Im Weggehen warf ich einen letzten Blick auf den zurückgelassenen gelben Pumps und fühlte mich für einen kurzen Moment wehmütig, ließ mich dann aber von Vivian weiterziehen und humpelte in mein neues Vampirleben hinein.

Wir bogen in die Toreinfahrt einer stillgelegten Fabrik. Da stand am Rande des Parkplatzes ein leicht verbeulter weißer VW-Lieferwagen ohne Fenster, wie ihn Mechaniker und andere Handwerker fuhren. Ede strebte mit schnellen Schritten darauf zu.

»Das soll unser Tagesdomizil sein?«, flüsterte ich Vivian enttäuscht zu. Irgendwie hatte ich wegen des Jaguars und Eduards schicker Kleidung etwas Glamouröseres erwartet.

»Da muss Aschenputtel wohl noch etwas warten, bis es in das Märchenschloss einzieht«, sagte Vivian.

Wir hüpften hinten in den mit schwarzem Stoff ausgekleideten Wagen und setzten uns auf eine Bank. Eduard knallte die Tür zu und verriegelte sie. Das kleine Fenster zur Fahrerkabine war verhangen, so dass es erst einmal stockdunkel war. Aber meine Augen gewöhnten sich ungewöhnlich schnell an die Dunkelheit. Schon wenige Sekunden später konnte ich alles sehr genau erkennen. Eduard stand gebeugt neben der anderen Bank.

»Nun, da ich nicht mit einem zweiten Gast rechnen konnte«, er warf einen genervten Blick auf Vivian, »müssen wir jetzt improvisieren. Die Damen können dann diese beiden Schlafstätten nehmen.« Er klappte die Bank auf, die sich tatsächlich als Sarg entpuppte.

Vivian und ich stießen uns gegenseitig an. »Abgefahren«, sagte ich.

»Und wo schläfst du?«, fragte Vivian.

Eduard zeigte tapfer auf den nackten Boden zwischen den Särgen.

»Kommt nicht infrage. Ich nehme die Besucherritze«, sagte Vivian.

»Das kann ich nicht zulas...«, fing Eduard an, aber Vivian unterbrach ihn.

»Papperlapapp. Keine Widerrede. Wegen mir sind wir alle drei hier, also bitte...«

»Nun, das stimmt allerdings«, sagte er pikiert, aber auch erleichtert. »Bitte, Vivi, ich ersuche dich, wenigstens nicht auf diese Annehmlichkeit zu verzichten.« Er reichte ihr einen schwarzen kuscheligen Sack mit Reißverschluss.

»Ist das wenigstens ein Mumienschlafsack?«, kicherte sie und schlüpfte hinein. Kurz darauf lagen wir alle. »Und was ist, wenn ich aufs Klo muss?«, fragte ich.

»Nun, wertes Fräulein Leni, du wirst sehen, dass diese Art Probleme der Vergangenheit angehören«, antwortete Eduard.

Das brachte mich auf eine andere Frage: »Jetzt wo Vivi mein Blut hat, was läuft da eigentlich durch meine Adern?«

»Vielleicht blaue Ersatzflüssigkeit?«, schlug Vivian vor, und wir prusteten los.

Dann war sie plötzlich wieder still, und ich war mir sicher, dass sie das Gleiche dachte wie ich: Bekommen Vampiras eigentlich ihre Tage? Aber das würde ich bestimmt bald rauskriegen. Jetzt wollte ich nur noch schlafen. Eine Müdigkeit übermannte mich, wie ich sie noch nie erlebt hatte, und eine Sekunde später war ich eingeschlafen.

Als ich erwachte, saß Eduard schon auf dem geschlossenen Sarg. Vivian schälte sich gerade aus ihrem Schlafsack.

»Guten Abend, die Damen«, sagte er, ganz Reiseleiter. »Wünsche wohl geruht zu haben. Wohlan, die Reise kann beginnen.« Er gab mir ein durchsichtiges Plastiksäckchen mit einer dunkelroten Flüssigkeit. »Du musst hungrig sein«, sagte er.

Tatsächlich, mir knurrte der Magen. »Was ist das?«

»Wunderbares Tierblut!«, sagte Eduard. Er erklärte uns, dass man nicht ständig Menschen beißen könne, weil das viel zu auffällig wäre, und deshalb das Ernährungsministerium Ersatznahrung für alle Bürger der Republik zur Verfügung stellen würde. »Ich weiß, dass es lange nicht so gut schmeckt wie frisches Menschenblut«, sagte er verlegen, »aber es sättigt.«

Die Vorstellung von Tierblut zum Abendessen erschien mir erstaunlicherweise überhaupt nicht abwegig. Aber vielleicht lag das auch nur daran, dass ich vor meinem Eintritt in das Vampirdasein hauptsächlich von Slim Fast und anderem Hardcore-Diätkram gelebt hatte und es also gewohnt war, mich völlig pervers zu ernähren. »Und wie macht man das?«, fragte ich.

»Nun, man kann entweder reinbeißen wie in einen Hals oder diesen Strohhalm verwenden.« An der Seite des Beutels klebte tatsächlich eine Papierhülle mit einem Strohhalm darin, den man in ein vorgestanztes Loch stecken konnte wie bei einer Capri-Sonne. Das fand ich putzig. Die beiden beobachteten mich, wie ich probierte. Es schmeckte erst süß, dann salzig und hinterließ einen leicht metallischen Geschmack.

»Und?«, fragte Vivian.

»Ist okay. Willst du mal probieren?«

Vivian nippte. Dann schüttelte sie sich. »Igitt, kein Vergleich zu richtigem Blut!« Sie tat wie ein alter Hase, dabei hatte sie auch erst eine Kostprobe gehabt.

»Ja, im Vergleich zu mir schmeckt eben alles andere schal«, sagte ich würdevoll und schlürfte meinen Drink bis auf den letzten Tropfen aus. Ich fand zwar auch, dass irgendwas fehlte, aber meine Geschmacksnerven waren zum Glück durch jahrelangen Konsum von Cola light und anderen Süßstoffbomben abgestumpft.

»Wie wäre es mit der ersten Lektion in Vampirismus?«, fragte Eduard, nachdem wir losgefahren waren.

»Und die wäre?«, fragte Vivian.

»Mythologie und Wahrheit.«

»Dann schieß mal los!«

»Während der Homo sapiens die Existenz von Vampiren als Aberglaube abklassifiziert«, dozierte er, »reichen in Wahrheit die Anfänge bis weit ins ...«

»Wie viel Kalorien hat Blut eigentlich?«, platzte ich dazwischen.

»Nun, das entzieht sich leider meiner Kenntnis«, antwortete Ede pikiert.

»Ernährt man sich wirklich nur noch davon?«, fragte Vivian.

»Ja«, seufzte er, »denn feste Nahrung können wir nicht mehr verdauen. Aber das Thema Physiologie des Vampirs steht eigentlich erst später auf dem Stundenpl...«

»Wie jetzt?«, rief ich. »Darf ich keine Schokolade mehr essen?«

Eduard stöhnte. »Das liegt in jedermanns eigenem Ermessen.«

»Aber wenn man sie nicht verdauen kann, dann nimmt man auch nicht davon zu«, stellte Vivian fest.

»Oh Mann!«, jubelte ich. »Das ist ja wohl das Allerbeste, was ich jemals gehört habe! Ich werde Schokolade *fressen* bis zum *Abwinken!* Wisst ihr, wie lange ich kein Hanuta mehr gegessen habe? Und Toffifee? Und Trauben-Nuss-Schokol...«

Eduard schob mit Schwung eine Kassette in das Autoradio, es machte klack, und plötzlich dröhnte schrecklich kitschige Musik durch die Fahrerkabine. Vivian und ich warfen uns einen entsetzten Blick zu. Eduard hörte

Operetten! Und so fuhren wir über die nächtliche Autobahn und versuchten, das unerträgliche Getriller einer hysterischen Hofschranze, die sich über ihren untreuen Ehemann beklagte, auszublenden. Irgendwann gegen drei Uhr früh bogen wir auf eine kurvige Landstraße ein, die uns über Hügel und durch Wälder immer weiter von der Zivilisation entfernte. Nach einer gefühlten Ewigkeit, nur begleitet von den völlig unlustigen Klängen von *Die lustige Witwe* und anderen Werken, die einem zwanzigjährigen Partymädchen gehörig in den Ohren scheppern, steuerte Eduard den Wagen in einen schmalen Waldweg. Schließlich rollten wir durch ein Eisentor auf ein stattliches, efeuumranktes Herrenhaus zu. »Willkommen auf Gut Strigoi!«, sagte Eduard.

Eine zierliche weißhaarige Frau in eleganter schwarzer Marlene-Hose und gleichfarbigem Rollkragenpullover kam uns in der Eingangshalle entgegen.

»Mutter!« Eduard begrüßte sie mit Wangenküsschen.

»Oh, Eduard, da hast du uns ja gleich zwei hübsche Neuzugänge verschafft«, rief sie. »Das ist ja wunderbar. Kommt rein, kommt rein, ich freue mich!«

Ihre Augen hatten die Farbe von Gewitterwolken, ließen jedoch alles Bedrohliche vermissen, vielmehr sprühten sie vor Energie und Humor. Unglaublich, dass sie 1880 geboren wurde, wie wir später erfuhren. Ihre kurzen Haare und ihre lebhafte Art wirkten mädchenhaft und modern. Freilich hatte auch sie ziemliche Schatten unter den Augen, und ihre fahle Gesichtshaut erinnerte an eingetrocknete Niveacreme.

»Ich bin Eleonore, nennt mich Elli«, stellte sie sich vor. Ein Diener in dunkelroter Livree erschien, ein glatzköpfiger Riese namens Ignaz. »Mein Lieber«, sagte Elli, »sei so gut und bereite das zweite Gästezimmer vor. Gepäck habt ihr ja vermutlich nicht?« Sie hakte uns links und rechts unter. »Umso leichter reist es sich, nicht wahr?« Sie führte uns die Treppe hinauf und zeigte uns unsere Zimmer. »Ihr werdet euch sicher wundern, warum es kein Badezimmer gibt.«

»Äh, ja«, sagte ich.

»Vampire mögen kein Wasser. Wasser lassen müssen sie auch nicht. Also brauchen wir keine Badezimmer!«, erklärte Elli. »Aber dort auf der Spiegelkommode gibt es alles, was die Vampirin von heute so braucht, um sich frischzumachen.« Sie ließ uns allein.

»Ist das cool!«, rief ich und ließ mich in das kuschelig weiche Himmelbett fallen. »Zum Glück haben die hier keine Särge.«

Vivian kam herein. Ihr Zimmer lag direkt nebenan und war durch eine Verbindungstür zu erreichen.

»Ganz schön viel altes Zeug«, sagte sie und zeigte auf die Biedermeierkommode, über der ein Ölgemälde von einem feisten Jäger und seinem Rudel Bluthunde hing. Sie warf sich neben mich aufs Bett.

»Aber es gibt einen Fernseher!«, warf ich ein. »Die nächste Folge *Denver Clan* darf ich nicht verpassen.«

»Ich wüsste lieber, wo die Minibar ist«, scherzte Vivian. Aber es stellte sich heraus, dass wir auf die liebgewonnene Angewohnheit, richtig einen zu heben, fortan würden verzichten müssen.

»Alkohol wirkt bei Vampiren nicht, leider«, erklärte uns Elli noch am selben Abend. »Und Durst hat man ja nun auch nicht. Außer auf diesen speziellen Lebenssaft.«

Da Ede Vivis Vampirpate war, musste er nicht nur für ihr unauffälliges Verschwinden aus dem Menschenleben sorgen, sondern auch dafür, dass sie alles über Vampire und die Vampirrepublik Deutschland erfuhr. Und da Vivi meine Vampirpatin war, musste ich den ganzen Mist mitmachen. Das war furchtbar öde, schließlich hatte ich die Schule schon immer gehasst, und Ede war nicht gerade das, was man einen mitreißenden Lehrer nennen konnte. Mit dem Temperament einer Schlaftablette erörterte er Politik, Literatur und Geschichte der Vampire, und ich hätte normalerweise sicher, so wie früher in Englisch und Physik, mit zufallenden Augenlidern zu kämpfen gehabt, aber ich stellte fest, dass ich entweder total wach war (nachts) oder komatös schlief (tags). Da konnte Ede noch so ausschweifend von den Pflichten der Bürger in der Vampirrepublik Deutschland schwadronieren, ich musste noch nicht einmal gähnen. Ich wurde einfach nicht müde! Gelangweilt natürlich schon. Und zwar ohne Ende. Aber da hatten Vivian und ich natürlich unsere Mittelchen, den Unterricht etwas aufzupeppen. Wir schrieben uns wie früher kleine Briefchen und machten Witze über die ganzen behämmerten Namen der Minister. Unser Finanzminister hieß zum Beispiel (auweia!) Blasius Hutzenstein, der Boss der Vampirpolizei (haha, Ute Schnute) Kasimir Ture und der Verwaltungschef Ludwig Kowarsch. Noch Fragen? Das war ja nun mal total klar, dass wir ihn Kloarsch tauften und uns kaputtlachten. Ede versuchte, die Nerven zu bewahren, was ihm immer schlechter gelang. Er wurde mit der Zeit richtig zänkisch. Auch wenn wir überhaupt nichts gemacht hatten! Elli meinte, so sei er immer schon gewesen, ihr Sohn, ein richtiger kleiner Spießer, genau wie sein Vater. Das waren ihre Worte!

Obwohl wir nicht gerade aufmerksam waren, stellte ich mit Erstaunen fest, dass ich mir alles merken konnte. Ob der dröge Ede den Staatsapparat oder die Historie der Vampire und ihrer blutarmen Verwandtschaft referierte, all dies unnütze Zeug blieb in meinem Hirn haften. Wir lernten, dass die Republik nicht gerade ein Sozialstaat war, denn jeder Bürger hatte eine monatliche Steuer zu entrichten, und wer nicht zahlen konnte, der musste entweder zum Gemeinschaftsdienst oder er wurde – schluck! – hingerichtet, wenn er diesen aus welchen Gründen auch immer nicht leisten konnte. Als Ede das Wort Todesstrafe zum ersten Mal aussprach, dachte ich, er scherzt.

Im Reich der Untoten gibt es eine Todesstrafe? Das ist ja nun mal merkwürdig.

Aber wir waren zwanzig, und da ließ man sich eben nicht so leicht ins Bockshorn jagen. Außerdem erfuhren wir, dass Vampire mit der Zeit auch übernatürliche Kräfte entwickeln können. »Was denn zum Beispiel?«, fragte ich.

»Nun, die Sinne haben sich ja schon geschärft, so dass ihr auch in der Dunkelheit gut sehen könnt. Ein besseres Gehör kommt bald dazu. Es gibt Vampire, die über sehr große Körperkraft verfügen, sich in Fledermäuse verwandeln oder die Wände hochgehen können. Manche sind auch in der Lage Gedanken zu lesen. Niemand weiß, welche Gabe man selber bekommt und wann es so weit ist.«

»Was kannst du denn Besonderes?«, fragte Vivian.

»Ähem …«, druckste Ede. »Es kann auch sein, dass ihr niemals übernatürliche Kräfte erlangt. Oder dass sie erst in hundertfünfzig Jahren auftreten.«

Gut Strigoi wurde also unser neues Zuhause. Wir hatten Unterricht bei Ede und freuten uns aber immer schon auf den Feierabend, wenn wir ab vier Uhr morgens mit Elli am Kaminfeuer saßen (ein rein dekoratives Element, denn kalt war keinem von uns!) und bei Martinis (ebenfalls nur Deko!) über alte Zeiten plauderten. Während Ede in seiner Bibliothek weilte, um irgendwelche langweiligen Astrologiebücher zu studieren und seine Operetten zu hören, erzählte uns Elli aus ihrem bewegten Menschenleben, das in einer lauen Sommernacht 1931 ein Ende gefunden hatte. Ihre Vampirpatin war eine Revuetänzerin gewesen, die aber später ihres ewigen Lebens überdrüssig wurde und sich selbiges nahm, indem sie sich dem Sonnenlicht aussetzte. Die Schatten unter Ellis Augen wurden noch tiefer und fast sah es so aus, als ob sie anfangen würde zu weinen.

»Hast du sie geliebt?«, fragte Vivian leise.

»Sie war eine wunderbare Frau und eine begnadete Tänzerin«, sagte Elli. »Und ja, ich habe sie geliebt.«

Sie rührte gedankenverloren mit dem Olivenzahnstocher in ihrem Martini und stellte ihn wieder weg. Dann begann sie zu erzählen. Wie sie der Enge ihres Heimatdorfes und der sterbenslangweiligen Ehe mit ihrem Mann entflohen war und sich in das ausschweifende Nachtleben Berlins gestürzt hatte. Sie berichtete von anregenden Künstlertreffs, Varietés und Nachtclubs, in denen sie Gast war, und wie sie sich verliebt hatten, die Tänzerin und sie, 1920. Anfangs wusste Elli nicht, dass sie ein Vampir war. Doch irgendwann weihte die Tänzerin sie in ihr Geheimnis ein. Elli bettelte darum, auch ein Vampir werden zu dürfen, doch die Tänzerin weigerte sich. Vampire könnten sich nicht lieben, sagte sie immer. Doch mit jedem Jahr wurde sie trauriger.

»Was ist mit dir los, kleine Tänzerin?«, hatte Elli gefragt. Die Tänzerin hatte sie mit ihren großen jadegrünen Augen angeschaut, ihr über die zarten Falten in ihrem Gesicht gestrichen und sich dann abgewandt.

»Sie konnte nicht verkraften, dass ich alterte, dass ich sterblich war«, sagte Elli. »Sie sagte, sie hielte die Angst um mich nicht mehr aus. Sie wollte mich verlassen. Doch ohne sie wollte ich nicht leben, und so überzeugte ich sie, dass sie mich beißen müsse. Die Nacht, in der ich zum Vampir wurde, werde ich nie vergessen. Es war eine wunderschöne laue Sommernacht. Wir fuhren mit den Rädern zum Wannsee. Meine Tänzerin sah mir zu, wie ich badete. Wir öffneten eine Flasche Champagner und küssten uns. Und dann …« Ellis Stimme versagte. Sie betastete mit ihren schmalen Fingern die Perlenkette mit dem goldenen Muschelanhänger, die sie immer trug, und die weißen Perlen schimmerten im Feuer des Kamins wie Tränen. Nach einer Weile sagte sie leise: »Doch wenn das Herz aufhört zu schlagen und man dennoch lebt, stirbt die Liebe.«

Wir schauten in das prasselnde Kaminfeuer und lauschten dem gemächlichen Ticken der Wanduhr, die das Verstreichen einer Zeit anzeigte, die für uns eine andere Bedeutung bekommen hatte. Ich wurde unruhig. »Ist das wahr, Elli? Können Vampire nicht lieben?«

»Das Liebesleben der Vampire ist komplizierter als das von Sterblichen«, antwortete sie ausweichend.

Na ja, wollte ich einwerfen, als Mädchen hat man es auch nicht gerade leicht. Aber das Thema war zu ernst, um Witze darüber zu machen.

»Vampire können Menschen lieben«, sagte Elli, »solange jeder das bleibt, was er ist. Denn zwei kalte Herzen können sich nicht leidenschaftlich füreinander erwärmen. Doch die Legende sagt, dass, wenn zwei Vampire tatsächlich füreinander bestimmt sind, ihre Liebe dann so heiß wie das Höllenfeuer brennt.«

»Das klingt doch ganz gut«, sagte ich hoffnungsvoll.

»Ja«, seufzte Elli, »nur leider ist wahre Liebe zwischen Vampiren so selten wie ein Tag ohne Sonne.«

Ich schaute entsetzt zu Vivian. »Das hättest du in der Stellenausschreibung aber wirklich mal erwähnen können!«, schmollte ich.

»Das wusste ich doch nicht«, verteidigte sich Vivian. »Aber mach dir keine Sorgen. Du sagst doch immer, ein echtes Mädchen gibt die Hoffnung auf einen Traumprinzen nie auf.«

»Ja, ich weiß«, grummelte ich.

»Ist Eduard eigentlich wirklich dein Sohn?«, fragte Vivian Elli.

»Ja. Ist ziemlich ungewöhnlich, nicht?«, antwortete

Elli und ließ offen, ob sie damit ihre unterschiedlichen Charaktere meinte oder die Tatsache, dass Mutter und Sohn untot waren.

»Und wie ist er Vampir geworden?«, fragte Vivian.

»Er ist 1932 überfallen worden von einer Horde Jugendlicher. Ich habe ihn aber erst zufällig auf der großen Silvesterparty 2000 wieder getroffen. Und danach ist er zu mir gezogen«, erklärte Elli, »aber er hat mir nie verziehen, dass ich seinen Vater und ihn verlassen habe. Dabei war er zu dem Zeitpunkt schon neunzehn Jahre alt! Na ja. Er mochte wohl auch nicht, dass ich später mit einer Frau zusammengelebt habe. Er ist eben ein Sensibelchen, mein Ede. Und ein Spießer.«

Und dann sagte Ede irgendwann, wir müssten eine Prüfung ablegen. »So eine Art Vampirdiplom?«, fragte ich.

»Nein. Den Eignungstest zur Aufnahme in die Vampirrepublik.«

»Also ein Vampirdiplom«, stellte Vivian fest, und Ede verdrehte die Augen.

Da wir uns ja alles ganz leicht merken konnten, war der Test pipieinfach, und kurz darauf verkündete uns Ede, dass wir nun offiziell Bürger der Vampirrepublik Deutschland seien. Er gab uns neue Pässe, die aussahen wie normale deutsche Personalausweise.

»Hey, in diesem Ding heiße ich Claudia Schneider. Was soll das denn?«, rief Vivian.

»Und ich Stefanie Meier!«, sagte ich.

»Ja«, sagte Ede, »das ist Teil des Identitätsschutzprogramms, in das ihr aufgenommen wurdet. Die Vampirpolizei hat dafür gesorgt, dass Helene und Vivian offiziell gestorben sind. Deswegen die neuen Namen.«

»Aber warum sind das so öde Namen?«, maulte ich.

»Ja genau, warum hat *uns* keiner gefragt, wie wir heißen wollen?«, fragte Vivian. Ede ging gar nicht darauf ein. »Und angeblich ist mein Geburtsjahr 1971, also bin ich jetzt drei Jahre jünger als in echt«, sagte Vivian.

Ede erklärte uns, dass das der Wahrung der Anonymität diene und dass wir von nun an alle drei Jahre vom Identitätsministerium einen neuen Pass bekämen, der ein aktualisiertes Geburtsdatum aufweist. Dann steckte er uns winzige Anstecknadeln aus Stahl mit einem kleinen V drauf an. »Ihr müsst sie immer tragen, denn darauf ist jeweils eure zentrale Registrierungsnummer eingraviert. Dieser Geheimcode dient der Identifizierung, auch für den Fall, dass … nun ja, ihr aus Versehen ins Sonnenlicht geraten solltet.«

»Prima«, sagte Vivian, »und jetzt?«

»Wie und jetzt?«, fragte Ede.

»Wo feiern wir jetzt?«

»Nirgendwo.« Ede schüttelte verständnislos den Kopf.

»Aber wir müssen mal wieder Party machen!«, rief Vivian.

»Nein, das geht nicht«, sagte Ede streng. »Das Identitätsschutzprogramm sieht vor, dass ein Vampirrekrut die erste Zeit im Untergrund verbringt.«

»Und wie lange? Eine Woche? Zwei Wochen?«, fragte Vivian.

Ede schaute uns merkwürdig an. »Fünfzig Jahre.«

»Waaasss?«, schrien Vivian und ich entsetzt.

»Nur so kann man vermeiden, dass einen Bekannte und Freunde wiedererkennen, wo man doch offiziell für tot erklärt wurde«, erklärte Ede hastig. »Aber danach ist man frei und kann sich unter Menschen mischen.«

Wir starrten Ede an.

»*Fünfzig* Jahre?«, fragte ich noch mal. Er nickte.

»Kein Wunder, dass man von lebenden Toten spricht«, sagte Vivian.

Wir hielten es noch einige Zeit auf Gut Strigoi aus. Vivian bastelte an der perfekten Foundation, denn es war wirklich nicht leicht, die Leichenblässe zu überschminken ohne total zugekleistert auszusehen. Sie bestellte sich bei verschiedenen Theaterausstattern Kosmetik und mischte sie in unterschiedlichen Kombinationen zusammen. Aber erst als sie auf die Idee kam, bei einem Bestattungsunternehmen Make-up zu bestellen, schaffte sie den Durchbruch. Mit ihrer Spezial-Foundation sah sie plötzlich wieder so aus wie früher. Vivi war schon immer ein Genie in Sachen Kosmetik gewesen! Ich widmete mich derweil einer Aufgabe, die mir schon immer zu schaffen gemacht hatte: Ich wollte herauskriegen, wie dieser blöde Zauberwürfel zu lösen war, und bald schaffte ich es reibungslos in weniger als acht Minuten. Wir spielten Tischtennis, schauten uns alte Filme und neue Serien im Fernsehen an und lasen Schmachtfetzen aus der Bibliothek. Manchmal lud Elli ein paar Vampirkollegen ein, und wir saßen um den langen Tisch im Speisesalon und laberten Erwachsenenzeug.

»Wir lange sind wir schon hier?«, fragte mich Vivian eines Abends.

»Keine Ahnung. Fünf Jahre?«

»Ich sag es dir. Es sind genau neun Monate. Man verliert einfach den Überblick, wenn man hier so eingesperrt ist. Ist doch schrecklich.« Wir schauten uns an und waren uns sofort einig. Wir mussten hier weg!

Ede versuchte uns zurückzuhalten und erzählte uns, wie gefährlich es werden könne, wenn man auffiele. Denn auf das Auffliegen der Tarnung standen strenge Strafen, und Zuchthaus war nur die beste davon. Außerdem machte er sich Sorgen, weil unser Verhalten auch auf ihn als Vampirpaten zurückfallen würde.

Aber wir wollten nicht auf ihn hören. Auch seine Warnung vor der Vampirpolizei und vor allem ihrem Chef Kasimir Ture, der äußerst unangenehm werden konnte, nahmen wir nicht ernst.

»Ute, Schnute, Kasimir, ja ja ja, so heißen wir«, sang Vivian, und ich fiel sofort ein: »Hallo du, hallo ihr, wir sind Ute, Schnute, Kasimir!« Wir wussten, dass wir Ede damit zur Weißglut brachten. Und vielleicht lag es auch ein kleines bisschen daran, dass Ede es schließlich aufgab, uns von unseren Plänen abzubringen.

»Keine Sorge, Ede, wir fliegen unter dem Radar«, sagte Vivian zum Abschied.

Elli war natürlich sehr traurig, als wir sie verließen, aber sie wusste, dass sie uns nicht aufhalten konnte. »Passt gut auf euch auf«, sagte sie, bevor wir am Abend des 14. November 1989 in den Zug stiegen, um in Köln ein neues Leben zu beginnen.

Heute

»Da ist sie!«, ruft Vivian und zieht mich durch das Gedrängel zu Lulu, die mit ihren zwei Metern und der gigantischen Baroness-Perücke alle überragt.

»Hallo Mädels«, haucht Lulu in schwulstem Tonfall. Sie ist eine Vampir-Dragqueen und so was wie unsere große Schwester. Wir haben sie kurz nach unserem Umzug nach Köln in der Disco kennengelernt und sind mittlerweile über fünfzehn Jahre befreundet. Sie war uns natürlich sofort aufgefallen, weil sie mit ihrem Kostüm direkt aus dem Film *Tanz der Vampire* entsprungen sein könnte. Sie sieht aus wie eine klassische Rokokodame, nur im Großformat. Sie ist in allem ein bisschen überdimensioniert. Das Seidenkleid mit dem Brokatbesatz ist natürlich eine Spezialanfertigung, denn ihre üppige Männertaille könnte kein Mieder der Welt bändigen. Sogar das Gummidekolleté ist von beeindruckendem Ausmaß, und mit ihrem monströsen Reifrock ist sie in einer Menschenmenge ungefähr so wendig wie eine Waschmaschine beim Umzug. Da uns der gute alte Ede ungefähr eine Million Mal eingetrichtert hatte, dass die größte Tugend eines Vampirs seine Unauffälligkeit sei, hätten wir niemals damit gerechnet, dass sie ein echter Vampir sein könnte. Aber je lauter man poltert, desto normaler ist man, behauptet Lulu immer, jedenfalls in Köln. Sie hatte unseren »Körperstatus untot« – wie es im Antragsformular zur »Einrichtung und Wahrung einer neuen Identität in der Vampirrepublik« genannt wird – natürlich in dem Moment gecheckt, als wir sie kichernd auf ihre Verkleidung angesprochen hatten.

Sie hatte meine Frisur begutachtet und gesagt: »Ich schätze, ihr seid Ende der 1980er in den Club aufgenommen worden, hab ich recht?«

Da waren wir erst mal sprachlos gewesen, denn das war das erste Mal, dass wir in Köln einen echten Vampir bemerkt hatten.

»Mädels, Mädels«, hatte sie geseufzt, »ihr müsst noch viel lernen. Aber zum Glück habt ihr Tante Lulu.« Lulu hat uns dann die wichtigsten Dinge beigebracht, die man als Vampir wissen muss und die uns der gute alte Ede verschwiegen hatte. (Wir nennen ihn immer so, dabei ist er auch erst zweiunddreißig, das allerdings schon fast achtzig Jahre lang.) Sie erklärte uns, dass es für Vampire nur zwei beherrschende Themen gäbe, nämlich Blut und Sex.

»Stimmt nicht«, wandte ich ein. »Mode auch!«

»Und Kosmetik!«, rief Vivian.

»Und Shopp…«, wollte ich sagen, aber Lulu unterbrach genervt. »Kinder, hört zu, was Tante Lulu sagt.« Sie erläuterte, dass man am Anfang seines Vampirdaseins noch nicht alle Angewohnheiten seines Menschenlebens abgelegt habe, diese aber immer unwichtiger werden würden.

»Das glaube ich niemals…«, warf Vivian entrüstet ein, aber Lulu rollte mit den Augen und fragte: »Wollt ihr nun wissen, wie man mit echten Männern Affären haben kann ohne aufzufallen, oder nicht?«

Das brachte uns zum Schweigen.

»Ein Pulsschläger«, fing sie an. »Das sind Männer mit Körperstatus L wie lebendig, weil sie im Gegensatz zu uns einen Puls haben.« Sie kicherte. »Hab ich mir selbst ausgedacht. Cool, was?«

Wir nickten.

»Also, die oberste Regel ist: Der Pulsschläger darf nicht merken, dass ihr Vampire seid. Was nicht so leicht ist. Denn ihr habt ja sicher schon festgestellt, dass man seine Zähne nicht unter Kontrolle hat, wenn man jemanden heiß findet, oder?«

Vivian und ich nickten. Und wie wir das hatten! Ich erinnere mich an einige peinliche Momente aus den Anfängen unseres neuen Lebens, als ich anfing mit jemandem zu flirten und plötzlich die Zähne wuchsen, so dass ich mich mit einer total dämlichen Ausrede (»Mein Bus kommt gleich« – als ob ich zwölf wäre!) aus der Affäre ziehen musste. Seitdem habe ich immer einen Schal oder ein Seidentuch dabei, das ich mir für solche Fälle vor das Gesicht ziehe. Zu unserer großen Erleichterung sagte Lulu, dass die Zähne ein zu bewältigendes Problem seien, schließlich sei die Karnevalshochburg Köln ja nicht zufällig die Vampirhauptstadt Deutschlands.

»Hier sind alle so jeck, da fallen ein paar mehr oder weniger Bekloppte nicht auf«, grinste sie. »Und wenn man sich an den Kalender hält, kann man sich sogar fast normal bewegen und ohne große Verkleidung auf Pulsschlägerjagd gehen.«

Wir hingen gebannt an ihren Lippen. Das hörte sich ja besser an, als wir uns erträumt hatten!

»Am 11. 11. und von Mitte Januar bis Aschermittwoch, wenn überall in Köln Karnevalssitzungen stattfinden, hat man quasi einen Freifahrtschein, denn an diesen Tagen braucht man keine besondere Ausrede für ein Vampirgebiss«, verkündete sie und wartete auf unser Jubelgeschrei.

»Was? Und den ganzen Rest des Jahres darf man nichts machen?«, fragte Vivian enttäuscht.

»Na ja«, sagte Lulu. »Halloween ist natürlich im Kommen, da geht es mittlerweile auch.«

»Das ist aber nicht gerade viel«, motzte Vivian.

»Was meinst du, warum ich dieses schicke Outfit gewählt habe?«, grinste Lulu. »Für mich ist das ganze Jahr Karneval!« Sie ließ ihren Reifrock schwingen.

»Das nützt *uns* ja nichts«, flüsterte Vivian mir ins Ohr. Erst später fanden wir heraus, dass wir durchaus auch außerhalb der Karnevalssession One-Night-Stands haben können. (Wobei ich ehrlich zugeben muss, dass Vivian in der Hinsicht schon immer viel aktiver gewesen war als ich.) Denn es gibt Läden in Köln, da schießen sich die Gäste mit Billigalk so ab, da könnte man auch eine Pinocchionase und einen Reiner-Calmund-Bauch haben, ohne dass es jemanden stören würde. In *Das Ding* zum Beispiel tummeln sich massenweise Erstsemester ohne Plan, die für einen Euro pro Kölsch dem Vordiplom entgegenarbeiten. Sie sind leichte Beute. Aber das wussten wir bei unserem ersten Treffen mit Lulu noch nicht und waren natürlich entsetzt.

»Allerdings muss ich erwähnen, dass ich das Wichtigste noch nicht gesagt habe«, seufzte Lulu und wedelte sich mit einem riesigen Fächer Luft zu (ein rein dramatischer Effekt – als ob sie so was wie frische Luft brauchen würde). Wir hingen gebannt an ihren weit über die Konturen hinaus rot angemalten Lippen.

»Koitus interruptus«, rief sie und schloss für einen Moment die Augen, als ob sie von der Trauer um eine tote Erbtante übermannt würde.

»Was?«, fragten Vivian und ich gleichzeitig. Lulu sah uns mit ihren himmelblauen Augen (gefärbte Kontaktlinsen!) an und dozierte mit Grabesstimme: »Der kopulierende Vampir muss jederzeit imstande sein, den Geschlechtsakt mit einem Pulsschläger zu unterbrechen, denn er darf keinesfalls zum Höhepunkt gelangen, da er den Pulsschläger sonst unweigerlich beißen und bis auf den letzten Tropfen aussaugen würde.« Lulu machte eine kleine dramatische Pause. »Klingt gut, nicht? So schreibe ich es in meinem Buch *Lulus Liebesratgeber für Vampire.*«

»Klingt überhaupt nicht gut«, sagte Vivian düster. »Keinen Orgasmus?«

Lulu schüttelte den schweren Kopf.

»Aber wer will das denn kontrollieren?«, fragte ich.

»Genau. Es gibt doch wohl kein Ministerium für den Austausch von Körperflüssigkeiten!« Vivian kicherte.

Lulu schaute uns mit hochgezogenen Augenbrauen an. »Kinder, Kinder«, stöhnte sie theatralisch, »ihr habt wohl noch nichts von der Quote gehört.«

Nein, hatten wir nicht.

Sie erklärte uns, dass es seit Anfang 1990 nicht mehr

erlaubt ist, ohne Genehmigung der Verwaltung Menschen zu Vampiren zu machen. »Seit dem Fall der Mauer ist die Republik von Vampiren aus dem Osten regelrecht überrannt worden. Und jetzt muss man beim Identitätsministerium einen Antrag auf Vampirrekrutierung stellen, der dann vielleicht irgendwann mal bearbeitet wird und noch vielleichter irgendwann genehmigt wird.« Sie seufzte. »Was waren das vorher herrliche Zeiten gewesen!«

»Und wer sich nicht daran hält?«, fragte ich.

»Der bekommt eine Kopfrasur, bei der kein Haar mehr dranbleibt.« Lulu fuhr langsam mit dem Zeigefinger ihre Kehle entlang.

Vivian und ich schauten uns erschrocken an. Die Vampirrepublik hatte wirklich verdammt gute Argumente, um seine Gesetze durchzusetzen. Wir beschlossen also notgedrungen, unser Beuteschema ein bisschen zu ändern. Und als wir uns erst mal an den Gedanken gewöhnt hatten, dass ein Orgasmus zukünftig nicht mehr das Ziel beim Sex war, stellten wir fest, dass das die Auswahl an Liebhabern deutlich vergrößerte.

Auch heute halten wir (vor allem Vivian natürlich) mal wieder Ausschau nach Jungs. Der Club ist neu, total schick mit viel rotem Samt und Kronleuchtern und rappelvoll. Lulu, Vivian und ich stehen auf einer Balustrade und schauen auf die bebende Tanzfläche, wo junge Leute zu House-Musik Hüften, Schultern und Beine schwingen lassen.

»Sollen wir tanzen?«, fragt Vivian.

»Ach nöö, lieber nicht«, sage ich.

Musik ist freilich nicht mehr so eine große Sache, seit wir tot sind. Es ist, als ob unser Körper die Schwingungen nicht mehr aufnehmen kann. Die Musik perlt an uns ab wie an einem Latexanzug. Am Anfang habe ich das Wummern der Bässe, das einen im Magen kitzelt, noch vermisst, aber mittlerweile habe ich mich daran gewöhnt. Blöd ist nur, dass ich nicht mehr so gerne tanze. Ich habe einfach Probleme, den Rhythmus zu finden. Früher konnte ich die Musik durch mich hindurchfließen lassen und mich automatisch dazu bewegen, jetzt holpere ich rum wie einer der ungelenken Jungs, die glauben, Taktgefühl sei bloß eine weitere überflüssige Erfindung von Freiherr Knigge. Das ist mir zu peinlich!

»Mich brauchst du auch nicht fragen«, sagt Lulu. »Bei einem schönen Menuett würde ich nicht Nein sagen, aber das hier ist nicht mein Fall.« Sie nimmt ein silbernes Nasensprayfläschchen und sprüht sich was in die Nase.

»Was ist das denn schon wieder?«, fragt Vivian.

Lulu schnieft und grinst. »Nennt sich Vamphetamin. Kommt direkt aus einem Hightechlabor in Holland. Wollt ihr mal?« Wir lehnen kopfschüttelnd ab. »Will ich euch auch nicht geraten haben«, sagt Lulu, »ist nichts für schwache Nerven.«

Sie steht total auf Designerdrogen, rät uns aber immer davon ab. Denn die Gefahr, dass man die Zeit vergisst und plötzlich von der Sonne überrascht wird, ist zu groß. »Und *diese* Afterparty wollt ihr nicht erleben, da könnt ihr einen drauf lassen.«

Wir sagen Lulu ständig, sie soll die Finger davon lassen, aber sie meint, sie hätte weiß der Teufel genug Erfahrung in dem Bereich, schließlich hätte es Opiate schon im alten Ägypten gegeben. Und das neue Zeug scheint auch gut zu wirken, denn Lulu grinst vor sich hin und macht uns ein Zeichen, dass sie mal eine Runde dreht. Wir beobachten, wie sie sich durch die Menge schiebt, genau auf einen knackigen Typen in Lederjacke am Tresen zu, den sie kurz darauf in ein Gespräch verwickelt hat.

»Hey, Leni, guck mal da«, ruft Vivian plötzlich und zeigt auf einen schlaksigen Kerl mit albernem Backenbärtchen, der mit seinen Extremitäten so ungelenk auf der Tanzfläche rumfuchtelt, als hätten seine Arme und Beine nur zufällig denselben Nachnamen. »Mit dem hatte ich Rosenmontag 1997 eine Affäre. Frank heißt er.«

»Und wie war er im Bett?«, frage ich.

»Schlecht.«

»Ehrlich? Cool!«

»Es bestand null Gefahr, dass ich komme.«

»Was für ein Glück!«

»Schade, dass ich ihn nicht noch mal treffen kann«, sagt Vivian. »Er war witzig.«

Lulu hatte uns erklärt, dass man niemals mit einem Pulsschläger zweimal schlafen und sich vor allem unter keinen Umständen verlieben sollte. »Das gibt nur einen Riesenhaufen Ärger«, hatte sie uns gewarnt. Und wir halten uns daran. Eisern.

Es ist sowieso selten, dass wir unsere Affären von früher treffen, denn wir achten sehr genau darauf, nicht zu oft in dieselben Discos und Bars zu gehen. Wir haben eine Art Rotationsprinzip, das uns jedes Jahr in neue

Läden treibt. Und wenn man die Clubs häufig genug wechselt, dann ist die Gefahr, dass man Bekannte von früher trifft, sehr gering. Denn die Typen, die wir in unseren Kölner Anfängen kennengelernt haben, sind schon lange verheiratet oder müde vom Arbeiten und können gar nicht mehr auf die Rolle gehen. Die Welt dreht sich um uns herum, nur für uns bleibt die Zeit stehen. Wir beobachten, wie sich das Stammpublikum ständig erneuert, wie Generationen aus dem Ausgeh-Alter rauswachsen und durch jüngere ersetzt werden. Wir erleben, wie Discos schließen und neu eröffnet werden, wie sich die Mode verändert, und die Musik. Die Szene ist in einem ständigen Wandel, und wir sind mittendrin, für immer jung, hübsch und partywütig. Das ist wirklich fantastisch! Denn so ist auch garantiert, dass wir keine Leute treffen, die sich über unser gleichbleibendes Aussehen wundern und eventuell Verdacht schöpfen können – oder gar unsere Tarnung auffliegen lassen. Denn das wäre natürlich fatal. Am Anfang haben wir uns darüber noch mehr Sorgen gemacht, aber mittlerweile können wir über Edes Warnung fast lachen. Welcher alte Bekannte sollte uns denn nach über zwei Jahrzehnten in einer Kölner Diskothek mit einem Durchschnittsalter von dreiundzwanzig Jahren schon über den Weg laufen? Die sind doch alle jenseits der vierzig und gehen garantiert nicht mehr aus!

»Komm«, sage ich zu Vivian, »lass uns mal runter zur Tanzfläche gehen.«

Wir drehen uns um, da steht eine alte aufgebrezelte Tussi vor uns.

»Vivian?«, sagt die Tussi.

»Lady Shave!«, ruft Vivian. »Äh, ich meine, Sandra!«

Paff. Ich kippe fast aus meinen Latschen. Da steht doch tatsächlich die leibhaftige Sandra Albrecht vor uns! Keine Armlänge von uns entfernt, meine Erzfeindin von einst. Und ich kann mit Fug und Recht behaupten, auch noch von heute. Denn sobald ich sie erkannt habe, ist alle Abscheu wieder da. Aber natürlich bin ich viel cooler als damals. Und dünner!

Es beginnt die gegenseitige Ganzkörpermusterung. Sie hat ihre blonden Haare mit hässlichen schwarzen Strähnen verschandelt (Peinlich! Wie Christina Aguilera in *Dirrty!*) und einen dieser dämlichen Ponys, die auf Wimpernhöhe geschnitten sind, was mich total nervös macht, weil die Haare von jedem Augenaufschlag angehoben werden und ich immer denke, das muss doch in die Augen pieken. Sie trägt einen Minirock und ein Spaghettiträger-Top mit Hello-Kitty-Aufdruck (Lächerlich! Sie ist doch nicht mehr elf!), und man sieht, dass sie jeden Tag Gymnastik macht, denn der Trizeps schlackert kein bisschen. Das Dekolleté ist braun gebrannt, der Hals dünn und sehnig, das Gesicht straff, die Lippen füllig. Keine Falte ziert ihre starre Stirn, die Augen schauen erstaunt wie die eines Karpfens, kurz bevor ihm die Hausfrau den Fleischklopfer auf den Kopf donnert. Nach ungefähr dreißig Sekunden schließe ich den Ganzkörper-Scan ab. Mein Urteil: scheckheftgepflegte Anfang-Vierzigerin mit regelmäßiger Wartung durch den Schönheitschirurgen. Mit Genugtuung stelle ich fest, dass ihr fast die Augen aus dem Kopf fallen, als sie meiner Figur gewahr wird.

Meine Frisur streift sie mit einem Blick und verzieht kurz die Miene, als betrachtete sie den Kadaver eines plattgefahrenen Karnickels. Jede fiese Bemerkung bleibt ihr aber im Halse stecken, als sie unsere Gesichter prüft.

»Wow!«, sagt sie.

»So, wir müssen dann«, sagt Vivian und will mich wegzerren. Aber ich bleibe wie angewurzelt stehen. Ich kann mich einfach nicht sattsehen an der dämlichen Fratze von Lady Shave, als sie bemerkt, dass erstens ihre Prophezeiung über meine Zukunft als Dickwanst kein bisschen wahr geworden ist und dass sie zweitens trotz diverser Operationen gegen unsere Mädchenhaut absolut keine Chance hat. Man sieht sich immer zweimal, denke ich voller Genugtuung.

»Wow!«, entfährt es ihr erneut.

»Das sagtest du bereits«, grinse ich. Ich streife Vivians Hand, die an mir zieht, ab und frage: »Und wie geht's?«

»Gut, gut so weit«, sagt Sandra. Weiterhin abgelenkt von unserem Aussehen spult sie ihre Angebermasche runter: »Bin ja direkt nach dem Abi in die Staaten gegangen und nur zurückgekommen, um von Köln aus den Vertrieb von *Powder, Nail & Glamour* in Deutschland aufzubauen, das ist ein weltweit expandierender Kosmetikkonzern, der ...«

»Kenne ich«, fahre ich ihr großspurig in die Parade.

»Ich muss wirklich sagen, euer Make-up ist eine Wucht. Was ist das für eine Marke?«

»Hat Vivian selbst gemischt«, sage ich stolz.

»Waaasss?«, ruft Sandra. »Wie hast du das denn gemacht?«

»Die Basis ist eine Theaterschminke, dazu habe ich verschiedene Flüssig-Make-ups gemischt und noch ein paar geheime Zutaten«, erklärt Vivian, als handele es sich um das preisgekrönte Rezept eines Kartoffelsalats.

»Du hast auf jeden Fall auch lichtreflektierendes Puder verwendet«, stellt Sandra fachmännisch fest.

»Jep.«

»Und bei welchem Schönheitschirurgen wart ihr?«

»Bei keinem«, posaune ich aus.

»Das glaube ich nicht.«

»Glaub es oder lass es.«

»Aber Botox habt ihr doch spritzen lassen?«

»Nein.«

»Wirklich verblüffend. Euer Make-up hat wirklich eine total verjüngende Wirkung. So was habe ich noch nie gesehen!« Sie mustert uns weiterhin, und ihr ehrliches Staunen wirkt fast wie ein Kompliment. Doch gerade als ich denke, vielleicht ist sie doch gar nicht mehr so übel, ändert sich ihre Stimmlage, und sie sagt in ihrem typischen megaätzenden Lady-Shave-Ton: »Aber euer Concealer taugt absolut nichts.«

O-oh! Ich schaue Vivian erschrocken an. Alleine an der Abdeckung der Schatten unter den Augen hat sie drei Monate gearbeitet.

»Wie bitte?«, sagt Vivian. »Du hast ja keine Ahnung!«

»Haha«, sagt Lady Shave. »Ich und keine Ahnung!«

»Dann überschmink du doch mal solche Augenringe. Ich wette, das schaffst du nicht!«, werfe ich ein.

»Wie meinst du das denn?«

»Ach, das hat sie doch nur so gesagt«, sagt Vivian

und will mich schon wegziehen, da fragt Sandra: »Seid ihr etwa im Schichtdienst tätig? Ich kenne das von den Nachtschwestern im Krankenhaus, für die haben wir eine eigene Kosmetiklinie entworfen. In welcher Branche seid ihr denn?« Ihr Blick bleibt an meiner Frisur hängen. »Ah, nichts sagen, ich hab's!« Sie schaut mich triumphierend an und verkündet: »Hostessenservice!«

Die Wut durchfährt mich wie ein Blitz. Die Frisur ist vielleicht Achtziger, aber nicht Nutte!

»Hostessenservice?«, knurre ich und eine ungeahnte Energie durchströmt mich, ich fühle mich stark und kompromisslos wie eine Löwenmutter, die ihre Jungen gegen ein Rudel Hyänen verteidigen muss, und ich sehe mich, wie ich Lady Shave meine stahlharten Acrylnägel in die gestraffte Fratze hacke, bevor ich ihr die Halsschlagader zerfetze und sie ausschlürfe bis auf einen letzten winzigen Tropfen, der sie elendig krepieren lässt. Ich plustere mich auf, mustere ihre langen blonden Haare mit den billigen schwarzen Strähnen, und da meine Zähne gewachsen sind, zische ich mit aller Verachtung durch fast geschlossene Lippen: »Guck doch in den Spiegel.«

Dann werfe ich ihr einen letzten vernichtenden Blick zu, drehe mich um und gehe raus. Ich höre noch, wie Vivian sich verabschiedet und Sandra ruft: »Lasst uns doch mal telefonieren und über die guten alten Zeiten plaudern!«

»Na, der hast du es aber gezeigt, Leni«, sagt Vivian, als wir wenig später durch die kalte Nacht nach Hause laufen. »Sie war ja richtig eingeschüchtert.«

Ich gehe auf ihre ironische Bemerkung nicht ein, dafür bin ich zu wütend. »Wie kann man nur so unverschämt sein wie Lady Shave! Sie hat sich wirklich kein bisschen verändert.«

»Einmal Kackbratze, immer Kackbratze«, sagt Vivian schulterzuckend.

»Aber wie kann man mit so einer Masche auch noch erfolgreich durchs Leben kommen? Ich meine, sie hat ja wohl kein bisschen Anstand und Feingefühl und Respekt.«

»Reg dich doch nicht über das auf, was so eine Schnepfe sagt.«

»Aber wenn sie mich doch in einem fort beleidigt! Ich verstehe wirklich nicht, wie du so ruhig bleiben kannst!«

»Ganz einfach. Was die Alte sagt, geht bei mir da rein, und da wieder raus.«

Einen Moment laufen wir stumm durch die Nacht. »Ach, verdammt«, murre ich. »Ich wünschte, ich hätte endlich eine coole Vampirkraft.«

»Ja, das wäre super. Ich bin ja mal so gespannt, was für übernatürliche Kräfte wir entwickeln«, plappert Vivian, »und wann es endlich so weit ist! Ich fände es cool, so richtig stark zu sein. So eine Art Obelix-Vampir. Nur ohne die gestreiften Hosen. Und den dicken Bauch natürlich.«

»Und was willst du dann machen? Hinkelsteine durch die Gegend schleppen? Das ist doch überflüssig. Ich wäre gerne so richtig schlagfertig, dann hätte ich es der ollen Lady Shave aber gegeben.«

»Schlagfertigkeit ist doch nun wirklich keine Vampirkraft«, sagt Vivian. »Lass dir einfach nichts gefallen!«

»Mach ich auch nicht mehr«, sage ich. Dann äffe ich Sandra nach: »Lass uns über die gute alte Zeit sprechen! Welche gute alte Zeit? Als sie hübscher war als wir? Tja Mädel, Pech gehabt.«

Vivian bleibt still. Ich merke sofort, dass was nicht stimmt.

»Du hast ihr doch nicht etwa unsere Telefonnummer gegeben?«, frage ich.

Vivian verzieht den Mund.

»Ach, das darf doch nicht wahr sein!«

»Was sollte ich denn machen? Sie wollte mich nicht gehen lassen! Außerdem, *wer* von uns beiden musste sich denn unbedingt mit ihr unterhalten?«, rechtfertigt sie sich.

»Bäbäbäbäbäbääää!«

Wir gehen schweigend weiter. Dann sage ich: »Ist ja wohl nicht gerade cool, dass Lady Shave uns erkannt hat.«

»Nein«, sagt Vivian, »das ist wirklich nicht cool.«

»Meinst du, sie wird uns verraten?«

»Weiß nicht. Wir können nur hoffen, dass sie schnell wieder nach Amerika fährt. Bevor sie rauskriegt, dass die Leni und die Vivian, die sie einmal kannte, eigentlich tot sind.«

Wir halten bei *Mister Night*, einem Büdchen, das nur auf den ersten Blick wie ein Kiosk aussieht, im Hinterzimmer aber der hippste Blood Shop der Stadt ist und fantastisches »Blood to go« anbietet. Wir holen uns einen Frozen Hämoccino mit Karamell-Flavour für mich und für Vivian den lauwarmen Plasma Latte 37 Grad. Seit die Neuvampirquote noch strenger geworden ist, schießen diese Blood Shops überall aus dem Boden. Das Ernährungsministerium unterstützt die Neugründungen, damit die Nahrungszufuhr für alle Vampire gesichert ist. Schlürfend gehen wir nach Hause.

»Ich möchte wirklich mal wissen, wie alt Lulu in Wahrheit ist«, sage ich, als wir unsere Haustür aufschließen. Lulu macht, seit wir sie kennen, ein Geheimnis aus ihrem Geburtsjahr. Eine wahre Dame verrät so was nicht, sagt sie immer. »Meinst du, sie wurde im alten Ägypten geboren?«

»Ach, ich weiß nicht. Nur weil sie das mit den Opiaten gesagt hat?«

»Irgendwann finden wir es heraus«, sage ich und bleibe wartend im Hausflur stehen. Seit ich ein Vampir bin, brauche ich keine Uhr mehr, denn mein innerer Zeitmesser funktioniert atomgenau. Und der sagt mir: Er müsste jeden Moment kommen.

»Leni, komm rein. Es ist wirklich besser, wenn du ihn nicht triffst«, sagt Vivian.

»Ich mach doch gar nichts«, sage ich patzig. »Ich unterhalte mich nur kurz mit ihm. Das ist doch wohl nicht verboten.«

Vivian sieht mich mit sorgenvollem Blick an. »Du darfst dich nicht verlieben. Nicht in einen Pulsschläger.«

»Tu ich ja gar nicht«, sage ich und schaue verlegen weg.

Es ist nämlich schon längst passiert. Ich bin in den Zeitungsausträger verliebt. Heimlich natürlich. Er kommt jeden Morgen zwischen fünf und Viertel nach fünf und verteilt bei uns im Haus den *Kölner Stadt-Anzeiger*.

Das erste Mal trafen wir ihn zufällig, als wir eine Woche nach unserem Einzug von einer langen *Herr der Ringe*-Kinonacht nach Hause kamen. Er stand am Ende des Hausflurs bei den Briefkästen und steckte die Zeitungen hinein. Ich war wie erstarrt, als ich ihn entdeckte.

Er ist ungefähr so alt wie ich, hat dickes schwarzes Haar, das er mit Gel zurückkämmt und das so kräftig und satt glänzt wie früher der frisch gepflügte Ackerboden der Felder, an denen meine Eltern und ich immer vorbeikamen, wenn wir an die See fuhren, und die in der Nachmittagssonne leuchteten. Er hat weit geschwungene Augenbrauen, und seine fast schwarzen Augen umrahmen dichte Reihen Wimpern, wie sie sich jedes Mascara-Model wünscht. Sein ebenmäßiges Gesicht ziert ein markantes Kinn, seine Wangen sind dabei aber eigentümlich glatt, als hätte er überhaupt keinen Bartwuchs, und trotzdem strahlt er eine stolze, urwüchsige Männlichkeit aus. Er hält sich sehr gerade und bewegt sich mit der präzisen Eleganz eines spanischen Stierkämpfers.

Ich verknallte mich in dem Moment, als ich ihn sah. Er bemerkte uns erst gar nicht, weil seine Ohren mit einem MP3-Player verkabelt waren, aber als er uns sah, glitt ein verschmitztes Lächeln über sein Gesicht und ließ seine blendend weißen Zähne blitzen. Ich drehte mich schnell zu unserer Wohnungstür, denn ich merkte, wie sich meine Eckzähne mal wieder verselbstständigten. Aus dem Augenwinkel verfolgte ich, wie er Vivian zunickte, und schon war er weg.

Vivian lachte, als sie mich sah. »Leni ist verli-hiebt, Leni ist verli-hiebt«, sang sie.

»Stimmt überhaupt nicht«, protestierte ich verärgert, dabei hatte sie natürlich recht. Es war Liebe auf den ersten Blick, und sie hatte mich voll und ganz erwischt.

Seitdem nehme ich die Zeitung, die ich natürlich sofort abonniert habe, jeden Morgen persönlich in Empfang. Das Highlight jeder Nacht! Damit er sich nicht allzu sehr wundert, dass ich immer wach bin, habe ich ihm vorgeschwindelt, dass ich unter chronischer Schlaflosigkeit leide und dass es für mich immer so beruhigend sei, dass auch andere Leute um diese Uhrzeit wach seien. Zur Tarnung meiner Eckzähne ziehe ich immer einen Pulli mit besonders weitem Rollkragen an, den ich mir extra für diesen Zweck gekauft habe. Am Anfang haben wir nur ein bisschen geflirtet, aber mittlerweile unterhalten wir uns richtig. Na ja, es sind eher Miniatur-Unterhaltungen, nie länger als eine Viertelstunde, dann muss er weiter. Aber diese wenigen Minuten sind ungeheuer intensiv und für mich sehr kostbar. Ich sammele sie wie Schmuckstücke, die ich in meinem Herzen ablege. Ich weiß, dass er jeden Tag im Getränkemarkt seiner Eltern arbeitet und die Zeitungen nur deswegen austrägt, weil er dann jeden Morgen den Sonnenaufgang erlebt. (Wie ich ihn beneide!) Außerdem will er das Geld sparen, um auszuwandern. In ein Land, wo die Sonne öfter scheint als hier – irgendwo am Meer. Denn er ist Wellenreiter. Und das ist, so hat er mir erklärt, mehr als ein Hobby, das ist eine Lebenseinstellung. Glück bedeutet für ihn, auf dem Surfbrett zu stehen. Deswegen fährt er, wann immer er kann, mit einem alten Kombi nach Holland oder in den Ferien nach Südspanien und jagt dort die größten Wellen. Wenn er nicht surft oder arbeitet, liest er gerne, genau wie ich, aber im Gegensatz zu mir eher anspruchsvolle Literatur wie Shakespeare und Hesse. Gestern haben wir aber festgestellt, dass wir beide Gedichte mögen! Und ich hatte mir schon eines meiner Lieblingsgedichte rausgesucht – »Was es ist« von Erich Fried –, das wollte ich ihm geben und habe es daher extra in Schönschrift auf ein Blatt Papier geschrieben. Ist natürlich gewagt, so etwas einem Mann zu schenken, den man kaum kennt. Aber er ist so anders als alle Jungs, die ich bisher kennengelernt habe. Außerdem schafft die merkwürdige Uhrzeit, zu der wir uns treffen, und die Dunkelheit und die Stille eine Intimität, wie ich sie noch nie erlebt habe. Es ist wie die Nische in einem zauberhaften Restaurant, in die man sich zurückzieht, um ganz für sich zu sein und die Welt mit all ihren Bedenken und Einwänden außen vor zu lassen. Jede Nacht fiebere ich nur darauf hin, endlich meinen Torero wiederzusehen.

Doch heute steckt die Zeitung leider schon in unserem Briefkasten. Wir haben ihn verpasst! Enttäuscht nehme ich den *Stadt-Anzeiger* und streiche darüber. Dann entdecke ich eine kleine Notiz auf dem obersten Rand:

Da hat die kleine Nachtschwärmerin wohl heute gut geschlafen! Freut mich für dich. Schönes Wochenende!

Ich lächele selig. Die kleine Nachtschwärmerin und der Torero.

»Ach du je«, sagt Vivian, die unsere andere Post aufreißt. »Was das dämliche Finanzamt wohl von uns will?« Sie liest vor: »Sehr geehrte Damen, es ist vermutlich Ihrer Aufmerksamkeit entgangen, dass Sie Ihrer Pflicht zur Abgabenzahlung nicht nachgekommen sind. Sie haben noch eine Woche Zeit, Ihre monatliche Republiksteuer zu entrichten.«

»Was?«, werfe ich entsetzt ein. »Nur eine Woche? Und dann?«

Vivian liest weiter: »Andernfalls sehen wir uns gezwungen, Sie zum Gemeinschaftsdienst einzuteilen. Falls Sie also bis zum 22. Oktober nicht die Summe von 1500 Euro bezahlen können, fordern wir Sie auf, sich am Donnerstag um 21 Uhr im Verwaltungsgebäude Tunisstraße zu melden. Falls Sie Ihr Steuerkonto bereits ausgeglichen haben sollten, betrachten Sie dieses Schreiben als ungültig.« Vivian lässt den Brief sinken. »Der Finanzminister ist ja wohl ein echter Blutsauger.«

»Ha ha«, mache ich. Und dann wird mir erst klar, was das bedeutet. »Gemeinschaftsdienst?«, sage ich ängstlich. »Was für eine Art Arbeit soll das denn sein?«

Mal ehrlich, meine Berufserfahrung ist nicht gerade überwältigend. Bis auf zwei Jahre Banklehre habe ich nichts vorzuweisen. Und das ist über zwanzig Jahre her! Danach haben Vivian und ich nur ein bisschen an der Börse spekuliert (so ziemlich das Einzige, was ich in meiner Ausbildung gelernt und behalten habe!), wobei wir in dem Hype um die Dot-Com-Aktien ein paar super Treffer gelandet haben.

Danach wurde es leider schwieriger mit dem Geldverdienen an der Börse. Und in letzter Zeit hatten wir dann nur noch Pech.

»Keine Ahnung«, sagt Vivian leichthin, »aber ist doch auch egal. Da hab ich eh keinen Bock drauf.«

»Ist nicht egal!«, rufe ich erschüttert. »Wenn wir jetzt was total Schwieriges machen müssen, was wir nicht können, dann werden wir doch einen Kopf kürzer gemacht!«

»Ach was, wir sind jung, wir sind clever, wir können alles!«, behauptet Vivian.

»Du vielleicht, aber ich nicht«, jammere ich. »Was, wenn ich irgendwas ins Englische übersetzen muss? Oder einen Felgaufschwung machen?«

»Du wirst ja wohl kaum vorturnen müssen«, sagt Vivian.

Ich aber bin mehr als beunruhigt. »Vielleicht können wir ja doch noch die 1500 Euro zahlen?«, frage ich. »Was macht denn unser Aktiendepot? Sind deine China-Fonds endlich gestiegen?«

»Guck ich gleich mal«, sagt Vivian und setzt sich an den Computer. »Ach du jemine.«

»Was denn?«, frage ich.

»Das sieht nicht gut aus. Da hattest du wohl doch recht, dass wir nicht am asiatischen Markt spekulieren sollen.«

»Mist. Und jetzt? Wie viel Geld haben wir denn noch?«

»Unser Depot weist leider nur noch knapp 1000 Euro auf.«

»Verdammt«, rufe ich und lasse mich aufs Sofa plumpsen. »Wir müssen uns was einfallen lassen.«

»Blöd, dass Daimler und Beiersdorf gerade so im Keller sind. Aber der DAX wird bald wieder steigen, da bin ich mir ganz sicher. Und dann stehen wir auch wieder gut da.«

»Aber was machen wir bis dahin?«, jammere ich.

»Dann gehen wir eben zu diesem dämlichen Gemeinschaftsdienst!«, sagt Vivian. »Wird schon nicht so schlimm werden. Wie heißt es in Köln: Et hätt noch immer jot jejange.«

Ich verziehe den Mund zu einer Grimasse. Ich habe echt keine Lust, mich durch seichtes Gelaber von meiner Panik abbringen zu lassen. Das Einzige, was mich ablenkt, ist die Notiz von meinem Torero. Ich nehme mir den *Stadt-Anzeiger* und starre auf die netten Zeilen, die er mir geschrieben hat, so dass mir fast die Schlagzeile nicht aufgefallen wäre. Doch dann sehe ich sie.

»Ach du jemine, hier ist schon wieder ein Artikel über eine verschwundene Frau!«, lese ich laut. »Seit Dienstagabend wird die achtzehnjährige Kim aus Koblenz vermisst. Der Fall ähnelt dem der zwanzigjährigen Marion aus Solingen, die vor drei Wochen verschwunden ist und bisher nicht gefunden wurde.«

»Zeig mal.« Vivian beugt sich über meine Schulter. »Oh nein, das ist ja furchtbar!«

»Ja, wirklich. Außer, wenn die beiden wie wir Vampire geworden sind...«

»Das meine ich doch gar nicht«, sagt Vivian und zeigt mit dem Finger auf die Nachricht von meinem Torero. »Das da! Leni, sag mir nicht, dass du dich ernsthaft in ihn verliebt hast.« Sie sieht mich prüfend an, dann seufzt sie: »Leni, das gibt einen Riesenhaufen Ärger, das weiß ich.«

»Gibt es nicht«, antworte ich patzig, aber Vivian schüttelt nur den Kopf.

»Hi, ich hab es schon ein paar Mal versucht. Ruft doch mal zurück, ich würde so wahnsinnig gerne mit euch plaudern!« Der Anrufbeantworter signalisiert mit einem Piepen das Ende von Sandras hunderttausendstem Schleimanruf. Ich drücke auf Löschen. Diese dämliche Kuh lässt einfach nicht locker. Und sie hat es tatsächlich schon geschafft, dass Vivian und ich uns streiten, weil Sandra nämlich dauernd anbietet, dass sie Unmengen Kosmetikpröbchen mitbringen könnte, wenn wir uns treffen.

»Stell dir vor, eine ganze Kiste voller Make-up und Lippenstifte und Wimperntusche«, schwärmt Vivian. Ich schüttele den Kopf. »Und alles gratis!«, schiebt sie hinterher. »Was wir da an Geld sparen können!«

Ich werde hibbelig. Wenn es etwas Teures umsonst gibt, werde ich nervös. Das passiert den Besten unter uns, sage ich immer. Selbst die Superreichen sind sich nicht zu schade, sich um die Goodie-Bags zu kloppen, die es bei Oscar-Veranstaltungen und anderen Partys gibt.

»Wir können ihr ja sagen, dass sie uns was schicken darf«, schlage ich vor.

»Das ist eine super Idee«, ruft Vivian und schickt Sandra eine SMS. Das Treffen verschieben wir wegen »Stress« auf »ganz bald«. Wir sind ja so geschickt!

Heute haben wir ein großes Paket bekommen. Eyeliner, Rouge, Puder, Lidschatten, Nagellack und zwei kühlende Augenmasken.

»Was soll das denn?«, fragt Vivian. »Reitet die etwa immer noch auf unseren Augenringen rum?«

»Diese arrogante Schnepfe«, sage ich.

»Dabei haben wir noch nicht mal einen Kühlschrank, wo wir die reinlegen könnten!«

»Ja, genau! Was fällt der eigentlich ein, uns Augenmasken zu schicken. Die spinnt ja wohl!«

Wir lachen. Es gibt wirklich nicht viel Besseres, als mit der besten Freundin über eine Zimtzicke herzuziehen, mit der man noch eine Rechnung offen hat. In Hochstimmung werfen wir uns aufs Sofa, denn jetzt fängt *Desperate Housewives* an. Ich reiße eine Pfund-Packung Belgische Trüffel auf. Da schellt es plötzlich.

»Niemand, der mich kennt, würde mittwochs um Viertel nach acht vorbeikommen«, sagt Vivian und bleibt sitzen.

Ding Dong!

Auch ich habe keine Lust aufzumachen. »Derjenige wird schon wieder abhauen«, hoffe ich.

Vergebens. Es klingelt Sturm. Dann kurze Pause. Ich will mich gerade entspannen, da läutet es wieder. Aber diesmal ist es das Telefon. Der Anrufbeantworter springt an.

»Hi, hier ist Sandra.« Ihre Stimme klingt anders als beim letzten Mal. Der Schleimgehalt ist von hundert auf null Prozent gefallen. Stattdessen ist da wieder dieser arrogante Lady-Shave-Tonfall: »Hey, Leute. Jetzt ratet doch mal, wo ich am Wochenende war? In Hamburg.«

Vivian und ich schauen uns entsetzt an.

»Und da habe ich Tobias getroffen, ihr wisst schon, den Backes«, redet Sandra weiter. »Und der hat mir eine komische Geschichte erzählt. Nämlich, dass ihr tot seid. Das ist doch wohl sehr merkwürdig, hab ich mir gedacht, wo ich euch quietschfidel getroffen habe. Ich habe natürlich nichts gesagt, weil ich dachte, ihr wollt vielleicht erst einmal mit mir darüber reden.« Sie macht wieder eine Pause.

Ich zucke ergeben mit den Schultern, und Vivian hebt den Hörer ab. »Ja, Sandra, hallo?«

Keine Minute später steht sie in unserer Wohnung. Stolziert herum und glotzt sich die Augen aus dem Kopf, als ob sie so dem Geheimnis auf die Spur kommen würde.

»Also«, sagt sie scheinbar freundlich und wirkt dabei so vertrauenerweckend wie ein Skorpion, der gerade seinen Giftstachel aufrichtet. »Dann erzählt mir doch mal eure Geschichte.«

Vivian und ich sehen uns an. »Du wirst es uns vielleicht nicht glauben«, sage ich, »aber wir sind ...«

»Schschsch«, herrscht Sandra mich an, »*Housewives* fängt an.« Sie setzt sich zwischen uns aufs Sofa. Fünfzehn Minuten rührt sie sich nicht. Ich traue mich kaum, mit meiner Trüffelpackung zu knistern, weil sie so gebannt ist. Als die Werbung anfängt, sagt sie: »So, eure Geschichte, schnell.«

»Also«, sage ich, »du wirst es nicht glau...«

»Das hatten wir schon. Weiter!«

»Wir ...«

»Wir haben an einem Experiment teilgenommen«, wirft Vivian ein.

»Ein Experiment«, wiederholt Sandra.

»Genauer gesagt, ein Konservierungsexperiment«, erklärt Vivian.

Sandra sitzt mit halb zugekniffenen Augen da wie ein blasierter Pharao, der sich an seinen Gefangenen ergötzt, die sich aus ihrer misslichen Lage herauszuwinden versuchen. Ich würde ihr am liebsten in ihren arroganten Arsch treten.

»Wir haben eine Behandlung bekommen, die uns für immer aussehen lässt wie zwanzig«, sage ich.

»Eine Behandlung!«, ruft Sandra triumphierend. »Wusste ich es doch! Was war es? Eine Botox-Ganzkörper-Therapie? Wachstumshormone? Genmanipulation?«

»So was in der Art«, weiche ich aus. »Es war so total geheim, dass wir selber nicht wissen, was es war.«

»Ja, und weil es ein Geheimexperiment ist, wurden wir zu absolutem Stillschweigen verpflichtet«, sagt Vivian.

Wir beobachten sie neugierig. Sie regt sich nicht. Ihre Augen sind nur noch Schlitze. Dann springt sie plötzlich auf, reißt manisch die Augen auf und schreit: »Ich will diese Behandlung auch! *Ich will diese Behandlung! Ich – will – diese – Behandlung!!!*«

Sie steigert sich in null Komma nichts in Rage. Ihre Halsschlagader fängt an zu pochen. Oh je! Bitte nicht das! Wenn Vivian und mir jetzt die Zähne wachsen, dann können wir uns gleich ein Schild umhängen mit: Hallo, Vampir!

»Das geht nicht«, sagt Vivian schnell und hält sich

schon die Hand vor den Mund. »Das Experiment wurde abgebrochen.«

»Wieso?«, kreischt Sandra. »Es hat doch offensichtlich gewir…«

»…weiterhin viel Vergnügen mit *Desperate Housewives*«, sagt die Stimme im Fernsehen und bringt Sandra augenblicklich zum Schweigen. Sie verfällt wieder in die TV-Starre, und ihr Puls normalisiert sich. Die Frau ist nicht ganz dicht, so viel steht fest. Meine Zähne schrumpfen. Als wäre nichts geschehen, verfolgen wir die Geschehnisse in der Wisteria Lane. Dann kommt die nächste Werbepause.

Sandra schnippt mit den Fingern, und ich fasse das als Aufforderung auf, weiterzuerzählen. »Aber die Behandlung hat Nebenwirkungen«, warne ich.

»Schlimme Nebenwirkungen!«, sagt Vivian.

»Was denn für welche?«, will sie wissen.

»Äh, Appetitlosigkeit!«, sagt Vivian.

»Und was ist das da?« Sandras Arm fährt aus, und sie zeigt mit ihren scharfen Krallen auf das Pfund Belgische Trüffel.

»Ach so, das.« Ich mache eine wegwerfende Handbewegung. »Nur weil man keinen Appetit hat, heißt das ja noch lange nicht, dass man nichts essen muss.«

Sie sieht mich abschätzig an. »Aber du bist so dünn. Ausgerechnet du!«

»Ja«, sage ich schrill. »Toll, was? Ich glaube, ich habe mit dem Alter einfach einen super Stoffwechsel bekommen, weißt du, ich verbrenne jetzt so unheimlich schnell.«

Ihr Mund verzieht sich zu einem spöttischen Grinsen. »*Ich will diese Behandlung!*«, sagt sie mit Nachdruck. »Und ich hieße nicht Sandra Albrecht, wenn ich nicht alles bekommen würde, was ich will.« Sie sieht uns herausfordernd an.

»Aber man wird sehr sonnenempfindlich«, ruft Vivian.

»Na und? Wir haben super Self-Tan-Spray in unserer Kosmetiklinie. Also, wo muss ich mich melden?«

Vivian und ich werfen uns einen zögernden Blick zu. Sandra greift zu ihrem Handy und sagt mit freundlich-gehässigem Ton: »Oder soll ich eure Familien anrufen und sagen, dass ihr doch am Leben seid? Oder vielleicht lieber die Polizei?« Sie fängt an zu wählen. Bevor wir einschreiten können, hört die Werbung auf, und Bree und Orson streiten sich weiter. Sandra ist wieder wie schockgefroren. Meine Nerven! Lady Shave ist wirklich eine Plage.

Erst mit der Abspannmelodie erwacht Sandra wieder zum Leben und fängt augenblicklich an, auf ihrem Handy rumzutippen.

»Nein, nein«, ruft Vivian schnell. »Ist okay. Wir schauen, was wir tun können.«

»Schaut besser schnell«, sagt Sandra und klappt das Mobiltelefon zu. »Wenn es um die Elastizität meiner Haut geht, kann ich sehr ungemütlich werden. Also, Sweeties, ihr habt eine Woche Zeit, dann will ich die Behandlung!«

Passend zu unserer Laune regnet es. Es ist Donnerstag, der 22. Oktober, und Vivi und ich sind auf dem Weg zum Gemeinschaftsdienst. Oder zum Schafott. Das werden wir gleich sehen.

»Hey, gib mir auch was von dem Schirm«, motze ich Vivian an und ziehe den Griff von unserem Doppelregenschirm weiter zu mir.

»Nicht so viel«, ruft sie. »Ich werde noch nass!«

Wir quetschen uns dichter aneinander, um nur ja kein Tröpfchen abzukriegen. Die Ungewissheit, was uns erwartet, lässt die Panik in mir brodeln. Um mich abzulenken, frage ich: »Was machen wir nur mit der blöden Lady Shave?«

»Keine Ahnung. Wir bringen sie um und lassen es wie einen Unfall aussehen«, schlägt Vivian vor.

»Ja«, sage ich kichernd, »wir klemmen sie auf einer Sonnenbank ein und lassen sie verschrumpeln.«

»Oder wir füllen Anti-Glatzen-Mittel in ihr Duschgel und warten, bis sie vor lauter Haaren wahnsinnig wird.«

»Oder wir laden sie zu einer Botoxparty ein und spritzen ihr Zyankali«, pruste ich.

»Genau!«, wirft Vivian ein. »Wir fragen Lulu, ob sie sich als Schönheitschirurg verkleidet, dann könnte sie ihr die Injektion verpassen.« Unser Lachen verliert sich im Rauschen des Regens. Ich sehe die Szene bildlich vor Augen.

»Na ja«, sage ich zögernd. »Wir könnten sie auch einfach erst mal vertrösten und hoffen, dass ihre Firma sie wieder nach Amerika abkommandiert.«

Wir nähern uns unserem Ziel und das Lady-Shave-Problem wird plötzlich unwichtig. Ich bin so nervös! Wenn ich doch nur diese Nacht überlebe! Und wenn ich doch nur was Anständiges zum Anziehen hätte! Aber nein! Das beste Businesskostüm, das mein Schrank hergegeben hatte, war ein babyblauer Doppelreiher mit Schulterpolstern von 1989 (huaaa!).

»Ich sehe unmöglich aus, und ich kann nichts, das wird nicht gut ausgehen«, murmele ich.

»Jetzt geh mir mit deinem Pessimismus nicht auf den Sack«, herrscht Vivian mich an. »Wie hat mein alter Leichtathletiktrainer immer gesagt? Die anderen kochen auch nur mit Wasser.«

»Vampire mögen kein Wass...«

»Schnauze, jetzt!«, unterbricht Vivian mich. »Wir können das, wir schaffen das. Und nachher lachen wir drüber, du wirst schon sehen.«

»Hoffentlich«, seufze ich.

Wir stehen vor dem fünfstöckigen Verwaltungsgebäude der Vampirrepublik Deutschland. Es ist ein schäbiger Betonklotz aus den 1950er-Jahren mit blinden Fenstern, dem die Abgase der Nord-Süd-Fahrt eine schmierig-graue Patina verliehen haben. Neben der schweren Stahltür hängt ein bronzenes Schild mit einem bunten Wappen drauf.

»VRD«, liest Vivian. »Ich glaube, hier sind wir richtig.«

Sie öffnet die schwere Eingangstür. In einem Glaskasten sitzt ein hagerer Pförtner, der mit seiner Halbglatze und den langen weißblonden Haaren fast aussieht wie der Butler Riff-Raff aus der *Rocky Horror Picture Show*. Nur als fossile Version. Denn er hockt wie versteinert da, grüßt weder noch beachtet er uns, ja, er schaut noch nicht mal auf unsere Vorladung. Ohne jede sichtbare Bewegung aktiviert er eine rote Leuchtdiode, die uns das Zimmer anzeigt, in dem wir uns melden müssen. Raum 309. Über den beigegrauen Linoleumboden laufen wir durch lange Gänge, von denen links und rechts Türen abgehen, deren stumpfe grüne Farbe langsam abblättert. Kein Geräusch ist zu hören, kein Klappern vom Aufschlagen eines Aktenordners, kein Telefonklingeln oder Rauschen eines Kopierers. Vereinzelte an die Wände gepappte Poster von Mystery-Filmen und Vampirveranstaltungen versuchen der allgemeinen Trostlosigkeit Paroli zu bieten, doch sie verstärken eher noch das Gefühl, dass hier der Verdruss ein despotisches Regime führt. Unglaublich, dass in diesem Gebäude die Räder der Republik am Laufen gehalten werden. Wir steigen eine Treppe hoch und erreichen endlich Zimmer 309. »Gemeinschaftsdienst« steht auf einem Schild neben der Tür. Wir stoßen unsere rechten Fäuste aneinander, um uns Mut zu machen, und klopfen. Die Tür öffnet sich, ohne dass die Klinke heruntergedrückt wurde, und gibt den Blick frei auf ein ganz normales Büro der westlichen Hemisphäre. Zwei Frauen an Schreibtischen, Computer,

Telefone, Aktenablage. Nichts deutet darauf hin, dass es sich hier um ein Vampirbüro handelt.

»Ausweise«, fordert die Dame am rechten Tisch.

Ich schätze sie auf ungefähr dreißig Jahre und ihrem langen Haar mit dem Mittelscheitel zufolge auf einen Todestag Anfang der 1970er. Sie sieht ein bisschen aus wie eine schwer anämische Cher. Sie hat die schwärzesten Augenringe, die ich je gesehen habe. Wir geben ihr unsere Pässe, und sie geht damit zu einem Aktenschrank nach hinten.

»Ich wette, der Make-up-Trend zu Smokey Eyes wurde von einem Vampir erfunden«, flüstert Vivian mir zu, und das Lachen kitzelt mich augenblicklich im Hals.

»Das sind nicht Smokey Eyes, das ist Heroine Look«, raune ich zurück. Vivian fängt an zu giggeln.

Cher kommt zurück. »Ihnen wird das Lachen schon vergehen«, sagt sie gleichmütig. »Wie ich sehe, sind Sie beim Höllenfürsten eingeteilt.«

Ups. Das klingt gar nicht gut.

»Dann kommen Sie mal mit.« Cher eilt vor uns her. Durch Flure, diverse Türen und über Treppen laufen wir ihr kreuz und quer durch das Gebäude hinterher, bis ich komplett die Orientierung verloren habe. »Das Gebäude ist 1951 von der Kölner Stadtverwaltung erbaut und einige Jahre später vom VRD aufgekauft worden«, erklärt Cher. »Es ist im Grunde noch im Originalzustand, außer dass die Fenster zugenagelt worden sind. Und die Toilettenräume als Abstellkammern genutzt werden.«

»Aha«, sage ich. Mehr fällt mir dazu auch wirklich nicht ein. Unsere Führung endet schließlich vor einem

Büro, dessen schalldicht gepolsterte Tür mit braunem Leder überzogen ist. »Sicherheitsministerium« steht ganz oben auf dem Schild und darunter: »Vampirpolizei Leitung«. Jetzt bekomme ich es richtig mit der Angst. Wenn es das ist, was ich denke, dann sind wir im Arsch. Jeder, und ich meine absolut jeder im Land weiß, wer der Sicherheitsminister und Chef der Vampirpolizei ist. Kasimir Ture. Oder wie Vivian und ich ihn nennen: Uteschnute. Aber das tun wir auch nur, wenn wir schön in unseren vier Wänden sitzen und über ihn und sein hartes Durchgreifen in der Zeitung lesen. Dann lassen sich Sachen wie »Was macht denn Uteschnute wieder für einen Quatsch?« leicht sagen. Aber wenn wir wieder von einer neuen Hinrichtungswelle für notorische Steuerhinterzieher, Quotenmissachter und andere Gesetzesbrecher lesen, dann bleibt uns jeder Scherz im Halse stecken. Und jetzt sollen wir ihm also gegenübertreten. Und für ihn arbeiten. Wie hatte Cher ihn genannt? Höllenfürst.

Mein Mund ist trocken, und ich fühle mich plötzlich hämatokritisch. Das sagen Vivian und ich, wenn wir Blutdurst haben. Jetzt ein schöner kalter Blut-Smoothie aus dieser neuen Wellness-Linie, das wäre es. Da gibt es neuerdings welche aus Kaninchenblut, die mit Baldrian gefüttert wurden. Soll angeblich total beruhigend wirken. Vielleicht ist ja nur seine Sekretärin da, hoffe ich gerade, doch da geht auch schon die Tür auf, und er steht direkt vor uns.

Der erste Begriff, der mir in den Sinn kommt, ist: eckig. Er ist gut eins neunzig groß und hat Schultern, die wie die Quasten einer Generalsuniform abstehen – und das ohne jegliche Achtzigerjahre-Polsterung. Sein Schädel ist kantig und hat viel Stirn, obwohl er nicht kahl ist. Im Gegenteil: Das braune kurze Haar erreicht fast die Dichte eines handgeknüpften persischen Teppichs. Die Nase hat einen beachtlichen Höcker, und die Augen liegen tief in den Höhlen. Sie haben die Farbe einer Regenpfütze, in der sich der Abendhimmel spiegelt. Sie schimmern metallisch, doch wenn man genau hinschaut, sieht man das dunkle Blau dahinter. Sein Mund sieht aus wie ein umgedrehtes U. Kein Wunder, dass man ihn den Höllenfürst nennt.

Er mustert uns ausdruckslos. Dann brüllt er auf einmal die arme Cher an, die bei jedem Wort weiter in sich zusammensinkt. »Das soll meine neue persönliche Assistentin sein?«, schreit er. »Die taugt nichts, das sieht man doch von weitem.«

Er will uns die Tür vor der Nase zudonnern, da fährt Vivian ihn an: »Was wissen Sie denn schon?«

Er hält einen Moment inne. Zieht eine Augenbraue hoch und bleckt die Zähne. Mir läuft ein Schauer über den Rücken. Er geht nah an Vivian heran. Sein hervorstechendes Kinn stößt fast an ihre Stirn, doch sie weicht nicht zurück. Er sähe vielleicht nicht schlecht aus, wenn er nicht so unerbittlich und unnahbar wirken würde, einfach schreckenerregend.

»So, was haben Sie denn zu bieten an besonderen Fähigkeiten?«, fragt er gespielt liebenswürdig, doch seine Stimme ist kalt wie der eisige Nordwind, der über das Polarmeer fegt.

»Ich bin zufällig Juristin«, faucht Vivian.

»Ach was«, sagt Kasimir Ture.

»Oder soll ich lieber Kaffee kochen?«, fragt Vivian frech. Sein Mund verzieht sich zu einem spöttischen Grinsen. Er dreht sich um. Doch er lässt die Bürotür auf, kommt kurz darauf wieder und wirft Vivian einen Stapel Akten zu. »Na dann, zeigen Sie mal, was Sie drauf haben.«

Vivian dreht sich zu mir um und lächelt tapfer. »Also dann, bis später.«

Ich folge Cher weiter in einen anderen Gebäudetrakt. »Oberste Verwaltungsstelle« heißt die Abteilung.

»Hier ist Ihr Arbeitsplatz.« Cher zeigt auf ein Büro, wartet aber gar nicht, bis ich eingetreten bin, sondern dreht sich schnell um und flieht förmlich. Schlimmer als beim Höllenfürst wird es wohl nicht sein, denke ich und klopfe.

Das Büro ist sehr groß. Vorne ist eine Art Tresen, darauf steht das Namensschild von Walburga Heimlich. Ich trete näher und sage leise: »Guten Abend.«

»Momentchen«, sagt Walburga Heimlich und tippt in Windeseile irgendwas auf ihrem Computer.

Ach du jemine, denke ich, es hat sie noch übler erwischt als mich. Denn Walburga Heimlich hat eine Margret-Thatcher-Gedächtnisfrisur, ein zementierter Berg Haare in Mopedhelmform. Und sie hatte offensichtlich *nicht* gerade eine erfolgreiche Diät hinter sich gebracht, als sie Vampir wurde. Denn sie ist fett wie eine Tonne.

»Sind Sie jetzt fertig?«, fragt sie mich plötzlich.

»Äh, womit?«

»Tun Sie nicht so unschuldig. Ich hab das gehört mit der Frisur. Und mit meiner Figur.«

»Können Sie …?«

»Ja. Gedanken lesen.« Sie grinst mich überheblich an. »Was meinen Sie, warum ich die rechte Hand des Chefs bin?«

La la la, Leni, denk nicht nach. Denk an nichts. Denk an Schokolade. Verdammt, warum habe ich keine Superkräfte?

»Jeder bekommt das, was er verdient«, sagt sie, tippt auf eine Gegensprechanlage und kündigt mich bei ihrem Chef an. Ein leises Stimmchen antwortet, dass ich reinkommen solle. »Ludwig Kowarsch begrüßt alle seine neuen Mitarbeiter gerne persönlich. Er wird Sie dann in Ihre Abteilung bringen«, sagt sie und schickt mich ins Chefbüro.

Ludwig Kowarsch steht auf, als ich reinkomme. Er ist klein und dick und unheimlich bleich, und er trägt einen sehr hellen Anzug. Seine Haare sind nicht richtig weiß, eher staubblond. Er wirkt fast durchscheinend, ausgeblichen wie ein Knochen, der unentwegt der Wüstensonne ausgesetzt war. Vielleicht liegt es an der fehlenden Farbe oder an seiner weichen Silhouette, dass er sich kaum von der weißen Wand abhebt. Alles an ihm ist rund. Seine Schultern hängen energielos herunter, und seinem fliehenden Kinn könnte nur der straffe Lederriemen eines Stahlhelms Kontur verleihen.

»Aha«, sagt er und reicht mir die Hand. »Sie sind also Helene Burmanns alias Stefanie Meier.«

Ich nicke. Sein Händedruck fühlt sich an wie eine feuchte Semmel. Sein Alter ist schwer zu schätzen, aber ich würde mal auf Mitte vierzig tippen.

»Was machen Sie denn da für einen Unsinn, Fräulein?«, sagt er und schnalzt missbilligend mit der Zunge. »Wieso fangen Sie denn Ihr Leben in unserer schönen Republik direkt mit einer Sünde an? Sie wissen doch, dass das Konsequenzen haben muss.« Seine Stimme ist leise und blechern und erinnert an das Scheppern eines Kieselsteines in einer leeren Konservendose. Ich beiße mir auf die Lippen.

»Der Vampirrekrut ist verpflichtet, die ersten fünfzig Jahre im Untergrund zu verbringen«, sagt er, »aber Sie führen wohl ein flatterhaftes Leben, was? Sind auf Ihr Vergnügen aus? Und vergessen darüber wohl gerne mal die eine oder andere Regel, wie?« Er wirkt kein bisschen so, als ob er jemandem etwas zuleide tun könnte, dennoch fühle ich mich unbehaglich. Er erinnert mich an jemanden. Mir fällt nur gerade nicht ein, an wen. Er kommt noch etwas näher. »Aber bei dieser Art Vergehen ist unsere Republik gnädig. Darauf steht nur Zuchthaus. Nur wenn Sie das Identitätsschutzprogramm der Vampirrepublik untergraben, müssen Sie mit wirklich drakonischen Strafen rechnen.«

Er sagt das sanft, mit einem Lächeln. Ein merkwürdiges Gefühl befällt mich, eine Mischung aus Angst und Ekel. Einen Moment stehen wir da wie eine seltsame Skulptur – der kleine schwabbelige Albinomann und das unbeholfene Mädchen voller Fluchtgedanken in seinem schrecklichen Jackett. Dann dreht er sich um, geht zu seinem Schreibtisch, und ich bin erleichtert, dass die Situation vorbei ist.

»Haben Sie denn bisher jemanden aus Ihrem früheren Leben getroffen?«, fragt er jetzt in geschäftsmäßigem Ton. »Jemanden, der dem Identitätsschutzprogramm, das wir zu unser aller Wohl mühsam aufgebaut haben, gefährlich werden könnte?«

»Nein«, sage ich und hefte meinen Blick auf das gerahmte Diplom an der Bürowand, das Ludwig Kowarsch als Verwaltungsfachwirt einer Fernuniversität auszeichnet. Ich hoffe nur, dass er nicht auch Gedanken lesen kann.

»Gut, gut. Nun, in dem Fall haben Sie Glück. Ich werde ein Auge zudrücken. Solange Sie tun, was wir von Ihnen verlangen.«

Er lächelt mich an. »Falls Sie uns enttäuschen, würden Sie natürlich umgehend die Konsequenzen spüren. Aber Sie werden uns nicht enttäuschen, oder?«

»Nein, natürlich nicht«, sage ich schnell.

»Gut. Das wollte ich hören. Und nun zeige ich Ihnen etwas wirklich Interessantes.« Er nimmt eine dünne Aktenmappe vom Schreibtisch und geleitet mich aus dem Büro. Unterwegs erklärt er mir, dass die Republik junge Leute brauche, die den Umgang mit dem Computer leichter lernen können, denn die Umstellung auf digitale Datenverarbeitung sei nicht einfach bei einem durchschnittlichen Vampiralter von hundertachtundzwanzig. Aber ich als gelernte Bankkauffrau habe sicher keine Probleme damit. Er führt mich weiter eine Treppe hinauf, und wir stehen plötzlich vor einer blitzenden Stahltür, die aussieht wie ein riesiger Safe.

»Das hier ist das Herzstück der Verwaltung. Das zentrale Identitätsregister«, sagt er, als ob es sein persönliches Verdienst sei. »Hinter dieser Tresortür finden sich alle wichtigen Dokumente über alle Bürger der Republik. Sterbe- und Identitätsurkunden, Namen der Paten, Lebensläufe, Adressen und Testamente.« Er zieht aus seiner linken Jackentasche eine Codekarte und schiebt sie durch einen Scanner. Es klackt, und mit einem leisen Schnurren öffnet sich die Tür. »Kommen Sie. Jeder, der hier arbeitet, muss wissen, um was es geht.«

Wir gehen in den etwa fünfzig Quadratmeter großen Raum. An drei Seiten stehen stählerne Aktenschränke. Die vierte Wand ist einfach nur schwarz. Ich habe keine Ahnung, was er hier will.

»Was hier nicht vermerkt ist, hat keine Gültigkeit«, erklärt er. Er geht zum ersten Schrank auf der rechten Seite und öffnet die Türen. Darin befinden sich etwa zwanzig Schubladen. Ohne zu überlegen zieht er an einer Schublade und auf gut geölten Schienen fährt sie heraus. Sie ist ungefähr einen Meter lang und voller Akten. Mit einem Griff hat er, was er sucht.

»Burmanns, Helene«, liest er, »geboren am 4. April 1968, verwandelt am 14. Januar 1989, Vater Manfred Burmanns gestorben 1980 bei einem Autounfall, Mutter Olga Burmanns wohnhaft in Hamburg.«

Wie er das liest mit seiner Sachbearbeiterstimme, sehe ich meine Eltern auf einmal vor mir, im Auto auf dem Rückweg vom Geburtstag meiner Tante, meine Mutter am Steuer, im fünften Monat schwanger, mein Vater auf dem Beifahrersitz. Mein Vater singt: »Tiritomba, Tiritomba.« Meine Mutter hatte gesagt, sie würde fahren, aber ein Gläschen Sekt habe noch niemandem geschadet.

Das Gläschen Sekt vielleicht nicht, aber der Lastwagen, den sie übersah, schon. Ich schließe die Augen.

Plötzlich spüre ich eine leichte Berührung an meinem Hintern und schaue mich um. Kowarsch ist zu der schwarzen Wand gegangen. Hat er mich berührt? Womit? Mit seiner Hand? Oder war es nur aus Versehen mit der Aktenmappe? Er tut so, als hätte er nichts bemerkt. Und es durchfährt mich wie ein Blitz. Plötzlich weiß ich, an wen er mich erinnert. An meinen alten Chef. Den Grapscher. Der hat es auch meisterhaft verstanden, seine Berührungen als harmlose Zufälle zu tarnen. Anfangs. Und als er gemerkt hatte, dass ich mich nicht wehrte, war er zudringlicher geworden.

Wie erstarrt höre ich, was Kowarsch mir über diesen Raum erklärt, dass er besonders gesichert und nur nachts zu begehen sei, dass bei Tagesanbruch alle Systeme blockieren würden, aber dafür diese Panzerjalousie hier – er klopft gegen die schwarze Wand – nach oben fahren und eine Panoramafensterscheibe nach Osten freigeben würde. Jeder Vampir, der sich hier unbefugt aufhalten würde, würde augenblicklich zu Staub zerfallen. Er sagt das leichthin, wie ein Kräuseln auf der Wasseroberfläche, doch ich spüre den Abgrund darunter und mich schaudert, obwohl mir nicht kalt ist. Ich will hier raus! Bevor er mich wirklich angrapscht. Oder Schlimmeres. Hier würde jedenfalls niemand meine Hilfeschreie hören. Zu meiner großen Erleichterung geht Kowarsch zu dem kleinen Sicherungskasten und tippt einen Code ein, und schon schiebt sich die Tür auf. Wenn ich atmen müsste, würde ich jetzt aufatmen.

Meine neue Arbeitsstelle ist ein schmuckloses Großraumbüro mit etwa einem Dutzend bleicher Gestalten, alles Frauen, die vor ihren Computern sitzen und mit leerem Gesichtsausdruck vor sich hin arbeiten. Sie blicken nicht mal auf, als ich reinkomme. Kowarsch verabschiedet sich mit einem weiteren schlaffen Händedruck von mir und verschwindet. Es scheint, als hätte ich ab jetzt nichts mehr mit ihm zu tun. Puh! Glück gehabt. Mein direkter Vorgesetzter heißt Richard Brunner, er ist höchstens Mitte dreißig (wie lange schon, das weiß ich natürlich noch nicht) und ein langer Schlacks mit der enervierenden Energie eines karrieregeilen Strebers. Er weist mir einen Schreibtisch in der hinteren Reihe zu und zeigt mir, was ich machen soll. Und zwar soll ich blöde Formulare in einen blöden Scanner schieben und dann im Computer in die passende Datei abspeichern. Beinahe wäre ich Brunner um den Hals gefallen! Das ist so pipieinfach, dass selbst ich das sofort schnalle! Jippie! Die Guillotine kann warten, denn Einscannen mache ich im Schlaf! Die Erleichterung macht mich fröhlich, und ich grüße freundlich meine Schreibtischnachbarin, eine verhuschte Vampirin von Mitte fünfzig. Aber sie macht nur »Pssst!« und beachtet mich nicht weiter. Egal. Ich mache mich an die Arbeit. Brunner sitzt vorne an seinem Schreibtisch, den er wie ein Lehrerpult zu uns gedreht hat, und beobachtet uns, als ob wir eine Klausur schreiben würden und er aufpassen müsste, dass wir nicht pfuschen.

Hier werde ich nichts zu lachen kriegen, so viel steht jetzt schon mal fest. Denn auf meine neuen Kolleginnen scheint der Wichtigtuer Brunner mit seiner Aufpassermasche sogar Eindruck zu machen. Sie gehen stumpf ihrem Job nach. Also nichts mit Zettelchen rumreichen und Späße über den Chef machen. Das einzig Sympathische an meinen Kolleginnen ist, dass sie noch viel schlimmer aussehen als ich in meinem babyblauen Schulterpolster-Jackett. Sie tragen Klamotten wie aus Omas Mottenkiste, graue Strickjacken, schwarze Wollpullover, alles unförmig und farblos.

»Meine Güte, was für Schlafmützen!«, rufe ich Vivian zu, die am Ausgang auf mich wartet. »Schon lebende Sachbearbeiter sind nicht gerade das, was ich mir unter amüsanter Gesellschaft vorstelle, aber untote Sachbearbeiter sind an Langeweile nicht zu überbieten. Das einzig Gute ist, dass ich jetzt weiß, wo der Begriff Karteileiche herkommt.« Ich kichere.

»Also war es für dich doch nicht so schlimm«, stellt Vivian fest.

»Nein«, rufe ich, »es ist nur sterbenslangweilig.« Ich muss schon wieder kichern. »Und wie war es bei dir?«

»Also Uteschnute ist wirklich ein Arsch. Ich musste die ganze Nacht Todesurteile prüfen.«

»Waass?«

»Ich hab ihm die Dinger auf den Schreibtisch geknallt und ihm gesagt, dass die alle nicht korrekt sind.«

»Nee, ne?«

»Na ja, es gab keine Gerichtsverfahren! Nicht eines! Ich habe ihm gesagt, dass ich noch nie jemanden gesehen habe, der sein Amt so missbraucht wie er.«

»Vivi! So kannst du nicht mit ihm reden. Er wird dich

noch ...« Ich breche den Satz ab. Zu ungeheuerlich ist die Vorstellung, was der Höllenfürst alles machen kann, um einem das Leben zu versauen. Aber Vivian versteht mich auch ohne Worte.

»Wir müssen dringend an Geld kommen«, sagt sie, »damit wir diesen dämlichen Gemeinschaftsdienst nicht weiter machen müssen.«

Eine Woche später. Ich stehe vor meinem Kleiderschrank, der überquillt und trotzdem nichts enthält, was mir Freude bereiten könnte.

»Ich wollte It-Girl werden, und was ist jetzt?«, motze ich. »Ich bin eine Büroschabe! Ein Nichts, das dazu verdammt ist, jeden Tag den gleichen Scheiß zu machen. Und ich kann mir noch nicht mal ein seriöses Businessoutfit leisten!«

»Es ist wirklich zum Kotzen! Da rackert man sich die ganze Nacht ab. Erträgt Uteschnute und bekommt noch nicht mal Geld dafür!«, schnaubt auch Vivian.

Wir haben gestern erfahren, dass unser Lohn ohne Umschweife ans Finanzministerium geht. Kein Wunder, dass unsere Laune im Keller ist!

»Was soll ich bloß anziehen?«, jammere ich. »Wenn ich noch einmal dieses hässliche Don-Johnson-Gedächtnis-Jackett tragen muss, dann dreh ich durch! Da passen mir die Sachen von vor zwanzig Jahren noch – und was hab ich davon? Nichts!«

»Nimm doch das.« Vivian zeigt auf das hellgrüne schulterfreie T-Shirt.

Ich schüttele den Kopf. »Das sind doch Partyklamotten.«

»Na und, wen interessiert's? Dann kommt wenigstens Leben in die Bude.«

Das ist ja gerade, was ich vermeiden will. Solche Typen wie Kowarsch sollte man nicht reizen. Auch wenn er ein Vampir ist und Vampire sich normalerweise gegenseitig sexuell so attraktiv finden wie Eierkartons. Grapscher bleibt Grapscher. Ich entscheide mich für einen viel zu großen, ausgeleierten dunkelblauen Rollkragenpullover.

»Mit einer Nylonstrumpfhose drunter sähe das sogar gut aus«, urteilt Vivian. »Diese XL-Pullis werden ja heute als Kleid getragen. Ich leih dir meinen silbernen Lackgürtel!«

»Nein danke«, sage ich. »Ich bevorzuge den Schlabberlook.« Ich ziehe meine Jeans an und lasse den Strickpulli drüber hängen. So sehe ich unförmig aus wie zu besten Specki-Zeiten, wenn der Jojo mich mal wieder in die Weightwatcher-Liga katapultiert hatte.

»Was ist denn mit dir los?«, fragt Vivian erstaunt. »So geschmacklos bist du noch nicht mal während deiner Banklehre rumgelaufen.«

Ich antworte nicht. Ich habe Vivian noch nichts von Kowarschs Übergriff erzählt, weil ich sowieso weiß, was sie sagen wird. Bei sexueller Belästigung hört der Spaß auf, wird sie sagen. Sie hatte mir schon bei meiner Banklehre eingebläut, ich solle den Typen entweder anzeigen oder kastrieren oder am besten beides, aber auf gar keinen Fall nichts tun.

»Leni, was ist los?«, fragt sie. Ich schaue sie stumm an. »Oh nein!«, stöhnt sie. »Nicht schon wieder. Wer ist es?«

»Ich weiß gar nicht, ob da wirklich was war«, sage

ich. »Vielleicht war es nur Zufall, dass Kowarsch mich berührt hat.«

»Der Kloarsch hat dich *berührt*? Wo?«

»Am Hintern.«

»Leni, du weißt so gut wie ich, dass das kein Zufall war.«

»Aber es war nur das eine Mal«, sage ich. Wieso verteidige ich ihn jetzt auch noch? Verdammt noch mal.

Es klingelt. Um Vivians Standpauke zu entgehen, mache ich auf. Sandra rauscht herein. Unsere Wohnung hat keine Diele, man steht direkt im Wohnzimmer, das eigentlich als Küche gedacht ist, aber da wir nicht kochen und deswegen weder Kühlschrank noch Herd noch Hängeschränke für Geschirr brauchen, haben wir es mit Sofa und Fernseher und Computerecke als Wohnzimmer eingerichtet. Sandra steht also mitten in unserer guten Stube und baut sich vor mir auf. »Also, die Woche ist um. Was ist jetzt mit der Behandlung?«

Ich weiß nicht warum, aber sie wirkt noch abstoßender als sonst.

»Äh, dir auch hallo«, sage ich. Und dann sehe ich sie. Ihre Kette mit dem silbernen Kreuzanhänger.

»Wann kann ich anfangen?«, fragt Sandra. Ich starre auf das Kreuz und weiche zurück.

Vivian ruft von nebenan: »Wir haben dich bei der Firma angemeldet, aber die Warteliste ist so lang. Es dauert noch ein bisschen.«

»Wie lange denn noch?«, stöhnt sie. »Hey, glotz nicht so«, faucht sie und legt die Hand auf ihr Dekolleté. »Ich weiß, dass ich da Falten habe.«

Ich schüttele den Kopf. »Das Kreuz«, stammele ich und könnte mich augenblicklich dafür ohrfeigen.

»Ach so. Cool, was? Ist echtes Silber. Ist bei unserer Kosmetikbox Happy Sunday mit dabei. Willst du auch eins? Ist kein Problem.«

»Nein, danke. Ist nicht so mein Fall«, sage ich.

»Ach ja, stimmt. Du stehst ja nur auf diesen potthässlichen Modeschmuck. Ich erinnere mich an diese schrecklichen Elefantenohrringe aus Plastik, die du bei der Abifeier getragen hast. Du warst so fett, und dann diese Dinger! Das war wie die Faust aufs Auge. *Elefantgirl!* Mann, was haben wir gelacht!« Sie amüsiert sich, als ob sie über jemanden reden würde, der nicht im selben Raum steht.

Ich spüre einen Wutanfall aufkeimen, der aber sofort wieder in sich zusammensinkt. Ich glaube, das liegt an ihrem Kreuz. Es schwächt mich irgendwie. Ich kann mich gerade noch aufraffen zu sagen: »Wer ist *wir*?«

Sie guckt verständnislos. »Na, alle!«

»Wie, *alle*?« Beklommenheit erfasst mich wie ein kalter Wind. »Etwa auch André Vogt?« Mit dem hatte ich nämlich auf der Abifete rumgeknutscht.

»Mein Gott, selbst die *Lehrer* haben gelacht.«

Plötzlich schießt mir ein Bild in den Sinn, wie mein Englischlehrer, der alte Widerling, lacht, als ich an ihm vorbeigehe. Mir würde die Schamesröte ins Gesicht steigen, wenn mein Blutkreislauf nicht schon lange zum Erliegen gekommen wäre. Trotzdem fühle ich mich wie ein Häufchen Elend. Peinlichkeit wird posthum auch nicht angenehmer. Ich muss mich setzen.

»Jetzt aber genug geplaudert«, bestimmt Sandra. »Sagt mir einfach, wen ich wo ansprechen muss, um die Behandlung zu bekommen, dann rede ich selber mit denen.« Sie zückt ihr Handy.

»Äh, das geht nicht«, ächze ich. »Aber wir kümmern uns drum, versprochen.«

»Gut. Macht ordentlich Druck. Meine Zeit läuft. So«, sie macht ein paar affektierte Tanzschritte, »und jetzt?«

»Wie, und jetzt?«, fragt Vivian, die reinkommt. Als sie das Kreuz bemerkt, schaut sie schnell zur Seite.

»Wohin wollen wir drei Freundinnen denn heute Abend gehen? Mir wäre nach tanzen.« Sandra legt die linke Hand vor den Bauch, hebt die rechte und trippelt wie eine brasilianische Salsatussi vor und zurück.

Vivian tut so, als ob sie Fussel von ihrer Bluse entfernen müsste, um Sandra und ihren verhängnisvollen Schmuck nicht anschauen zu müssen. »Sorry, ein anderes Mal. Wir müssen jetzt arbeiten.«

»Oh«, sagt Sandra. »Schade. Na gut. Aber denkt dran, ich hab euch in der Hand! Bussi!« Sie verschwindet, und ich fühle die Wut in mir aufsteigen wie das Magma in einem Vulkan.

»Sie ist der Elefant«, schreie ich auf dem Weg zur Arbeit. »Der Elefant im Porzellanladen. Oder, Vivi? Sag doch mal: Ist *sie* der Elefant, oder bin ich es?«

»Sie ist der Elefant«, beteuert Vivian zum hundertsten Mal.

»Ein faltiger, alter Riesenelefant. Wie kann man nur so ätzend sein?«

»So ist Lady Shave nun mal, bekannt und unbeliebt auf der ganzen Welt.«

»Aber wie kommt diese dämliche Ziege nur darauf, dass wir Freundinnen sind?«

»Krieg dich mal wieder ein«, seufzt Vivian.

»Ich krieg mich wieder ein, wenn ich ihr in ihren runzeligen Arsch getreten habe!«

Noch meine ganze Schicht über rege ich mich auf. Erst als ich die Akte Kaminski in die Hände bekomme, werde ich abgelenkt. Heribert Kaminski, das fünfte Opfer des Vampirkillers, denke ich schaudernd. Ich schiebe nachdenklich Geburts- und Sterbeurkunde in den Scanner, seine Vampirvita mit verschiedenen Adressen und sein Testament. Natürlich sind wir hier zur totalen Diskretion verpflichtet, aber auf die Testamente werfe ich gerne mal einen Blick. Ist einfach interessant, wem die Vampire ihr Hab und Gut vererben, wo sie ja in der Regel keine Familienangehörigen haben. (Ede und seine Mutter Elli sind da eine echte Rarität!) Der Vampirpate ist also meistens der einzige Blutsverwandte (haha!), aber wie im echten Leben findet man seine engsten Angehörigen ja nicht immer klasse. Vor allem dann nicht, wenn derjenige einen getötet hat. Und da sich das republikanische Erbschaftsgesetz auch nicht mit so einem Klimbim wie Pflichterbe aufhält, kann der Vampir seinen gesamten Besitz hinterlassen, wem er will. Und da gibt es welche, die schenken ihr Geld dem örtlichen Zeckenzüchterverein oder der Nosferatu-Gesellschaft zur Wahrung des Schreckens von Vampiren. (Es gibt nicht wenige Bürger, die meinen, durch den ganzen Medienhype um Vampire sei es unter den Menschen zu einer sträflichen Verniedlichung des Blutsaugers gekommen. Sie plädieren für eine Rückbesinnung auf Angst und Schrecken. Die meisten Vampire aber, inklusive Vivian und mir, haben überhaupt keinen Bock auf die alte Gruselnummer und wollen nur ihren Spaß.) Also, mal sehen, wen der arme Heribert mit seinem Vermögen beglückt.

»Forschungsinstitut *Vampire Sun Moon Science*«, sage ich zu Vivian auf dem Nachhauseweg. »Hast du davon schon mal gehört?«

Vivian schüttelt den Kopf. »Aber vielleicht findest du bei Vampipedia was darüber.«

»Gute Idee.« Doch bevor ich mich zu Hause an den Computer setze, schaue ich natürlich, ob mein kleiner Torero mir wieder eine Nachricht auf die Zeitung geschrieben hat. Wir kommunizieren jetzt immer schriftlich. Ich klebe Post-its auf den Briefkasten, bevor ich zur Arbeit gehe. (Habe ihn informiert, dass ich mir einen Job gesucht habe für die Nacht. Wo ich doch eh nicht schlafen kann.) Und er hinterlässt mir ein paar Zeilen auf der Zeitung.

Heute schreibt er mir, dass er normalerweise den Winter nicht mag. Aber dass es der erste Winter ist, in dem er Frühlingsgefühle hat. Wow! Ich streichele zärtlich über seine geschwungene Schrift. Mein Torero! Ich vermisse ihn. Ich werde ihm morgen eine kleine Überraschung auf den Briefkasten kleben, nehme ich mir vor, ein Bild von einem Palmenstrand. Das ist wirklich das Blödeste an der regelmäßigen Arbeit: Ich sehe ihn nicht mehr jede Nacht.

Das Zweitblödeste ist, dass wir tatsächlich nur noch einmal in der Woche ausgehen können. Aber übermorgen ist endlich Samstag, und da wollen wir mal wieder so richtig auf die Kacke hauen.

Wir sind mit Lulu im *Alten Wartesaal* verabredet. Das ist eine Disco am Kölner Hauptbahnhof. Lulu steht an eine der riesigen Säulen gelehnt und macht ein Gesicht wie sieben Tage Regenwetter. Aber so ist sie nun mal. Schwule Transvestiten haben immer auch eine Ausbildung zur Drama-Queen absolviert. (Besonders Lulu, die mit ihrem schauspielerischen Talent auch ihr Geld verdient und in verschiedenen Outfits bei Veranstaltungen auftritt und singt.) Deshalb gehen Vivian und ich nicht immer auf jede ihrer Launen ein.

»Hast du schon mal vom Forschungsinstitut *Vampire Sun Moon Science* gehört?«, frage ich sie. Lulu schüttelt gequält den Kopf. »Schade«, sage ich, »im Internet habe ich auch nichts über die gefunden.« Ich schaue einen Moment den Tanzenden zu. »Vielleicht forschen die ja an einem Anzug, der lichtundurchlässig ist und mit dem man sich tagsüber draußen aufhalten kann. Wäre das cool, oder was? Da könnte man vielleicht sogar irgendwann mal wieder an den Strand gehen!«

»Wenn man dort als Marsmensch rumlaufen will, na klar«, stichelt Vivian.

»Kinder, Tante Lulu ist nicht gut drauf«, verkündet Lulu plötzlich und drückt sich theatralisch mit einem Sticktaschentuch eine nicht vorhandene Träne aus dem Auge. Vivian und ich werfen uns einen Blick zu. Das kann jetzt alles bedeuten – von »mein Mieder zwickt« bis »er ruft nicht an« oder »früher war alles viel besser, besonders die Zeiten«.

»Was ist denn los?«, frage ich.

»Tante Lulu ist ein klitzekleines Malheurchen passiert.« Und dann erzählt sie uns, dass sie doch tatsächlich an Halloween beim Sex ihren Liebhaber gebissen hat. »Ich hatte ihn ans Bett gekettet, und sein strammes kleines Hinterteil war ...«

»Erspar uns die Details!«, unterbreche ich sie hastig.

Lulu lässt die Schultern hängen. »Jedenfalls konnte ich nicht anders.«

»Also kein Koitus interruptus?«, fragt Vivian.

Sie schüttelt den Kopf. »Und jetzt habe ich einen total zickigen Strichervampir in meiner Bude hocken und weiß nicht, was ich machen soll. Ich habe doch keine Genehmigung zur Vampirrekrutierung! Wenn das rauskommt, dann ...« Sie schaut uns düster an und schneidet sich mit einem imaginären Schwert den Hals durch.

»Kopfrasur!«, flüstert Vivian.

Das ist natürlich übel. Mittlerweile wissen wir besser über die Quote Bescheid als am Anfang unseres Vampirlebens. Sie ist tatsächlich unheimlich wichtig, weil sonst die Bevölkerungszahl explodieren würde und die Tarnung aller Vampire gefährdet wäre. Besonders seit der EU-Osterweiterung sind nochmals Tausende Vampire eingereist. (Die Aufnahme Rumäniens, dem Mutterland aller Vampire, war für die Republik natürlich eine Katastrophe!) Unsere Behörden haben alle Hände voll zu tun, diese recht rustikal zu Werke gehenden Vampire einzugliedern, damit die bundesrepublikanischen Vampirjäger nicht auf unsere Organisation aufmerksam werden. Bisher mit Erfolg! Wie ich erst kürzlich in der *Blut* gelesen habe, besteht die geheime Vampirjägerstaffel des Bundeskriminalamts nur noch auf dem Papier, da der oberste deutsche Vampirjäger Ernst G. Nagel kürzlich in Frühpension gegangen ist, weil er sich mit seinem großen Erfolg selber überflüssig gemacht hat. »Wir haben die Vampire konsequent bekämpft und können stolz vermelden, dass sie in der BRD ausgerottet sind«, wurde Nagel zitiert. Welch ein Triumph für unsere Republik, schrieb die *Blut*. Damit unsere Existenz aber weiterhin geheim bleibt, wird Quotenüberschreitung konsequent bestraft. Denn eine Hetzjagd durch Vampirjäger, wie es sie zuletzt 1975 gab, wäre die größte Katastrophe! Dann wäre es ein für alle Mal vorbei mit unser aller Sicherheit.

Mir persönlich hat diese Quotenregelung noch nie was ausgemacht. Ich finde die Versorgung mit dem Blut aus Tierfarmen, das das Ernährungsministerium seinen Bürgern zukommen lässt, super. Und mit den leckeren Blutgetränken von *Mister Night* habe ich auch genug Abwechslung. Die Quote ist für mich außerdem die beste Ausrede für meine Jungfräulichkeit. Ich bin nämlich eine VV, eine Vampire Virgin. Ich habe noch niemanden gebissen und ins Vampirjenseits befördert. Und das kann meinetwegen auch so bleiben.

»Und was willst du jetzt machen?«, frage ich Lulu.

»Na ja. Entweder ich töte ihn, aber dann hab ich die richtige Polizei am Hals und meine Tarnung könnte auffliegen, und das wäre gefährlich für uns alle.« Sie macht eine dramatische Pause. »Oder ich melde es der Vapo, und die kümmert sich um die Vertuschung, dann habe ich aber den Ture am Hals und bald keinen Kopf mehr.«

»Beides nicht gerade verlockend«, sagt Vivian nachdenklich.

»Habt ihr nicht vielleicht eine Idee?« Lulu schaut uns mit Riesenaugen an. »Ich meine, ihr arbeitet doch jetzt bei den Behörden …«

»Na ja, ich könnte schon mal schauen, ob ich da was machen kann, schließlich komme ich an die entsprechenden Dokumente ran«, sagt Vivian langsam.

»Oh, danke, meine Retterin«, jubelt Lulu und fällt ihr um den Hals, wobei sie natürlich einen gebührenden Sicherheitsabstand zwischen ihren Gesichtern einhält, damit ihr kunstvolles Make-up nicht verschmiert.

»Aber ich kann nichts versprechen«, mahnt Vivian.

»Das ist wirklich lieb von dir! Lulu geht es schon viel besser!«

»Warte erst mal ab, ob das klappt.«

Mir ist gar nicht wohl bei der Sache. Vivian riskiert Kopf und Kragen für Lulu. Normalerweise läuft es so: Der Vampirpate bekommt die Genehmigung, einen Menschen zu beißen, nach Vollzug meldet er den Vampirrekruten bei der Vapo an, die kümmert sich um die Vertuschung des Verschwindens. Und wenn das geglückt ist, gehen die Formulare ans Identitätsministerium, welches dem Rekruten nach Absolvierung des Einbürgerungstests die zentrale Registrierungsnummer vergibt und einen Pass ausstellt. Auf dem Heimweg frage ich Vivian, was sie vorhat.

»Na ja, ich werde eine Rekrutierungsgenehmigung fälschen.«

»Die wird doch normalerweise von der Obersten Verwaltungsstelle ausgegeben«, sage ich.

»Wir haben aber Ausnahmegenehmigungen für besondere Eilfälle. Die muss ich nur aus dem Schrank holen.«

»Und wer muss das Formular unterschreiben?«

»Uteschnute natürlich.«

»Und willst du ihn tatsächlich fragen?«

»Nein, natürlich nicht. Du weißt doch, wie gut ich in Unterschriften bin.«

»Das ist nicht dein Ernst! Den Chemielehrer zu täuschen und eine Entschuldigung fürs Schwänzen mit der Unterschrift der Eltern zu schreiben, ist ja wohl nichts gegen das Hintergehen des Höllenfürsten persönlich!«

»Ich mach das schon«, sagt Vivian. »Oder willst du etwa, dass Lulu hingerichtet wird?«

»Natürlich nicht.«

»Na also.«

Als wir in der nächsten Nacht zur Arbeit gehen, bin ich sehr nervös. Mit zittrigen Händen schiebe ich die Urkunden in den Scanner und warte irgendwie darauf, dass die Sirenen anspringen und Vivian unter großem Tumult abgeführt wird oder so. Aber alles bleibt ruhig. Und als ich Vivian nach Feierabend am Ausgang treffe, ist sie gut drauf. Sie hat eine Akte für den Rekrutierungsfall angelegt, ein Eilformular für Lulu angelegt, Tures Unterschrift gefälscht und alles der Vapo Köln übergeben.

»War kein Problem«, sagt sie. »Übrigens …« Sie kichert. »Lulu heißt in Wirklichkeit Otto Birnbach und wurde 1793 als Sohn eines Bauern geboren.«

»Nein!«, rufe ich begeistert. Endlich wissen wir es! Wir sind in Hochstimmung, als wir nach Hause kommen. Mein Torero hat mir wieder was auf meine Zeitung geschrieben. Er ist begeistert von dem Bild gewesen und fragt, ob wir uns nicht endlich mal außerhalb dieses Hausflurs treffen sollen. (Ja ja ja!!!)

Doch als wir unseren Anrufbeantworter abhören, ist es vorbei mit der guten Laune. Ede hat angerufen. Seine Mutter ist tot – ermordet vom unheimlichen Vampirkiller.

Und in der nächsten Nacht fällt die Sache mit dem gefälschten Dokument doch auf. Ich weiß es in dem Moment, in dem Vivian nicht kommt. Wir sind wie immer in der Mitternachtspause verabredet, mangels Alternative (alle guten Kneipen sind für die kurze Pause leider zu weit weg) in der Vampirkantine. Und die ist wirklich fürchterlich! Ich bin schon zu Banklehrezeiten nicht gerne in die Kantine gegangen, weil es mir da zu ungemütlich war, zu zugig und zu hässlich, und ich vor allem die ganzen Hackfressen meiner Kollegen nicht auch noch in der Pause ertragen wollte. Aber die Kantine der Vampirverwaltung ist wirklich die Hölle! Rotzgelbes Resopal an den Wänden (Fenster gibt es natürlich nicht) und ein graubeiger Teppichboden, der vom jahrzehntelangen Schlurfen auf den immer selben Wegen an manchen Stellen bis auf einen dunklen Kunststoffrest abgewetzt ist. Keine einzige Plastikpalme, keine hellen Lampen, die Belegschaft ein Haufen fahler Gestalten ohne Regung, der sich über die Unterbrechung seiner stumpfen Tätigkeit keine Sekunde zu freuen scheint. Die einzigen Farbtupfer in dieser Umgebung sind die grottenhässlichen lila-gelb-blauen Stühle, die einem in den Augen wehtun und die auch noch total unbequem sind. Hier würde ich gerne mal einen Unternehmensberater reinschicken. Der würde angesichts dieses 1950er-Gestaltungsdesasters die Hände über dem Kopf zusammenschlagen und dem blöden Kowarsch (der als oberster Verwaltungschef auch hierfür verantwortlich ist) verklickern, dass ein bisschen grünes Kunststoffgestrüpp und etwas künstliches Licht auch seine Mitarbeiter – untot hin oder her – motivieren könnten. Der einzige Vorteil ist, dass hier nicht gekocht wird und weder Frittierfettwolken noch der Gestank von zerkochtem Blumenkohl die Luft verpesten. Es gibt zwar eine lange Selbstbedienungstheke, an der man sich anstellen muss, aber statt dem üblichen Kantinenfraß wie paniertes Pressfleisch in klumpiger Geschmacksverstärkersoße gibt es hier bloß eine Zapfanlage, die verschiedene Blutsorten sprudeln lässt. Schwein und Ratte als Standard und ein wöchentlich wechselndes Wahlmenü.

»Heute gibt es Hirsch, ganz was Feines«, näselt meine Kollegin Gertrud, die im Büro neben mir sitzt und mich wahnsinnig nervt, weil sie unablässig vor sich hin murmelt und jeden Arbeitsschritt kommentiert. (»Scanner aufklappen, einschieben, Qualitätsstufe ist automatisch eingestellt, ja, bitte *scaaaaanneeeen*« – das Wort zieht sie so lange, bis das Gerät mit Einlesen fertig ist –, »jetzt noch abspeichern, fertig und das nächste.«) Ansonsten hat sie überhaupt nichts, was sie erzählen könnte, weil sie außer Arbeiten und Schlafen nichts tut. Sie hat noch nicht mal Satellitenfernsehen! Sie wohnt in einem dieser Schlafsilos, wo hundert Vampire zusammenhausen und jeder nur eine sarggroße Koje hat. Horror! Die Plattenbauten der Unterwelt, sagen Vivi und ich dazu.

Da Vivian noch nicht da ist, setze ich mich notgedrungen neben Gertrud, und während sie eine Live-Reportage über das Trinken ihres Hirschbluts abliefert (»Ich nehme das Glas und trinke. Mmh, lecker. Jetzt stelle ich es wieder ab.«), kriege ich es auf einmal mit der Angst. Denn mir wird klar: Wer hier arbeitet, der bekommt unausweichlich einen an der Klatsche. Es ist nur eine Frage der Zeit (und ich habe *viel* Zeit!), bis ich eine dieser seelenlosen Kreaturen werde, die keine Freude mehr an ihrer Existenz haben. So wie Gertrud. Dass ich jetzt und hier neben ihr sitze, ist doch wohl ein Zeichen. Bin ich schon so abgestumpft, dass ich mich freiwillig in das Heer der spaßbefreiten Karteileichen einreihe? Komm, Leni, nach zehn Tagen Arbeit kann das noch nicht sein, beruhige ich mich. Aber Vivi und ich müssen endlich wieder einen Treffer an der Börse landen.

Apropos Vivian. Wo bleibt sie nur? Ich werde unruhig. Das ist nicht gut, dass sie nicht kommt, das ist gar nicht gut. Ich fange an mit dem Fuß zu wippen.

Gertrud wendet ihren bleichen Kopf ruckartig in meine Richtung. »Du wippst mit dem Fuß«, sagt sie.

»Was du nicht sagst«, gebe ich gereizt zurück.

»Ich habe noch einen Schluck Hirschblut im Glas. Den trinke ich jetzt. Dazu hebe ich das Glas an und ...«

Ich halte es nicht mehr aus und springe auf. Als ich durch die Glastür renne, kommt Vivian mir entgegen. »Vivi«, rufe ich, »wo warst du denn?«

»Ich bin aufgeflogen«, sagt sie und erzählt mir, was passiert ist. »Ich sitze wie immer an meinem Schreibtisch vor Uteschnutes Büro, da kommt der Kloarsch wie von der Tarantel gestochen reingestürmt. Du hattest ihn mir ja beschrieben, deswegen habe ich ihn sofort erkannt. Er sieht wirklich widerlich aus. Wie eine Albinokröte.«

»Vivi«, drängele ich, »was ist dann passiert?«

Also, es war so: Der Kowarsch stürmte an Vivian vorbei in Tures Büro. Da die Tür offen blieb, konnte Vivian alles mithören. Kowarsch knallte die Akte von Otto Birnbach/Jochen Herbst (so heißt der zickige Strichervampir) auf Tures Schreibtisch.

»Was ist das?«, zischte Kowarsch mit seiner Fistelstimme.

»Was ist was?«, fragte Ture kalt.

»Diese Rekrutierungsgenehmigung hätte nie erteilt werden dürfen.«

»Welche Rekrutierungsgenehmigung?« Ture griff sich die Akte.

Vivian saß draußen und knetete ihre Hände.

»Die für Otto Birnbach«, fauchte Kowarsch. Obwohl er nicht so laut sprach, klang es sehr bedrohlich. »Er hat schon zwanzig Genehmigungen bekommen und damit seine Quote für alle Zeiten erfüllt.«

Vivian erschrak fürchterlich. Das hätte Lulu aber wirklich erwähnen können! So ein Mist. Das würde nicht gut ausgehen!

»Ich muss Sie doch wohl nicht daran erinnern, dass *niemand,* ich wiederhole, *absolut niemand,* außer der Königin selbstverständlich, mehr als zwanzig Vampire anwerben darf«, sagte Kowarsch. »Also frage ich Sie von Kollege zu Kollege: Haben Sie diese Genehmigung unterschrieben?«

Mit Kowarschs Stimme hätte man ein Haar spalten können, so schneidend war sie. Dann Stille. Vivian überlegte, ob sie in Tures Büro gehen und irgendeine Geschichte erzählen sollte, aber ihr fiel auf die Schnelle nichts ein. Jetzt würde Ture sehen, dass es natürlich nicht seine Unterschrift auf dem Formular war. Und dann wäre der Höllenfürst vielleicht ein klitzekleines bisschen aufgebracht. Und obwohl Vivian wirklich kein Angsthase war, wollte sie das nicht erleben. Es wäre vielleicht besser, wenn sie sich verdrückte. Abhaute. Irgendwo untertauchte.

Gerade stand sie auf, nahm sich ein paar Akten zur Tarnung und wollte zur Tür raus, da hörte sie Ture knurren: »Na, klar habe ich das unterschrieben.« Vivian blieb wie angewurzelt stehen.

Kowarsch schnaufte perplex. »Aber seit wann genehmigen Sie die Rekrutierungen?«

»Das war eine Ausnahme«, sagte Ture eisig. »Sie sehen doch, Eilfall mit Sondergenehmigung.«

»Und warum, wenn ich fragen darf?« Kowarschs Stimme überschlug sich vor Wut.

»Geheimprojekt«, kanzelte Ture ihn ab. Dann stand er auf, warf Vivian einen scharfen Blick aus seinen Regenpfützenaugen zu, und schloss die Tür.

»Tja«, schließt Vivian ihre Schilderung. »Was sie dann besprochen haben, weiß ich nicht. Jedenfalls, als Kowarsch rauskam, hatte er wieder gute Laune.«

»Irgendwie ist es noch beunruhigender, dass er nichts gesagt hat, oder?«, sage ich. »Ich meine, er ist der Höllenfürst. Er könnte dich vierteilen lassen, wenn er Lust dazu hätte.«

»Ich weiß«, sagt Vivian, »aber vielleicht denkt er wirklich, dass er es unterschrieben hat. Immerhin setzt er jeden Tag auf Dutzende Formulare seinen Otto.« Trotz ihrer hoffnungsvollen Worte sieht sie mitgenommen aus.

»Ja, er ahnt bestimmt nichts«, unterstütze ich sie.

Gertrud kommt vorbei und murmelt vor sich hin: »Ich gehe diesen Flur entlang. Die Pause ist gleich zu Ende. Ich muss an meinen Platz zurück ...«

»Ich will auch lieber nicht zu spät kommen«, sagt Vivian.

»Ja, ist besser«, sage ich. Dann umarme ich sie. »Halt die Ohren steif«, flüstere ich und gehe ebenfalls. Am Ende des Flurs drehe ich mich noch mal um. Sie steht immer noch da und schaut mir nach. Ich winke ihr ein letztes Mal zu. Dann trennen sich unsere Wege. Verflixt noch mal. Ich hab kein gutes Gefühl.

Das Summen meines Handys lenkt mich ab. Eigentlich sind Mobiltelefone hier verboten, aber ich fühle mich immer so alleine ohne Handy. Besonders wenn Vivi nicht bei mir ist. Auf dem Display habe ich nämlich ein ganz tolles Foto von uns beiden. Ich habe es einhändig aufgenommen, und wir gucken total schräg und lachen wie verrückt. Das schaue ich mir immer an, wenn ich mal keine gute Laune habe.

Ich verdrücke mich in eine der ehemaligen Toiletten, die jetzt Abstellkammern sind, und gehe ran. Es ist Ede.

»Hallo Leni, ich habe es schon ein paar Mal bei Vivian versucht, aber sie hat ihr Telefon ausgestellt.« Er klingt verzweifelt.

»Was ist denn los?«, flüstere ich.

»Stell dir vor«, sagt er, »ich muss Gut Strigoi verlassen.«

»Waass?«, rufe ich gedämpft.

»Anscheinend hat meine Mutter mich enterbt. Jedenfalls habe ich ein Schreiben vom Amt für Erbschaftsangelegenheiten bekommen, und darin steht, dass ich in ihrem Testament nicht bedacht werde und deswegen das Gut binnen vier Wochen räumen muss!«

»Nein, das kann nicht sein«, wispere ich. »Ich weiß genau, wie deine Mutter gesagt hat, dass du trotzdem alles bekommen wirst.«

»Wie, *trotzdem?*«, fragt er misstrauisch, und mir fällt ein, dass Elli den Satz angefangen hatte mit: »Obwohl Ede so ein schrecklicher Spießer ist und mir nie verziehen hat, hinterlasse ich ihm trotzdem alles, wenn ich mal nicht mehr bin.« Aber da ich nicht so eine taktlose Tussi bin wie Lady Shave, behalte ich das natürlich für mich.

»Na ja, sie hat uns mehrfach gesagt, dass du ihr Alleinerbe sein wirst, weil Blut nun mal dicker ist als Wasser, besonders bei Vampiren.«

»Aber wie ist das denn nur möglich?«, jammert Ede.

»Pass auf, Ede«, sage ich. »Ich guck mal im Computer nach. Mal sehen, ob ich was herausfinde.«

»Das wäre natürlich äußerst zuvorkommend von dir. Vielen Dank.« Er scheint erleichtert. Ich bin es nicht. Ich hasse es, in Sachen herumzuschnüffeln, die mich nichts angehen. Aber ich mache das ja nicht aus reiner Nächstenliebe. Wenn Ede wirklich sein Heim verlassen muss, dann weiß ich nämlich, wo er aufschlagen wird: Bei uns! Und in unserer kleinen Souterrainwohnung ist nun wirklich kein Platz für einen öden Operettenfan und seine Astrologiebücher.

Wegen Edes Anruf komme ich zu spät an meinen Platz. Richard Brunner, mein Vorgesetzter, springt auf, als er mich kommen sieht. Seine dürre Gestalt klappert hin und her wie ein Skelett auf Speed.

»Das ist nicht korrekt, nicht korrekt«, stottert er hektisch. Er scheint mit Fehlverhalten wenig Erfahrung zu haben, so aufgeregt wie er ist. »Sie sind zu spät, zu spät!«

»Entschuldigung«, sage ich automatisch, »ich musste mal.«

Er kneift das linke Auge zusammen und mustert mich misstrauisch. »*Was* mussten Sie?«

Mist. Daran hatte ich gar nicht mehr gedacht. Tja, was musste ich? Es ist ziemlich unpraktisch, wenn man sich nicht mal mehr auf menschliche Bedürfnisse berufen kann. »Ich musste für Herrn Kowarsch noch was erledigen«, sage ich kurzentschlossen.

»Aha«, sagt Brunner. »Und was?«

Verdammt. Wieso will er eigentlich alles so genau wissen? »Äh, er wollte, dass ich ihm noch was zur Hand gehe.« Meine Güte, wie dämlich klingt das denn?

Brunners lachsfarbene Augen blitzen auf. »Ach so, verstehe!«, sagt er, und ich höre Lüsternheit heraus – und Bewunderung.

Mir wird klar, dass Kowarsch natürlich nicht nur zufällig mit dem Aktenordner meinen Hintern gestreift hat. Sondern dass er bekannt ist für sexuelle Belästigung, weil er damit bei seinen Lakaien auch noch prahlt. Und ich Trottel habe gerade eine seiner Trophäen aus mir gemacht! Frustriert schleiche ich mich zu meinem Platz. Was bin ich sauer! Auf mich, auf Kowarsch, auf Ede, auf Lulu, auf den Höllenfürst, auf die Arbeit, auf alles.

»Was ist das denn? Der Aktenordner klemmt, oh, da muss ich fester ziehen«, labert Gertrud, und ich fahre sie an: »Jetzt halt doch einfach mal die Fresse.«

Sie schaut mich an, und ich erwarte irgendeine Form von Gegenwehr, aber das letzte Fünkchen Lebendigkeit ist bereits vor langer Zeit aus ihr gewichen, so dass sie noch nicht mal meine Beschimpfung aus der Totenstarre reißt.

»Ach, vergiss es«, sage ich.

Der fiese Brunner beobachtet mich und scheint zu überlegen, ob er bei mir auch mal zum Zuge kommen kann. Igitt! Ein Trittbrettgrapscher. Der soll sich wagen, mir zu nahe zu kommen, dann mache ich Frikassee aus ihm. Wenn mich einer begrapscht, dann nur der Oberboss, gegen den ich nichts ausrichten kann, aber nicht so ein Lutscher! In meiner Wut hacke ich, ohne über die Konsequenzen nachzudenken, auf den Computer ein und suche mir die Datei »Canterbury, Eleonore« raus. Und stoße auf eine interessante Entdeckung.

Ich kann es kaum erwarten, das Vivian zu erzählen. Aber in dieser Nacht wartet sie nicht wie sonst am Ausgang. Ich überlege, ob ich den versteinerten Pförtner bitten soll, mal auf ihrem Hausapparat anzurufen. Aber er verzieht keine Miene, als ich ihn anspreche, und deswegen kann ich auch nicht herausfinden, was aus ihr geworden ist. Da ich im Moment nichts anderes tun kann, gehe ich nach Hause und beruhige mich damit, dass sie sicher einfach nur Überstunden machen muss.

Auf dem Nachhauseweg wundere ich mich über ein merkwürdiges rhythmisches Knacken in der Luft, das ich mal lauter, mal leiser höre. Was ist das für ein komisches Geräusch? Ist mir vorher noch nie aufgefallen. Fast wie Morsezeichen. Na ja. Muss ich mal Vivi fragen. Wenn sie denn von ihrer Schicht zurückkommt. Ich bin froh, dass Winter ist und die Nächte so lang sind. Es ist erst halb sechs, und damit noch anderthalb Stunden bis Sonnenaufgang, der einen tiefen, traumlosen Schlaf mit sich bringt. Ich vertreibe mir die Zeit mit den diversen Homeshopping-Kanälen. Auf Blood-Shop-TV gibt es in der Sendung *Hedwig & Hermann* wieder interessante Sachen. Hedwig ist eine bleiche Gothic-Tante mit toupiertem schwarzen Haar und Hermann ein weißer haarloser Eierkopf, der an ein Nachtgespenst erinnert. Die beiden stellen immer neueste Errungenschaften für den Vampir von heute vor, wie zum Beispiel Beißpuppen, die täuschend echt nach Mensch aussehen. Man kann in einen Gummibehälter Tierblut einfüllen und dann in den Silikonhals beißen und so seine Mahlzeit aufpeppen. Da gibt es die Puppe Gretel (ein Blondschopf mit schamhaft geröteten Wangen), den Wüterich (ein schreiender Mann mit einem dicken Hals, auf dem die Adern weit hervortreten) und den Jogger (ein hübscher, keuchender Kerl mit sehr gesunder Gesichtsfarbe). So einen Schnickschnack würde ich mir aber natürlich nie kaufen. Jedenfalls nicht zum normalen Preis. Wenn die Puppen runtergesetzt wären, dann vielleicht schon. Ich meine, sie sind auf jeden Fall eine nützliche Sache. So könnte ich wenigstens mal Beißen üben. Schließlich will ich ja auch irgendwann mal meine Vampirjungfräulichkeit verlieren. Aber eigentlich bin ich ganz erleichtert, dass mich kein Supersonderpreis oder Winterrabatt zum Kauf einer Beißpuppe zwingt. Und auch das nächste Produkt sieht auf den ersten Blick nicht so aus, als ob ich es kaufen müsste.

»Das hier ist das neueste Modell des Bat-Detektors«, prahlt Hedwig gelangweilt und hält ein Gerät hoch, das aussieht wie ein MP3-Player.

Ich will schon umschalten, weil mich so technisches Gerät eigentlich nie interessiert, doch da sagt Hermann: »Ja, Hedwig, mit diesem Bat-Detektor kannst du Fledermäuse hören!«

»Nein!«, ruft Hedwig scheinbar überrascht. »Wie geht das denn?«

»Ja, Hedwig, die Ultraschallrufe der Fledermäuse können Vampire wie du und ich normalerweise nicht wahrnehmen, aber mit dem Bat-Detektor werden die Schallwellen umgewandelt – und dann können sogar wir die Fledermäuse hören! Ist das nicht unglaublich, Hedwig?«

»Ja, Hermann, das ist unglaublich! Zeig mal, wie das geht.«

Dann sieht man Hermann in einer Höhle voller Fledermäuse, er schaltet das Gerät an – und jetzt weiß ich, was ich draußen vorhin für ein Knacken gehört habe. Das waren Fledermäuse! Ich wundere mich gerade, warum ich die überhaupt hören konnte – ganz ohne Bat-Detektor –, da geht die Tür auf, und Vivian kommt rein.

»Da bist du wieder, was für ein Glück«, rufe ich, als sie sich erschöpft aufs Sofa fallen lässt.

Sie schüttelt den Kopf. »Das kann man wohl laut sagen. Das war vielleicht was! Uteschnute hat …«

»Ede muss aus Gut Strigoi ausziehen, weil Elli ihn enterbt hat«, platzt es aus mir heraus.

»Was?«, fragt Vivian. »Aber wem vererbt sie es dann?«

»Rate!« Ich schaue sie triumphierend an.

»Meine Güte, Leni, sag schon!«

»Dem Forschungsinstitut *Vampire Sun Moon Science!*«

»Oh«, macht Vivian. Dann fällt der Groschen. »Oh mein Teufel, wie bei Heribert Kaminski!« Sie sieht mich einen Moment fassungslos an, dann springt sie auf. »Ha!«, schreit sie. Läuft einmal durchs Zimmer und wieder zurück. »Ha!«, ruft sie noch mal. »Leni, da stimmt was nicht.«

»Das hab ich mir auch schon gedacht.«

Sie reibt sich die Hände. »Weißt du, seit ich mit zehn Kalle Blomquist gelesen habe, möchte ich einen Kriminalfall lösen!«

»Ich weiß«, sage ich.

»Und hier ist er endlich!« Sie geht zur Wand und reißt mit einem Ruck das riesige *C.S.I New York*-Poster runter.

»Hey, das ist kein Grund, auszuflippen«, sage ich.

Aber Vivi ist ganz in ihrem Element. »Wir brauchen eine Wand, wo wir Fotos von Verdächtigen und Spuren und so was hinhängen können. Die gibt es in jeder Mordkommission.« Sie nimmt sich einen dicken Edding, und bevor ich einschreiten kann, schreibt sie in Schwarz auf die Tapete: »Motive und Möglichkeiten.« Sie unterstreicht beides zweimal und dreht sich zu mir um. »Das ist mein Motto. Wer hat welches Motiv, und wer hat welche Möglichkeiten, den Mord auszuführen?« Sie schaut mich triumphierend an, als hätte sie den Fall schon gelöst.

»Und du meinst, wir können den Vampirkiller wirklich finden?«

»Logo! Als Erstes finden wir heraus, ob in den Testamenten der anderen Mordopfer auch das Institut bedacht wird. Dann untersuchen wir, wer hinter dem Institut steckt, und dann – Bingo! – haben wir unseren Mörder. Die Sache ist ganz einfach!«

Ich schaue sie skeptisch an. »Ist es in irgendeiner deiner Krimiserien *ganz einfach*, einen Mörder zu fangen?«

»Nein«, gibt Vivian zu. »Aber erstens sind wir es Elli schuldig. Und zweitens weiß ja niemand, dass wir Detektivinnen sind. Der Überraschungseffekt ist also auf unserer Seite.«

»Dein Wort in Draculas Ohr«, sage ich.

Bevor wir aber weitere Pläne schmieden können, überfällt uns schlagartig die Müdigkeit. Wir schaffen es gerade noch, uns in unsere Betten zu schleppen, bevor uns der Schlaf übermannt.

Am nächsten Abend gehen wir mit neuer Energie zur Arbeit. Auf dem Weg durch die Kölner Nacht höre ich wieder diese knackenden Geräusche der Fledermäuse. Vivian hört sie nicht.

»Echt nicht?«, frage ich. »Komisch.«

Sie sieht mich neugierig an. »Leni, es könnte sein, dass du doch Vampirkräfte entwickelst.«

»Meinst du wirklich? Das wäre ja super. Wobei ich mir eigentlich etwas Cooleres gewünscht hätte als bloß ein gutes Gehör. Ist doch voll öde. Ich meine, ich kann sie bloß knacken *hören*, aber ich kann sie noch nicht mal verstehen!«

»Sei doch froh, dass du überhaupt irgendwas Besonderes kannst. Ich habe noch überhaupt keine Superkräfte, dabei bin ich schon viel länger Vampir als du.« Sie macht eine Pause und sagt gespielt beleidigt: »Mindestens zwei Stunden!«

Ich kichere. »Jeder bekommt eben, was er verdient!«, sage ich.

Vivian knufft mich in den Arm und mahnt: »So und ab jetzt, Konzentration. Die Operation Elli läuft.«

Der Plan sieht vor, dass Vivian die Namen der anderen Opfer raussucht und ich – da ich sowieso an den Daten arbeite – die Testamente checke. Doch es dauert nicht lange, bis meine Begeisterung sich legt. Denn die anderen Opfer heißen Degenhardt, Schreber, Wilhelm und Zimmermann, wie mir Vivian heimlich simst. Und da wir bei der Digitalisierung alphabetisch vorgehen, sind nur die Unterlagen von Degenhardt, Karl schon eingescannt, die der anderen Opfer noch nicht. Ich liege mit dem Buchstaben K in den letzten Zügen, ich weiß, dass die ganzen Hohlköpfe vor mir noch bei E, F und G sind, und auf Gertruds Schreibtisch neben mir sehe ich Akten mit M. Mist. Es dauert also noch eine ganze Weile, bis alle Unterlagen im Computer sind. Immerhin habe ich ein kleines Erfolgserlebnis. Denn auch Degenhardt, Karl hat seinen Besitz sämtlich dem Institut *Vampire Sun Moon Science* vermacht.

»Das kann kein Zufall sein«, sage ich zu Vivian in der Mittagspause.

»Ist es auch nicht«, sagt sie mit der Überzeugung des geborenen Kriminalisten. »Jetzt müssen wir herausfinden, wer überhaupt die Möglichkeit hat, Testamente zu fälschen.«

Es stellt sich heraus, dass sie mit »wir« mich meint. Vivian aber sagt, sie sei ja der Kopf der Ermittlungen, das sei ganz normal.

Als ich ins Büro reinkomme, sitzt Richard Brunner wichtig an seinem Schreibtisch und klopft mit einem Bleistift auf die Tischplatte, während er mich beobachtet. Keine Ahnung, was das soll. Wahrscheinlich hat er das auf der Akademie für behämmerte Chefs gelernt. Aber sein Imponiergehabe macht auf mich keinen Eindruck.

»Sie haben da einen Kratzer ins Holz gemacht«, sage ich im Vorbeigehen. »Ich dachte, Sachbeschädigung ist streng verboten.«

Er hört auf zu klopfen und wischt irritiert seinen Tisch ab. Da er den Kratzer nicht gleich entdeckt (weil ja auch keiner da ist), beugt er sich mit dem Gesicht näher an den Schreibtisch und untersucht ihn aus verschiedenen Winkeln. Dann beäugt er mich aus der Distanz kritisch.

»Oh nein«, stöhne ich laut mit Blick auf meinen Computer.

»Was? Was ist los?«, schreit Brunner und springt auf. Er ist wirklich null stressresistent.

»Ich habe einen Fehler gemacht«, sage ich.

Brunner stürmt zu mir. »Wie? Was für einen Fehler?«

»Ich habe eine Akte falsch abgespeichert«, gebe ich freimütig zu. »Wie kann ich denn die Daten im Computer verändern?«

Er schaut sich meinen Bildschirm an. »Was ist denn daran falsch?«

»Ich habe aus Versehen den Eintrag hier geändert«, behaupte ich und zeige auf das Geburtsdatum von Krause, Mike im Identitätsformular I, wie die Geburtsurkunden nach ihrer Digitalisierung heißen.

»Das können Sie doch gar nicht«, faucht Brunner.

»Ach nein?«

»Nein«, sagt er. »Ihre Sicherheitsstufe befugt sie nur zum Abspeichern und Lesen der Daten. In den Formularen etwas ändern können nur die wichtigen Leute.«

»Aha«, sage ich einfältig, »und ich gehöre nicht dazu?«

»Natürlich nicht.« Er schüttelt den Kopf, fast belustigt über diese Naivität.

»Aber Sie gehören zu den wichtigen Leute, nicht wahr?«

»*Selbstverständlich.*« Er wirft sich in die Brust und schaut arrogant auf mich herunter.

»Das ist ja wirklich eine sehr verantwortungsvolle Aufgabe, die Sie da haben«, schleime ich weiter. »Sie könnten ja dann theoretisch auch ganz wichtige Sachen in den Dokumenten ändern, wie zum Beispiel Lebensläufe oder Testamente.«

»Ja, in der Tat«, protzt Brunner. »Mit meiner Sicherheitsstufe und meinen Fachkenntnissen kann ich das.«

Sein Tonfall wird jovial. »Ich habe aber auch einige Semester Informatik an der Fernuniversität studiert und ...«

»Danke«, unterbreche ich ihn. Er scheint richtiggehend enttäuscht, dass er nicht weiter angeben darf, und verharrt in seiner Wichtig-Pose. Aber ich weiß, was ich wissen will, und widme mich wieder meiner Arbeit.

»Tja, äh. Ich geh dann auch mal wieder auf meinen Posten«, kommentiert Brunner ins Leere und wackelt zu seinem Platz, natürlich nicht, ohne kurz bei meinen Kolleginnen innezuhalten und ihnen, irgendetwas Chefmäßiges brabbelnd, über die Schulter zu gucken.

»Es sind also doch eine ganze Menge Leute, die im Computer rumpfuschen können. Nach meinen Recherchen gibt es mit Brunner zwölf Verwaltungshauptmänner. Und dann natürlich noch die Oberbosse«, fasst Vivian zusammen, nachdem ich ihr auf dem Nachhauseweg von meinen Erkenntnissen berichtet habe.

»Der Punkt ist der: Elli ist erst vor vier Tagen ermordet worden! Die Buchstaben C sind aber schon bestimmt seit einem Monat im Computer«, sage ich.

»Mmmhh«, macht Vivian. »Das stellt uns natürlich vor ganz neue Herausforderungen.«

»Wieso?«

»Ist doch klar. Wir müssen selbst ins zentrale Identitätsregister, um herauszufinden, ob das Testament von Elli *vor* der Digitalisierung gefälscht wurde oder danach. Und die der anderen Opfer auch!«

»Nein. Das geht doch nicht!«, rufe ich entsetzt.

»Willst du nun den Fall lösen, oder nicht?«

»Ja, natürlich. Aber ein Einbruch in den am besten gesicherten Raum des Gebäudes ist nicht gerade ein Anfängerjob.«

»Es geht aber nicht anders«, bestimmt Vivian.

»Ich weiß«, sage ich und fühle mich vor Aufregung total flatterig, weil mir jetzt schon klar ist, wer in diesen Raum rein muss. Ich. Vivian kann es nicht, weil sie in einem ganz anderen Gebäudetrakt arbeitet und sich außerdem derzeit keine Verfehlung leisten kann, denn der Höllenfürst ist noch grantiger als sonst und schikaniert sie mit Bergen von Arbeit. Wir wissen immer noch nicht, ob er weiß, dass Vivi das Dokument gefälscht hat, aber wir ahnen, dass er es ahnt. Deswegen kann sie sich keinen Ausrutscher leisten. Außerdem war ich schon mal in dem Raum und kenne mich damit hundert Prozent besser aus als Vivi, die bisher nur davon gehört hat. Auweia.

»Wer hat denn alles Zugang zu dem Raum?«, fragt Vivian.

»Keine Ahnung. Ich weiß, dass Brunner eine Codekarte hat, die trägt er an einer Kette um den Hals wie ein verklemmter Schüler auf Klassenfahrt seinen Brustbeutel. Da komme ich nicht ran. Und dann kenne ich nur noch einen, der eine hat.« Mir wird ganz schwindelig vor Angst, denn das ist Ludwig Kowarsch. »Er trägt die Karte lose in seiner linken Jackentasche.«

»Bingo, das ist unser Mann«, sagt Vivian und tut so, als sei es ein Kinderspiel, sie ihm zu stehlen.

»Aber wie soll ich das machen?«, jammere ich. »Ich kann doch nicht einfach zu ihm sagen: Bitte grapschen

Sie mir nicht an den Busen, ich will mir nur mal eben Ihre Codekarte leihen!«

»Ohne Körpereinsatz wird es aber nicht funktionieren«, sagt Vivi.

»Aber selbst wenn ich ihn ranlasse, wie soll ich ihm denn die Karte aus der Tasche ziehen? Ich bin doch kein Klau-Kid!«

Also trainieren wir zu Hause Taschendiebstahl. Vivian ist ein knallharter Trainer, und ich habe schon bald keine Lust mehr. »Niemand hat gesagt, das würde einfach werden«, sagt Vivian.

»Wie bitte? Aber du …«

»Ha!«, schreit Vivian und packt meine Hand, die in ihrer Jackentasche steckt. »Schon wieder erwischt! Du musst dich mehr anstrengen.«

Zwei Nächte später klappt es schon besser. Langsam beginnt mir die Sache sogar Spaß zu machen.

»Morgen ist Showtime«, sagt Vivian, als sie zum wiederholten Mal nicht gemerkt hat, dass ich ihr was aus der Tasche gezogen habe.

»Okay«, sage ich schicksalsergeben.

Normalerweise lese ich noch nicht mal Krimis, aus Angst mich zu fürchten. Und jetzt muss ich so etwas Nervenaufreibendes machen, wie dem obersten Verwaltungschef seine superwichtige Codekarte zu klauen. Im ersten Teil meines Plans muss ich mir eine Entschuldigung einfallen lassen, um mich von meinem Arbeitsplatz zu entfernen. Also stöckele ich in meinem schwarzen Ledermini und der weißen Bluse auf Richard Brunner zu. Seine Augen klackern wie Murmeln hin und her, als er mich sieht. Vielleicht gibt es die Geschichte, dass Vampire sich gegenseitig nicht anziehend finden, nur deswegen, weil die meisten Vampire aussehen wie die letzten Heckenpenner. Besonders die weiblichen Vampire (außer Vivi und mir natürlich) schöpfen ihre Möglichkeiten überhaupt nicht aus, da muss man sich nur mal in diesem Büro umschauen. Dabei kann man offensichtlich auch in den ewigen Jagdgründen mit den Waffen der Frauen angreifen. Oder zumindest für Verwirrung sorgen.

»Hallo Chef«, flöte ich, »ich müsste mal eben ins Verwaltungssekretariat.«

»Äh ja, sicher«, stammelt er.

»Kann aber ein paar Minütchen dauern«, sage ich und klimpere mit den Wimpern.

»Kein Problem«, sagt Mister Obergenau.

Ha! Punkt eins erledigt. Jetzt zu Punkt zwei. Schwierigkeitsstufe: hoch. Walburga Heimlich zu überwinden, ist wirklich keine Kleinigkeit, schließlich ist sie einer der wenigen Vampire, die einem nicht bloß *vor* den Kopf gucken können. Als Vivian davon gehört hat, dass ich an ihr und ihrem Röntgenblick für Gedanken vorbeimuss, um zu Kowarsch zu kommen, wollte sie die Operation schon abbrechen. Aber ich habe ihr versichert, dass ich dafür einen Plan habe, der eigentlich funktionieren müsste. Zum Glück sind Frauen in der Lage, zwei Sachen gleichzeitig zu machen. Und ich kann eben nicht nur parallel bügeln und fernsehen, sondern ich kann auch sprechen und dabei an was anderes denken. Zumindest an bestimmte Sachen.

Bevor ich an ihre Bürotür klopfe, sammele ich mich noch einen Augenblick, denke an Elli, wie sie mit ihrem Martini vor dem Kamin sitzt, und nehme allen Mut zusammen. Gerade als ich klopfen will, kommt eine meiner verhuschten Kolleginnen mit Aktenordnern unter dem Arm aus dem Büro. Ich nicke ihr zu, aber sie eilt mit schnellen Schritten davon, ohne mich zu beachten.

»Klopf-Klopf«, sage ich, als ich eintrete.

»Hallo«, brummt Walburga Heimlich, die hinter dem Tresen steht und Papiere ordnet.

»Guten Tag«, sage ich, »ich bin Leni Burmanns.«

»Ich weiß«, herrscht sie mich an. »Was gibt es?«

Eine Bratwurst mit Brötchen hat 585 Kalorien, eine ordentliche Portion Pommes 700 plus Mayonnaise 220 …

»Ich möchte dem Herrn Verwaltungsdirektor einen Vorschlag zur Verbesserung der Arbeitsleistung machen.«

100 Gramm Brie haben 410 Kalorien, ein Glas Vollmilch 175, eine Tafel Vollmilchschokolade 520.

Sie mustert mich aufmerksam.

Wenn ich morgens zwei Brötchen mit Hüttenkäse esse und mittags einen Salat mit Thunfisch, dann habe ich abends noch 800 Kalorien frei.

»Na gut«, grinst Walburga Heimlich und meldet mich bei ihrem Chef an.

Wow! Das habe ich ja wohl spitzenmäßig hingekriegt! Kalorienzählen ist wie Fahrrad fahren. Das verlernt man nie. Und schwupps bin ich drin. Jetzt kommt der schwerste Teil: die Höhle des grapschenden Löwen. Kowarschs Büro ist vollgestopft mit altem Plunder, in jedem Regal stehen Bürokraten-Devotionalien wie antike Rechenmaschinen, ausrangierte Schreibmaschinen und nostalgische Telefone. Kowarsch selbst sitzt hinter einem massiven Schreibtisch mit floralen Schnitzereien, sein bleiches weiches Fleisch und das schwere Eichenholz scheinen miteinander zu verschmelzen. Er sieht aus wie ein Baumpilz, der an der Tischplatte festgewachsen ist.

Kowarsch lächelt, als er mich sieht. »Ein fleißiges Bienchen kommt herein«, säuselt er, und stößt sich mit den Händen von der Tischkante ab. Sein Bürostuhl rollt zurück, und der Bauch schwappt auf seine Beine. Seine Füße berühren beim Sitzen kaum den Boden, so klein ist er, deswegen muss er fast einen Hopser machen, um aufzustehen. Ich lege meine Mappe auf den runden Besprechungstisch im vorderen Teil des Büros.

»Sie wollen also meine Angestellten motivieren«, sagt er gönnerhaft. »Sie machen sich, Fräulein Leni.« Er tätschelt mir die Schulter und lässt seine Hand auf meinen Oberarm gleiten. Ich beiße mir auf die Lippen, um ihn nicht anzuschreien.

»Ja, sehen Sie hier«, sage ich und halte meine Mappe hoch, so dass seine Hand endlich abrutscht, »da sind einige Gestaltungsmöglichkeiten für die Kantine drin. Setzen Sie sich doch, dann können Sie es in Ruhe anschauen!«

Ich ziehe einen Stuhl nach hinten, und er lässt sich nieder. Ich bleibe hinter ihm stehen und erläutere die Bilder: »Diese Variante mit dem indirekten Licht und den optischen Aufhellern durch Grünpflanzen ist äußerst reizvoll, denn …«

Seine Jackentasche ist noch außer Reichweite. Ich muss also näher an ihn heran. Ich beuge mich über seine Schulter. Er riecht ein bisschen muffig, und seine Kopfhaut scheint gelblich durch das staubblonde Haar. Mich überkommt der Ekel, als ich noch näher rücke und mich nur noch Millimeter von seinem kalten Leib trennen.

»Wenn man die Pause in einer fröhlicheren Umgebung verbringt, das zeigen Studien, dann geht man danach besser gelaunt zurück an die Arbeit.« Ich fahre mit dem Finger auf den Bildern von modernen Kantinen herum, die ich mir aus dem Internet ausgedruckt habe.

»Mmmh«, macht Kowarsch und lehnt seinen Kopf an meine Brust.

Ich würde ihm am liebsten einen Liter Schokobrei auf den weißen Anzug kotzen. Aber ich habe eine Mission. Und während er sich die Fotos anschaut, greife ich in seine linke Jackentasche, meine Hände zittern, sie fassen erst ins Leere, er bewegt sich etwas, und ich fixiere ihn mit meinem Oberkörper, presse mich jetzt fester an ihn (IGITT!), dann endlich ertaste ich die Karte und fische sie mit zwei Fingern heraus. Sobald ich sie sicher in der Hand habe, schnelle ich zurück und stecke sie mir hinten in den Rockbund unter die Bluse. Er dreht sich zu mir um.

»Ja«, fasse ich zusammen, »mit ein wenig Farbe könnte die ganze Kantine einfach ein bisschen … optimistischer sein.«

Er guckt mich verdutzt an, als wäre er auf diese Idee noch nie gekommen. Und einen Moment lang glaube ich sogar, dass er sich eine Renovierung wirklich überlegt. Doch dann fängt er scheppernd an zu lachen.

»Optimistische Räume!« Sein Lachen klingt wie hechhechhechhech. »Wissen Sie eigentlich, wie hoch das Rentenalter bei Vampiren ist?«

»Äh, nein.«

Er keucht vor Lachen. »Es gibt keins. Es gibt für Vampire keine Rente! Sie müssen arbeiten, bis sie zu Staub zerfallen! Wieso sollten sie da optimistisch sein? Es gibt keinen, aber auch gar keinen Grund dazu!« Hechhechhechhech.

»Ah, verstehe«, sage ich, nehme meine Mappe und drehe mich zur Tür.

»Aber Sie können selbstverständlich jederzeit zu mir kommen mit neuen Vorschlägen!« Hechhechhechhech.

»Sicher«, sage ich und gehe.

»Und wie war's?«, fragt Walburga Heimlich.

Ich kann nicht sofort wieder meinen Kalorienkalkulator anwerfen, weil ich noch Schüttelfrost vor lauter Ekel habe. Walburga sieht mich an, und ich ahne eine Spur Mitleid in ihren Augen. Trotzdem bin ich überrascht, als sie mir ein fast freundliches »Kopf hoch« hinterherschickt.

Ich bin so erleichtert, dem Büro zu entkommen, dass ich fast mit einem Kollegen zusammengerumpelt wäre, der eilfertig auf Kowarschs Bürotür zustrebt. Das geht ja hier zu wie im Taubenschlag. Umso besser, denke ich, dann würde der Verdacht auch nicht so schnell auf mich fallen. Falls er das Verschwinden seiner Karte überhaupt bemerkt.

Ich eile um die Ecke und ziehe mein Handy raus, das ich unter der Bluse versteckt habe, wähle Vivis Nummer und lasse zweimal klingeln. Jetzt weiß sie, dass ich die Karte habe und zum zentralen Identitätsregister unterwegs bin, was ich hoffentlich in diesem Labyrinth wiederfinde – mein Orientierungssinn war noch nie besonders gut. Wir haben ausgemacht, dass Vivi gleich unter einem Vorwand in Kowarschs Büro anruft, um sicherzustellen, dass er da ist und nicht etwa zufällig zum Register muss. Dann würde sie mich über Handy warnen. Ich laufe die verwirrenden Gänge entlang, eine Treppe hoch, durch eine Glastür …

Hier muss es doch irgendwo sein, verflixt! Aber um die nächste Ecke entdecke ich sie dann, endlich, die Tresortür des Identitätsregisters. Ich habe es tatsächlich gefunden! Zum Glück haben diese vorsintflutlichen Amateure keine Überwachungskameras eingebaut. Kein Vampir weit und breit zu sehen, alles in Ordnung, beruhige ich mich, und trotzdem fällt mir die Codekarte aus der Hand, als ich sie durch den Scanner ziehen will. Ruhig, Leni, ruhig. Diesmal klappt es. Es macht klack, und die Tür schiebt sich schnarrend zur Seite. Sobald der Spalt breit genug ist für mich, schlüpfe ich hinein. Aber erst als die Tür sich wieder geschlossen hat, beruhige ich mich etwas. Auf den Aktenschränken sind keinerlei Markierungen, so dass ich nicht weiß, wo sich was befindet. Mal überlegen. Kowarsch hatte im ersten Schrank rechts meine Akten gefunden, also vermute ich, dass C ebenfalls dort abgelegt ist. Doch da finde ich nur die Buchstaben A und B. Im Schrank daneben sind merkwürdigerweise auch nicht die Namen mit C, sondern G bis H. Komisch. Ich reiße den nächsten Schrank auf. Was Kowarsch jetzt wohl macht? Hoffentlich ist ihm das Verschwinden seiner Karte nicht schon aufgefallen. Und hoffentlich redet Brunner nicht zufällig mit Kowarsch und fragt dabei nach mir, so dass rauskommt, dass ich weder bei dem einen noch bei dem anderen bin. Und hoffentlich hat Walburga nicht doch mitbekommen, was ich vorhabe. Vor lauter Horrorvisionen werde ich immer hampeliger. Und dann sind diese Akten auch noch nach einem total behämmerten System einsortiert. H finde ich neben N und V neben K. Das hat sich der Kowarsch wahrscheinlich ausgedacht, dieser Vollidiot. Das dauert alles viel zu lange! Brunner wird sich sicher wundern, wo ich stecke. Und Kowarsch könnte schon längst gemerkt haben, dass seine Karte futsch ist.

Ich hole mein Handy raus, während ich mit der anderen Hand weiter die Schubladen aufreiße. Mist! Ich habe hier drin keinen Empfang! Also steht im Moment überhaupt niemand für mich Schmiere, noch nicht mal telefonisch. Verdammt. Wieso um alles in der Welt habe ich mich darauf eingelassen? Beeilung, Leni, Beeilung.

Da stoße ich auf den Buchstaben S, genauer auf die Namen mit Sch. Eines der Opfer hieß Schreber. Okay, dann suche ich erst diese Akte raus. Meine Hände fliegen über die Sichtreiter mit den Namen. Und dann habe ich sie endlich: Schreber, Uschi, Mordopfer Nummer eins. Ich ziehe die Akte raus, wühle durch die Papiere, bis ich das Testament gefunden habe. Und tatsächlich! Auch hier ist *Vampire Sun Moon Science* auf dem mit Schreibmaschine geschriebenen Dokument als Alleinerbe eingetragen! Schnell mache ich ein Foto mit meinem Handy.

Plötzlich höre ich ein Klacken, und mir fährt die Panik wie eine Faust ins Gedärm. Das war der Türmechanismus! Da kommt jemand! In Windeseile packe ich die Akte zusammen und stopfe sie in den Schrank zurück. Zentimeter für Zentimeter schiebt sich die Tresortür zur Seite. Ich schaue mich um, dabei weiß ich genau, dass es in diesem Raum nicht das kleinste Versteck gibt. Nichts, wohin ich mich flüchten könnte. Ich werfe einen Blick an die Decke, weil in Actionfilmen die Leute gerne mal durch eine Luke in der Deckenverkleidung verschwinden. Aber nichts – alles glatter Stahl! Das war's dann wohl, denke ich, und zu meinem großen Erstaunen fühle ich mich auf einmal total leicht. Als ob jeder Stress von mir abfiele. Der Boden entfernt sich. Ich steige in die Luft. Hä? Bin ich jetzt tot beziehungsweise noch toter, oder was? Ist meine Seele aufgestiegen und hat meine sterblichen Überreste zurückgelassen? Ich suche den Raum nach meiner Leiche ab. Aber da ist nichts, nur die Codekarte, die vor dem Schrank liegt. Die Tür ist jetzt etwa einen halben Meter geöffnet – und davor stehen Kowarsch und Walburga.

»Vielleicht habe ich sie hier verloren«, sagt Kowarsch, und in dem Moment, in dem er und seine Sekretärin hereinkommen, fliege ich durch den Türspalt hinaus.

»Ah, da ist die Karte ja«, höre ich Walburga noch rufen.

Ich flattere durch den Flur und wundere mich, was los ist. Wieso kann ich fliegen? Ich schaue auf meine Arme und merke, dass sie nicht da sind. Stattdessen sehe ich ein paar schicke schwarze Flügel. Hä? Die sehen aus wie von einer … Fledermaus!

Wie cool ist das denn? Als Kind hatte ich Träume, in denen ich fliegen konnte, aber das hier ist noch viel genialer. Meine Flügel schlagen wie wild, aber es ist kein bisschen anstrengend, ich bin superschnell und habe null Probleme, mich zu orientieren. Als hätte ich ein eingebautes Navigationsgerät in mir! Ich bin begeistert! In Windeseile bin ich vor meinem Büro. Dann fällt mir ein, dass ich keinen Schimmer habe, wie ich mich wieder in mich zurückverwandele, doch da plumpse ich auch schon auf den Flur. Ups. An der weichen Landung muss ich noch arbeiten. Ich warte darauf, dass der Schmerz mein Steißbein durchfährt, aber nichts ist. Prima. Vampir zu sein hat doch ziemlich viele Vorzüge. Vor allem wenn man bei Bedarf mal eben in die Luft aufsteigen kann!

Ich rücke meinen Rock zurecht, fahre einmal durch mein Haar (als ob das irgendetwas besser machen würde) und husche durch die Tür. Brunner nicke ich kurz zu, dann setze ich mich an meinen Platz und arbeite weiter, als wenn nichts geschehen wäre. Dabei bin ich natürlich total aus dem Häuschen. Eine Fledermaus zu sein fühlt sich einfach super an. Diese Leichtigkeit! Diese Schnelligkeit! Ich kann es kaum erwarten, Vivian davon zu erzählen! Ich bin so überwältigt von meiner kleinen Metamorphose, dass ich für einen Moment glatt den Einbruch in das Identitätsregister vergesse.

Doch dann läutet bei Brunner vorne das Telefon (wir kleinen Büroschaben haben natürlich keinen eigenen Apparat), und er ruft: »Burmanns, Telefon!«

Mir wird plötzlich angst und bange. Was ist, wenn Kowarsch weiß, dass ich ihm die Karte geklaut habe? Für so eine Aktion kommt man doch mindestens ins Zuchthaus, und nach allem, was man davon hört, ist jedes Dritte-Welt-Gefängnis ein Bällebad gegen eine Vampirvollzugsanstalt.

Brunner reicht mir den Hörer. Ich sehe, wie er meinen Hintern in dem Minirock angafft, und dehne die Telefonschnur, um so weit wie möglich von ihm wegzukommen. Noch einen Grapschangriff könnte ich heute nicht ertragen. Außerdem möchte ich nicht unbedingt, dass er mithört. Wer weiß, wer da dran ist.

»Vivian Schlevogt vom Sicherheitsministerium«, sagt Vivi in geschäftsmäßigem Ton, und mir fällt eine Zentnerlast von den Schultern. »Ich wollte nur mal hören, ob die Akte zum vereinbarten Zeitpunkt fertig wird.«

»Nicht ganz«, sage ich. »Die Bearbeitung ist schwieriger, als ich dachte.«

»Aha. Und dann wollte ich Sie wissen lassen, dass ich Sie nicht erreichen konnte und mir Sorgen um die … Erledigung der Aufgabe gemacht habe.«

»Ja.«

»Sind Sie denn ab jetzt wieder wie üblich zu erreichen?«

Ich taste unter meiner Bluse nach meinem Mobiltelefon. Doch es ist nicht da. Oh nein! Panikattacke! Ich hab es verloren. Und das kann nur eines bedeuten. Ich habe es im Identitätsregister vergessen! Mein Handy mit dem Foto von Vivi und mir auf dem Display muss irgendwo zwischen den Akten mit den Buchstaben Sch sein. Das könnte mein Todesurteil sein.

»Nun, Frau Burmanns? Ich habe nicht den ganzen Tag Zeit«, sagt Vivian gespielt streng.

»Sie können mich nur unter der Nummer von meinem Vorgesetzten Richard Brunner anrufen«, sage ich schnell und lege auf, weil mir gerade ein bisschen schwindelig wird. Denn in diesem Moment geht die Tür auf, und Ludwig Kowarsch und Walburga Heimlich marschieren herein. Und sie sind sicher nicht hier, um Fleißsternchen zu vergeben. Verdammt noch mal. Einmal auf der Flucht, immer auf der Flucht. Und das Schlimmste an dem Leben auf der Flucht ist: Man kann jederzeit erwischt werden. Mit zitternden Beinen eile ich an meinen Platz, der zum Glück in der letzten Reihe steht.

»Es gibt da einen unerfreulichen Vorfall«, sagt Kowarsch, und man hört den Zorn unter seinem sanften Stimmchen brodeln.

Ich schaue auf meinen Tisch wie früher, wenn mein

gemeiner Englischlehrer ein Opfer für den mündlichen Vokabeltest suchte. Bitte, lieber Graf Dracula, bete ich, mach, dass sie das Handy nicht gefunden haben, dann bin ich ab jetzt auch ein ganz braver Vampir.

»Jemand war unerlaubterweise im Zentralen Identitätsregister«, sagt Kowarsch.

Gut, denke ich, sie haben es noch nicht gefunden, sonst wüssten sie haargenau, wer da drin war.

»Brunner, haben Sie jemandem Ihre Karte geliehen, ohne das zu melden?«, fragt Kowarsch.

»Nein, nein, niemals«, stammelt Brunner.

Kowarsch wendet sich an uns: »Nun, meine Damen, wer von Ihnen kann sich denn in eine Fledermaus verwandeln?«

Walburga geht langsam durch die Reihen und guckt jede meiner Kolleginnen genau an. Okay, Leni, als Allererstes: Denk an was anderes! Denk nicht an Fledermäuse, Flucht, Handys oder Akten. Denk bitte schnell an irgendwas Harmloses. Walburga kommt näher. Sie mustert Gertrud eine Weile und wendet sich genervt ab. Dann schaut sie mich an.

»Und dann?« Vivian hängt an meinen Lippen.

»Dann habe ich Walburga Heimlich verwirrt.« Ich muss kichern, als ich daran denke, dass ich im Geiste den perfekten Süßigkeitenladen meiner Kindheit besucht habe, als sie vor mir stand. Als kleines Mädchen habe ich oft davon geträumt: Ein Geschäft mit den leckersten Sachen, in dem es alles umsonst gibt und wo man so viel essen kann, wie man will. Später habe ich den Traum dann dahin erweitert, dass ich so viel essen kann, wie ich will, ohne zuzunehmen. In meinem Traumgeschäft stapeln sich auf der linken Seite die normalen Sachen wie Gummibärchen und Schokolade und Schokoriegel. Auf der gegenüberliegenden Seite sind haufenweise Pralinen (besonders mit Marzipan und Nougat und Nüssen), es gibt eine Eistheke, wo man sich entweder Erdbeer-, Stracciatella- und Pistazieneis in Waffeln schaufeln oder sich aus der Softeismaschine bedienen kann. Die Krönung des Geschäfts ist eine Kuchentheke mit den allerfeinsten Sahnetorten, Schwarzwälder Kirsch, Sacher, Käse-Sahne und und und. In diesen Laden habe ich mich als Kind immer dann geflüchtet, wenn meine Mutter meinen Vater anschrie, er sei zu wenig zu Hause, und er sich zwar verteidigte, dass er als Handelsvertreter nun mal keine andere Wahl hätte, aber meine Mutter nie besänftigen konnte. Das konnte nur ihr spezieller Freund, der weiche Chantré. Der brachte ihr Entspannung, zumindest für einige Zeit. Danach ging es wieder los mit der Brüllerei. Und wenn mein Vater mal wieder nicht da war, dann brüllte sie eben mich an. Aber ich war auch nicht da. Ich war in Lenis Schokoshop.

»Ich hatte ihn fast vergessen, aber als Walburga drohend vor mir stand, da fiel er mir auf einmal wieder ein!«, sage ich. »Ich hätte echt nicht gedacht, dass ich mich nach so langer Zeit wieder in meinen Süßigkeitenladen flüchten könnte! Aber ich konnte mich echt noch an alles erinnern, auch an die Gläser voller Gummikirschen neben der Kasse und an die Kiste mit blauem Banjo! Wieso gibt es das heute eigentlich nicht mehr? Das war der leckerste Schokoriegel aller Zeiten.«

»Leni!«, mahnt Vivian. »Ist mir doch egal, sag lieber, wie es weitergegangen ist.«

»Ach so, ja«, sage ich und erzähle ihr die Geschichte zu Ende.

Walburga Heimlich glotzte mich eine gefühlte Ewigkeit an, dann verzog sie den Mund, und ich wusste nicht, ob es ein freundliches Lächeln oder eine hämische Fratze sein sollte. Sie ging wieder nach vorne.

»Und wer war es?«, fragte Kowarsch.

Brunner, der alte Schleimer, baute sich neben ihm auf, verschränkte die Arme vor seiner Hühnerbrust und gab seinerseits eine Darbietung des empörten Chefs.

»Ich weiß es nicht genau«, sagte Walburga entschuldigend. »Von hier war es wahrscheinlich niemand.«

»Wir werden es herausfinden«, bellte Kowarsch, »und dann kann derjenige was erleben!«

»Jawohl, was erleben!«, rief Brunner.

»Und jetzt wieder an die Arbeit!« Kowarsch und seine Sekretärin stampften hinaus, um im nächsten Büro die Inquisition fortzuführen. Was war ich erleichtert! Ein Hochgefühl überkam mich, wie ich es zuletzt gehabt hatte, als ich die Abiprüfung in Englisch bestanden hatte, weil ich unbemerkt ein Dictionary unter meinem dicken Pulli mit in die Klausur schmuggeln konnte.

»An die Arbeit, Vampire«, schrie Brunner. »Und dass mir das nicht mehr vorkommt.« Er hatte wirklich überhaupt keinen Schimmer von Personalführung.

Ich meldete mich. »Dass *was* nicht mehr vorkommt?«, fragte ich unschuldig und klimperte wieder mit den Wimpern. Brunner schaute mich irritiert an.

»Äh, ein unerfreulicher Vorfall«, murmelte er.

»Stimmt, so ein unerfreulicher Vorfall bringt wirklich *alle* aus dem Konzept, nicht wahr?«

»Ja, aus dem Konzept«, sagte er und setzte sich verärgert an seinen Aufseherschreibtisch.

Vivian schüttelt den Kopf. »Mannometer, was für ein Glück, dass dir sowieso niemand so einen Einbruch zutrauen würde.«

»Wie meinst du das denn, bitte schön?«, frage ich entrüstet. »Sehe ich etwa so dämlich aus?«

»Nein«, sagt Vivian schnell, »du bist einfach viel zu niedlich, als dass man denkt, du könntest was Verbotenes machen.«

»Ach so«, sage ich und schüttele meine Locken.

»Und du hast dich echt in eine Fledermaus verwandelt?«

»Cool, was?« Ich reibe mir die Hände und grinse vor mich hin. »Endlich habe ich eine Vampirsuperkraft entwickelt.«

»Zeig mal!«, fordert Vivian mich auf.

»Nein«, sage ich entrüstet, »ich bin doch kein Zirkustier!«

Sie schaut mich prüfend an.

»Also gut«, gebe ich zu, »ich habe keine Ahnung, wie das passiert ist. Ich muss erst noch herausfinden, wie ich das steuern kann, okay?«

»Tolle Superkraft«, frotzelt sie, »und wirklich schade, dass Fledermäuse keine Handytasche haben.«

»Hey, das ist nicht lustig. Wir müssen das Handy da rausholen, bevor es irgendwer bemerkt! Aber«, füge ich schnell hinzu, »ich kann nicht noch mal die Karte von diesem Ekelpaket Kowarsch klauen.«

»Wer hat denn sonst noch alles Zugang? Wie kommen beispielsweise die Akten zu euch?«

»Die bringt der Brunner, dieser Lutscher, höchstpersönlich.«

Vivian sieht nachdenklich aus. »Was meinst du denn, wann die Akten mit Sch dran sind?«

»Zwei bis drei Wochen würde ich schätzen.«

»Gut, bis dahin wird uns was einfallen«, sagt Vivian.

»Genau.« Ich bin erleichtert, dass wir nicht sofort was unternehmen müssen. Denn mir ist nach der gestrigen Aufregung ganz eindeutig nach einem schönen entspannten Partyabend. Was für ein Glück, dass heute Samstag ist und wir frei haben! »Komm, lass uns meine neuen Superkräfte feiern gehen! Wie wäre es mit diesem Mexikaner am Friesenplatz? Ich hab gehört, der soll gut sein.«

»Sag bloß«, sagt Vivian. »Wer dir das wohl erzählt hat, das möchte ich mal wissen.«

Ich verdrehe die Augen. Natürlich hat mir mein Torero davon erzählt. Beziehungsweise geschrieben. Er will heute Abend dahin! Und ich auch!

»Also, was ist nun – wollen wir den mal ausprobieren?«, frage ich.

»Geht nicht. Wir sind schon verabredet.«

»Och nöö! Sag nicht, Lady Shave kommt wieder vorbei?«

»Nein«, grinst Vivian, »die ist bis Dienstag auf Dienstreise in Berlin.«

»Woher weißt du das denn, bitte schön?«

»Wir haben telefoniert, was sonst?«

»Seit wann telefonierst du mit Lady Shave?«

»Sie hat angerufen, okay? Und wir müssen ja wohl mit ihr reden. Was sollen wir sonst machen? Warten, bis sie die Polizei ruft?«

»Nein, natürlich nicht.«

»Außerdem hat sich das Problem Lady Shave dank mir sowieso erst mal erledigt«, sagt Vivian.

»Wieso?«

»Ich habe ihr gesagt, dass ihre Behandlung in einem Monat anfängt.«

»Aber das stimmt doch gar nicht!«, rufe ich.

»Na und? So nervt sie uns aber damit nicht weiter.

Und vielleicht ist sie bis dahin schon wieder in den USA. Oder ihr fällt ein Dachziegel auf den Kopf, und sie kann sich an nichts erinnern. Du weißt doch, Probleme lösen sich manchmal auch von selbst.«

»Ach ja?« Ich mustere sie kritisch. »Welche Probleme zum Beispiel?«

»Also ganz spontan fällt mir da ein …«, sagt sie grantig, überlegt kurz und muss dann zugeben: »Nichts. Aber das kann ja noch kommen. Jedenfalls müssen wir heute Abend zu meinem Chef. Er gibt irgendeinen bescheuerten Empfang für wichtige Leute, und ich soll dabei sein.«

Na bravo! Ich bin stinksauer. Wenn ich eines hasse, dann in meiner spärlichen Freizeit Kollegen zu sehen. Besonders wenn es sich um voll öde Spaßbremsen aus der Gruftifraktion handelt. Und dann kommt noch dazu, dass ich gerade am liebsten überhaupt niemanden von der Arbeit treffen möchte. Erstens will ich nicht dran denken, dass mein Einbruch im zentralen Identitätsregister jederzeit entdeckt werden kann, und zweitens ist es ja wirklich mehr als wahrscheinlich, dass einer meiner werten Kollegen der Vampirkiller ist. Die Aussicht, dass der Vampirkiller herausfindet, dass wir ihm auf den Fersen sind, ist nicht gerade beruhigend. Vor allem weil wir immer noch keine verdammte Sicherheitstür in unserer Wohnung haben. Mit miesester Laune stapfe ich neben Vivian zur Haltestelle. Ture wohnt noch nicht mal in Köln. Jetzt müssen wir auch noch mit der Bahn fahren!

»Es ist total bescheuert, am Samstagabend mit der Bahn *aus* der Stadt zu fahren. Jeder vernünftige Vampir will *in* die Stadt. Nur wir zwei Idioten fahren in irgendein kleines Kuhdorf«, motze ich.

»Brühl ist kein Kuhdorf«, widerspricht Vivian.

»Das werden wir noch sehen«, sage ich.

Die Bahn kommt und wir steigen ein. Mir fällt auf, dass Vivian überhaupt nicht so schlechter Stimmung ist, wie es die Aussicht auf einen Abend unter mürrischen Kollegen eigentlich bewirken müsste.

»Die einzige freie Nacht in der Woche und dann so was Ödes«, maule ich. »Wieso muss ich eigentlich mitkommen?«

»Du wirst mich mit Uteschnute und den anderen Schwachköpfen doch nicht alleine lassen, oder?«, fragt Vivian erschrocken.

»Nein, natürlich nicht. Aber was ist eigentlich der Anlass? Feiert der Höllenfürst die tausendste Hinrichtung? Oder hat er heute vielleicht Namenstag und spielt mit uns Topfschlagen?«

Vivian geht gar nicht auf meine sarkastische Bemerkung ein, sondern guckt einfach aus dem Fenster. Mir fällt etwas ein: »Sollen wir ihn eigentlich einweihen in unsere Nachforschungen?«

»Bist du jetzt völlig verrückt geworden?«, fragt sie.

»Ich meine ja nur. Er ist immerhin der Polizeichef.«

»Also, liebe Leni, wenn du mal weniger Politmagazine sehen würdest und mehr niveauvolle Sendungen wie Krimiserien, dann wüsstest du sehr genau, dass nicht selten der Polizeichef die krummen Dinger dreht.«

»Stimmt«, sage ich.

»Außerdem, überleg doch mal, warum der Vampirkiller immer noch auf freiem Fuß ist, wo die Testamentssache so offensichtlich stinkt!«

»Ja, das ist wirklich merkwürdig.«

»Entweder es ist jemand von der Polizei oder jemand, der von der Polizei gedeckt wird!«, schlussfolgert sie.

»Oder die Testamente sind erst nachträglich gefälscht worden, so dass es der Vampirpolizei gar nicht auffallen *konnte*«, werfe ich ein. Eine alte Frau, die ein paar Reihen vor uns sitzt, dreht sich zu uns um. Wir dämpfen unsere Stimmen.

»Genau!«, sagt Vivian. »Watson, du machst dich. Also, was müssen wir als Nächstes herausfinden?«

»Äh, wo Uteschnute wohnt?«, frage ich.

»Ha ha. Nein. Wir müssen wissen, wer alles mit dem Polizeichef befreundet ist.«

»Und das sehen wir an den Gästen heute Nacht!«, rufe ich. Mir geht ein Licht auf. »Deshalb wolltest du da hin.«

»Ja, klar. Weswegen sonst?«

»Ich dachte schon … ach, nix.«

»Los, sag schon.«

Es ist mir ein bisschen peinlich, aber vor Vivi habe ich nun mal keine Geheimnisse. »Ich dachte, du magst ihn vielleicht doch.«

»Wen? Uteschnute?«, ruft Vivian und lacht, und dann fängt sie lautstark an, über ihn herzuziehen: »Oh Mann, Leni, doch nicht Uteschnute, dieser blasierte Idiot mit seiner Ich-bin-hier-der-Höllenfürst-und-alles-hört-auf-mein-Kommando-Masche. Nein, nein, nein, nein, nein. Niemals. Auf keinen Fall. Wie käme ich dazu? Ausgerechnet Uteschnute mit seiner Teppichfrisur und dem …«

»Egal«, unterbreche ich sie, »aber denk dran, wenn du dich umhörst: Man weiß nie, was für Talente diese uralten Vampire alles haben. Gedankenlesen, Verwandlungen – wer weiß, was es noch so alles gibt.«

»Schon klar.«

Ture wohnt in einer Villa am Rand von Brühl. Eine hohe Backsteinmauer trennt das Anwesen von den anderen Häusern. Das große schmiedeeiserne Tor steht offen und kleine Lampen weisen den Weg durch den parkähnlichen Garten zum Haus. Ich höre wieder Fledermäuse herumschwirren, und mir kommt in den Sinn, dass ich mir demnächst das Bahnfahren schenken kann, wenn ich erst herausgefunden habe, wie ich mich verwandele.

»Nur Fliegen ist schöner!«, sage ich und hüpfe mit meinen Wildlederstiefeln über eine Pfütze.

»Angeberin«, stichelt Vivian.

»Ist er eigentlich verheiratet?«, frage ich.

»Wer?«, fragt Vivian, als ob sie nicht wüsste, wen ich meine.

»Na, dein allerliebster Chef.«

»Du weißt doch, Vampire können sich nicht lieben.«

»Wie viele Ehepaare tun das schon?«, feixe ich.

Wir sind schon fast an der Haustür. Sie ist zweiflügelig und aus schwerem Holz mit aufwendigen Eisenbeschlägen, eine dicke goldene Löwenpfote dient als Türklopfer, drei marmorne Stufen führen hinauf. Es sieht eigentlich ganz einladend aus. Apropos. »Warum hat Uteschnute dich eigentlich eingeladen? Wo er dich noch nicht mal leiden kann.«

»Hab ich auch schon überlegt«, sagt Vivian und fügt gespielt affektiert hinzu: »Vielleicht sieht er mich ja als Zierde für sein Amt.«

Sie donnert den Türklopfer an das Holz, kurz darauf geht die Tür auf. Eigentlich hatte ich einen Diener erwartet, der uns stumm die Mäntel abnimmt und in den Saal geleitet, aber es ist Uteschnute persönlich. Er hat sich heute in besonders feinen Zwirn geworfen und den guten Smoking rausgeholt. Seine dichten Haare hat er nach vorne gekämmt, vielleicht sogar mit Gel bearbeitet. Erstaunlich fesch sieht das aus, denke ich, dabei benutze ich das Wort sonst nie. Fesch sagt man zu seiner Oma, wenn sie eine lavendelfarbene Seidenbluse trägt statt des üblichen Rockkittels. Na ja. Für einen Höllenfürst sähe er jedenfalls heute ganz gut aus, wenn er nur nicht so miesepetrig wäre.

»Aha, meine reizende Assistentin trifft auch endlich ein«, sagt er zur Begrüßung. Falls das charmant hatte klingen sollen, so hat er sein Ziel um Kilometer verfehlt.

»Was kann ich dafür, dass Sie in so einem Kuhdorf wohnen?«, giftet Vivian zurück.

»Es ist wie immer eine Freude, Sie in meiner Nähe zu haben«, sagt er.

Wir stehen in seiner Eingangshalle, und plötzlich habe ich das Gefühl, dass mir warm wird. Das ist mir seit zwanzig Jahren nicht mehr passiert! Ich schaue mich um, ob hier vielleicht ein Kaminfeuer brennt. Aber nein. Trotzdem ist die Eingangshalle durchaus beeindruckend, glänzendes Fischgrätenparkett am Boden, mediterrane Landschaftsgemälde in Öl an der Wand, eine breite Holztreppe nach oben und ein gigantischer Kronleuchter in der Mitte, der für angenehmes Licht sorgt.

»Meine Freundin Leni kennen Sie ja schon«, sagt Vivian und deutet auf mich.

Ture nickt mir zu. »Kommen Sie, ich stelle Sie der wichtigsten Person des Abends vor.«

Das klingt schon mal nicht schlecht. Komisch nur, dass er uns die Garderobe noch nicht gezeigt hat. Aus einem Raum an der rechten Seite der Eingangshalle dringt das Gemurmel einer Partygesellschaft. Ich bin plötzlich sehr neugierig, wer alles da sein wird. Seit den Abendgesellschaften bei Elli war ich nicht mehr auf einer Vampirfete. Ture geht mit langen Schritten vor uns her, ganz der zielstrebige Mann. Wir laufen auf den Salon zu, doch kurz bevor wir ihn erreichen, biegen wir links ab. Vielleicht ist da der Platz, wo wir unsere Mäntel ablegen können. Eine große, schlanke Vampira kommt uns auf roten Slingpumps entgegen. Sie trägt einen hautengen Schlauchrock, eine weinrote Seidenbluse und dezenten Goldschmuck. Ihre Kurzhaarfrisur ist topmodern, ein Pixie-Cut in Kastanienrot, den sie mit Gel gestylt hat. Auch ihr Make-up ist gut. Sie ist wahrlich die erste Lipstick-Vampira, die wir zu Gesicht bekommen.

»Ah, da bist du ja«, ruft Ture. Vivian und ich werfen uns einen überraschten Blick zu. Also doch verheiratet? Wenn es eine Frau Höllenfürst geben würde, dann wäre sie auf jeden Fall die Idealbesetzung. Dass sie ein Biest ist, sieht man nämlich auf den ersten Blick.

»Das ist Tessa«, sagt Ture zu uns. »Das sind meine Assistentin Vivian und ihre Freundin Leni.« Tessa reicht mir die Hand, und sie ist sich zu fein, auch nur eine Spur Kraft in den Händedruck zu legen. »Tessa ist meine bessere Hälfte«, sagt Ture, »zumindest für heute.«

Tessa hebt das Kinn noch ein Stückchen höher und sagt: »Ich bin die Partymanagerin.« Dann schaut sie Vivian von oben bis unten an und sagt mit einem verächtlichen Lächeln: »Und du bist also für heute die Servicekraft.«

Paff. Das war ein Volltreffer! Vivian scheint noch eine Spur blasser zu werden unter ihrem perfekten Make-up.

»Kasimir«, sagt Tessa mit schleimiger Stimme, »ich habe alles im Griff. Geh und kümmere dich um deine Gäste.«

Kaum ist er weg, sagt Vivian zu Tessa: »Unter Kollegen bevorzuge ich das Sie.«

Aber Tessa hebt nur die Augenbraue und dreht sich einfach um. »Komm mit. Du bist sowieso spät dran.« Sie schnippt allen Ernstes mit dem Finger.

Vivian schnaubt leise, folgt aber der Anweisung. Da ich ohne Vivian überhaupt keine Lust habe, in den Salon zu gehen (und wenn ich ehrlich bin, mich auch nicht traue), gehe ich ebenfalls mit.

»Das ist dein Arbeitsbereich«, sagt Tessa, als wir in der Küche landen. Es ist eine blitzblank polierte altmodische Küche mit gusseisernem, emailleverziertem Herd, einem Marmorspülbecken mit stillgelegtem Wasseranschluss und antiken Küchenschränken. Dass hier offensichtlich seit Jahrzehnten keiner mehr gekocht hat, sieht man am Fehlen jeglicher Lebensmittel und Gebrauchsspuren.

»Und was soll ich machen?«, fragt Vivian. »Häppchen servieren, die keiner isst?« Sie lacht gekünstelt.

»Sieh mal einer an, du bist ja wirklich schwer auf zack.« Und zu unserer großen Überraschung zeigt Tessa auf mehrere Glasplatten mit feinen Hors d'oeuvre. »Das gehört zu dem Ahap-Partykonzept, das ich entwickelt habe«, prahlt sie.

»Ahap?«, frage ich.

»As human as possible, as happy as possible – das ist der Trend. Wir sind zwar keine Menschen, aber wir brauchen nicht auf die Annehmlichkeiten der menschlichen Welt zu verzichten. Und Personal ist für diese Art Feier nun mal unverzichtbar. Und deswegen jetzt hopp, hopp!« Sie wirft uns lange weiße Servierschürzen zu. So schnell rutscht man also aus der Wichtige-Leute-Abteilung in die Knecht-Klasse.

»Was bildet sich Ture, dieser Lackaffe, eigentlich ein?«, tobt Vivian, als Tessa rausgegangen ist. »Dass ich seine private Sklavin bin, oder was? Der kann was erleben.«

Sie schnappt sich eine Platte mit Lachs- und Kaviarhäppchen und betrachtet sie angewidert. »Jetzt müssen wir bei so einem Schwachsinn mitmachen. Das Ahap-Partykonzept? Die Alte spinnt doch!«

»Ich finde das gar nicht so schlecht«, sage ich, aber weil Vivian mich wütend anstarrt, schiebe ich schnell nach: »Ich meine, es sieht schon lecker aus.« Ich versuche mir die Schürze umzubinden, aber sie ist zu lang. Mist. »Hilfst du mir mal, sie zu kürzen?«

Während Vivian an meinem Schürzenbund rumfummelt, sagt sie: »Tessa. Das ist nie im Leben ihr echter Name. Die heißt doch in Wahrheit sicher Gundula oder Elfriede.«

Ich kichere. Da rauscht Tessa rein. »Auf was wartet ihr noch? Die Gäste im Pariser Salon sind hungrig auf Abwechslung!« Sie klatscht in die Hände und beobachtet unseren Abgang.

Vivian geht vor, die Glasplatte schwebt neben ihrem Kopf, ich folge ihr, mein Tablett ebenfalls auf die Hand gestützt. Also wirklich. Da bin ich mein ganzes echtes Leben ohne Kellnern ausgekommen, und plötzlich bin ich die Serviererin des Fürsten der Hölle. Wie sich das in meinem Lebenslauf wohl machen wird?

Wir betreten durch die weit geöffneten Kassettentüren den Pariser Salon, oder besser gesagt – so würde ich ihn jedenfalls nennen – das Protzzimmer. Die Decke ist mindestens sechs Meter hoch, und rundherum führt eine säulenverzierte Balustrade. Die Wände darunter sind mit rotem Samt überzogen, und daran hängt eine Ahnengalerie der gruseligsten Sorte mit Gemälde von humorlosen Gestalten mit gespitzten Zähnen und dämonisch blitzenden Augen. Ein wagenradgroßer Kronleuchter baumelt von einem dicken Seil in die Mitte des Saals hinunter. Linker Hand steht ein weißer Flügel, und ein befrackter Mann mittleren Alters sitzt total verkrampft auf dem Klavierhocker und bearbeitet die Tasten, um ihnen eine entspannte Barmusik zu entlocken. Stehtische, die mit weißem Leinen verhangen wurden, wachsen wie Pilze aus dem Boden, und etwa drei Dutzend Leichen geben sich große Mühe, amüsiert zu tun. Aber entweder sind sie alle aus der Übung, oder das dämliche Partykonzept von Großmaul Tessa zündet überhaupt nicht. Jedenfalls stehen alle stocksteif da und wissen offensichtlich nicht, wie man sich entspannt an einen Stehtisch lehnt. Was hier eine Palette Kleiner Feigling alles bewirken könnte! Vampire brauchen dringend einen Alkoholersatz, so viel steht mal fest. Wie will man eine Party mit solchen Muffköppen sonst in Schwung bringen? Na ja, ich würde an Tessas Stelle jedenfalls mal ganz schnell den Pianomann in Rente schicken und stattdessen Ballermann-Hits auf volle Lautstärke aufdrehen. Ich fände das Zusammentreffen dieser versteinerten Schnarchnasen mit Mickie Krauses »Geh doch zu Hause, du alte Scheiße« jedenfalls sehr reizvoll.

Vivian und ich beginnen unsere Runde durch die Menge. Die Bleichgesichter glotzen uns an, als hätten wir Pappnasen auf. Natürlich lassen alle ganz figurbewusst die Finger von den Häppchen. Man könnte fast meinen, man sei auf der Fashion Week. Außer dass hier natürlich niemand nach der neuesten Mode gekleidet ist. Noch nicht mal nach der Mode der vergangenen Saison. Eigentlich weiß ich überhaupt nicht, wann das Zeug, das die Leute tragen, *jemals* aktuell gewesen sein soll. Zwischen den schlecht sitzenden Anzügen, sackartigen Überwürfen und langen Korsettkleidern würde sogar mein Don-Johnson-Jackett als topmodern gelten!

Vivian und ich treffen uns mit unseren unberührten Tabletts an der Bar, die am rechten Rand des Saals aufgebaut ist, und die natürlich ebenfalls nicht frequentiert wird. »Ich glaube, die Schnittchen kommen nicht gut an«, sagt Vivian befriedigt.

Ich stelle mein Tablett mit den Crackern mit Garnelen und Parmaschinken neben ihrem auf der Theke ab. »Ich hätte ja nicht übel Lust, ein paar von den Dingern zu essen«, sage ich.

»Mach doch.«

»Ach nee, dann weiß ich nachher wieder nicht, wo ich hinkotzen soll.«

Wir beobachten Ture, wie er sich mit einigen älteren Herren unterhält und ihnen jovial auf die Schulter klopft. Seine gegelte Frisur glänzt im Schein des Kronleuchters.

»Dieser Stenz mit seinem Kletschkopp«, zischt Vivian, »das wird er mir büßen.«

»Oh, oh«, mache ich erschrocken und drehe mich um. »Richard Brunner auf neun Uhr!« Vivian schaut über meine Schulter auf meinen Vorgesetzten, der gerade reingekommen ist. »Ihh, was für eine Hackfresse.«

»Apropos«, kichere ich und deute auf die Ahnengalerie an der Wand. Wir betrachten die Bilder – verblichene Damen und Herren in mittelalterlichen Outfits in steifer Haltung vor antiker Szenerie. Wie im Museum. Vivian zeigt auf das zweite Bild von rechts, auf dem eine Greisin mit hafergrützefarbenen Augen zu sehen ist, deren faltige Pergamenthaut nur noch wenige Minuten von der totalen Verwesung zu trennen scheinen.

»Tsss«, macht Vivian, »bei der Mumie hätte man sich aber ruhig etwas mehr Mühe mit der Einbalsamierung geben können.«

»Bei der letzten Ölung ist es eben zu spät, mit Gesichtspflege anzufangen«, lästere ich.

»Aber was sie böse gucken kann!«

»Wahrscheinlich hat sie in den Spiegel geguckt und sich erschrocken!«, pruste ich.

»Was für ein unglaublicher Gesichtskadaver«, fasst Vivian zusammen.

Hinter uns räuspert sich jemand, und wir drehen uns um. Eine winzige Frau funkelt uns mit hafergrützefarbenen Augen an. »Wie bitte?«, fragt sie scharf.

»Ich wollte gerade sagen, die Alte auf dem Bild sieht aber schrecklich ...«, fängt Vivian an, aber ich stoße sie in die Rippen. Jetzt bemerkt sie es auch. Die Frau vor uns und der Gesichtskadaver sehen sich verdammt ähnlich. Ups.

»Champagner?«, fragt Vivian ungerührt und drückt der verdutzten Mumie ein Glas in die Hand. Wir beobachten, wie sie in der Menge verschwindet, und fangen an zu kichern.

»Hey, ihr zwei«, herrscht die heranrauschende Tessa uns leise an, »ihr seid nicht zum Vergnügen hier!«

Sie schickt uns wieder los. Was für eine sinnlose Aktion! Genauso gut könnte man Sand in der Wüste verkaufen. Aber das Schlimmste ist: Ich kann es nicht vermeiden, Richard Brunner in die Arme zu laufen, der gerade eine blasiert guckende ältere Dame mit pfundweise Geschmeide um den Hals anschleimt.

»Sieh mal einer an ...«, säuselt er. »Das Fräulein Burmanns mal wieder mit vollem Körpereinsatz.« Er freut sich sichtlich, dass er jemanden gefunden hat, der in der Hackordnung unter ihm steht. Ich wiederum bin erleichtert, dass nur er da ist und nicht auch noch Ludwig Kowarsch, der alte Grapscher. Ich setze mein gleichgültigstes Gesicht auf und halte Brunner die Glasplatte unter die Nase.

»Schnittchen?«, frage ich. »Die mit Frischkäse sind sehr zu empfehlen.«

Er ist irritiert. »Das macht man jetzt so«, sage ich. »Herr Ture jedenfalls hat schon eimerweise davon gegessen.«

»Ehrlich? Aber …«

»Ahap«, verkünde ich. »As human as possible, as happy as possible. Das ist die Devise für heute. Oder gefällt Ihnen die Party von unserem Sicherheitsminister und Polizeichef etwa nicht?« Ich schaue die Dame neben ihm empört an.

»Doch, doch natürlich«, sagt Brunner schnell und nimmt sich in jede Hand ein Häppchen. Die juwelenbehangene Dame wehrt das Angebot mit einer knappen Handbewegung ab.

»Guten Appetit«, wünsche ich. Ich bleibe lächelnd stehen. Brunner guckt die Kanapees an, als wären es Känguruhoden und er ein Promi im RTL-Dschungelcamp. Die Dame und ich sehen ihm zu, wie er sich windet.

»Ist einfach schon ein bisschen länger her, dass ich …«, druckst er.

Kasimir Ture geht in der Nähe vorbei, und ich nicke ihm freundlich zu. Brunner verfolgt meinen Blick, und als er Ture sieht, schiebt er sich mit verkrampftem Lächeln einen Frischkäse-Cracker in den Mund. Na also, geht doch. Zufrieden laufe ich aus dem Pariser Salon Richtung Küche. Schon im Flur höre ich, wie Tessa Vivian angiftet. »Ein bisschen mehr Demut, wenn ich bitten darf. Du bist hier Kellnerin, nicht die Hausherrin«, zetert Tessa.

»Wenigstens bin ich nicht verantwortlich für die Stimmung«, sagt Vivian.

»Was meinst du denn damit?«

»Na ja«, bemerkt Vivian spitz, »ich finde jedenfalls nicht, dass hier alle ›as happy as possible‹ sind.«

»Sie wären es, wenn ihr euren Job gut machen würdet. Und jetzt geht und bedient die Gäste.« Sie drückt Vivian eine neue Servierplatte in die Hände und rennt wutschnaubend aus der Küche.

»Ich lass mich von dieser Tussi nicht länger rumkommandieren.« Vivian knallt die Platte auf den Tisch. »Ich sage Uteschnute jetzt, dass ich abhaue.«

»Mach das nicht«, rufe ich noch, aber sie ist schon unterwegs. Das gibt nichts Gutes, das weiß ich. Ich stehe einige Minuten unschlüssig in der Küche. Da kommt Vivian aufgeregt zurückgelaufen. »Leni, komm schnell mit!« Sie ist schon wieder zur Tür raus. Ich eile ihr nach. Wir laufen den Gang entlang. »Stell dir vor, ich hab gehört, wie Tessa mit Uteschnute geredet hat«, flüstert Vivian. »Rate mal worüber?«

»Über dein vorlautes Mundwerk?«

»Nein.« Vivian verdreht empört die Augen und verkündet triumphierend: »Sie hat was von einem Forschungsinstitut gesagt.«

»Ehrlich? Was denn?« Wir betreten die Eingangshalle.

»Mehr hab ich nicht hören können, sie sind nach oben gegangen.«

Am Fuße der Treppe halte ich an. Das ist mir jetzt doch eine Spur zu heftig. Ich wollte mich heute Abend entspannen und nicht schon wieder rumschnüffeln!

»Ging es wirklich um *Vampire Sun Moon Science?*«, frage ich.

»Das werden wir schon noch herausfinden«, sagt Vivian und läuft die Stufen hoch. Ich schaue mich um, ob uns jemand beobachtet, aber es ist keiner zu sehen. Vivian ist schon fast oben, und mir bleibt nichts anderes übrig, als ihr hinterherzulaufen. Dabei muss ich die dämliche Schürze raffen, damit ich nicht darüber stolpere. Der Flur im ersten Stock ist bestimmt dreißig Meter lang, ein dicker, flauschiger Teppich dämpft unsere Schritte, macht es aber nicht eben leichter, mit hohen Absätzen darauf zu laufen.

»In welches Zimmer sind sie gegangen?«, flüstere ich angesichts der vielen Türen, die vom Flur abgehen.

»Keine Ahnung«, flüstert Vivian zurück.

»Und wie sollen wir sie dann finden?«, frage ich leicht hysterisch. Diese ganze Schnüffelei macht mich noch wahnsinnig! Wieso können wir uns nicht einfach amüsieren? Ich bin einfach nicht für den Spionberuf geboren. Und auch nicht gestorben. Ich will nicht durch ein fremdes Haus schleichen und den Gastgeber belauschen, der auch noch zufällig der Höllenfürst genannt wird.

»Komm!« Vivian huscht weiter. Stumm fluchend folge ich ihr. Plötzlich bleibt sie stehen und fuchtelt mit wichtiger Miene mit den Händen rum, zeigt auf eine Tür und dann wieder auf mich und dann an die Seite und wieder zurück.

»Was soll der Mist?«, frage ich.

Sie verdreht die Augen. »Das ist Agentenzeichensprache.«

»Na und?«

»Solltest du dringend lernen.«

»Das mache ich auch. Ganz bestimmt. Aber nicht ausgerechnet dann, wenn wir im Einsatz sind, okay?«

»Schon gut.«

»Also, Miss 007, was wolltest du mir sagen?«

»Sie sind da drin und unterhalten sich, und wir schleichen uns ran und lauschen.«

»Aha. Warum einfach, wenn es kompliziert geht?«, sage ich.

Vivian wirft mir einen genervten Blick zu und drückt sich an der Wand entlang bis zu der Tür, die einen Spalt offen steht. Ich schließe so nah wie möglich auf.

»Das ist das neueste Forschungsergebnis. Direkt aus dem Labor!«, preist Tessa irgendetwas an.

»Aha«, sagt Ture. »Sieht interessant aus.«

»Und das ist auch interessant. Es erschließt uns völlig neue Möglichkeiten!«

Das klingt doch schon mal sehr aufschlussreich! Vielleicht sind wir der Lösung des Falls schon viel dichter auf den Fersen, als wir glauben! Und vielleicht ist der Vampirkiller eine Frau! Wenn wir nur sicher wüssten, dass sie über *Vampire Sun Moon Science* reden. Ich stoße Vivian an, und als sie zu mir guckt, zeige ich mit zwei Fingern auf meine Augen und dann auf die Tür.

»Was?«, zischt Vivian unwirsch. Wir müssen wirklich noch an der stummen Verständigung arbeiten.

»Kannst du was sehen?«, flüstere ich.

Vivian schüttelt den Kopf. Dann rückt sie näher und versucht durch den Spalt zu spähen. Aber er ist zu schmal.

Sie legt die Hand an die Tür. Oh nein! Sie versucht, sie etwas weiter aufzumachen. Vor lauter Aufregung beiße ich mir auf die Lippen. Aber tatsächlich schafft es Vivian, dass wir etwas erkennen können. Jetzt kann ich von meiner Position aus sogar einen Blick auf das Produkt erhaschen. Halb hatte ich gehofft, dass es der Tagesanzug für Vampire sei, so was wie ein Astronauten-Dress, aber leider sind es nur weiße Tücher in Serviettengröße.

»Die Aphrodite-Tücher sind mit einer besonderen Essenz getränkt«, sagt Tessa angeberisch und hält Ture eines unter die Nase. »Wissenschaftler haben lange daran getüftelt. Da Vampire sehr empfindlich gegenüber Gerüchen sind, ist das Tuch geruchsneutral, aber dennoch wirkungsvoll.«

Vivian wirft mir einen fragenden Blick zu. Ich winke ab und ziehe sie ein Stück von der Tür weg. »Diese dämliche Kuh«, flüstere ich, »die ist wirklich superdreist.«

»Wieso?«

»Diese Aphrodite-Tücher gibt es schon ewig! Bei *Hedwig & Hermann* kann man die im Dutzend zu einem Spottpreis bestellen!«

»Nein!«, ruft Vivian. »Und die gibt hier vor Uteschnute an wie zehn nackte Werwölfe, dabei hat sie nur Ramschware im Programm.«

»Komm, lass uns wieder runtergehen«, sage ich und ziehe sie weiter.

»Wofür sollen diese Dinger denn gut sein?«, fragt Vivian.

»Sie sind angeblich mit Vampirpheromonen besprüht und sollen eine Art Aphrodisiakum sein.«

»Wie bitte?« Vivian bleibt stehen.

»Ja, wegen dem alten Problem zwischen Vampiren, du weißt schon, weil da nichts läuft. Mit diesem Zeug soll es angeblich klappen. Wahrscheinlich will sie die Party ein bisschen auflockern«, sage ich.

»Oder *ihn* abschleppen«, ruft Vivian und dreht sich wieder um.

»Na und? Lass sie doch«, sage ich. »Das Zeug ist bestimmt wie spanische Fliege, das wirkt sowieso nicht.«

Aber Vivian ist schon wieder auf ihrem alten Beobachterposten. Und ich kann sie nicht im Stich lassen, obwohl alles in mir schreit: Lauf weg!

Tessa sagt: »Und spürst du was?«, und legt Ture die Hand auf den Arm.

»Diese dumme Schlampe«, regt sich Vivian auf und macht eine Bewegung, als wolle sie auf die Tür losstürmen.

»Nein«, rufe ich und will sie packen, stolpere aber über die Servierschürze und kann mich gerade noch an Vivians Rücken festhalten, wodurch sie einen Stoß nach vorne bekommt und fast in die Tür reinfällt. Sie fängt sich im letzten Moment an der Wand ab. Wir erstarren, als hätte uns jemand mit Blitzbeton übergossen. Aber zu spät.

»Was war das denn?«, höre ich Tessa fragen. »Da ist doch jemand!«

Vivian schaut mich entsetzt an und läuft los, ich renne mit. Zum Glück ist es bis zur nächsten Tür nur ein paar Schritte, wir reißen sie auf, schlüpfen in das Zimmer und lehnen uns von innen gegen die Tür. Puh! Erleichterung! Und dann sehen wir, dass wir nicht allein sind.

»Das Zarah-Leander-Outfit steht dir überhaupt nicht. Du siehst aus wie eine Wurst in der Pelle«, nörgelt ein junger Mann mit einer unfassbar engen Hose, der sich auf einem Sessel fläzt, das linke dünne Bein lässig über die Lehne gelegt.

»Jetzt halt endlich deinen Mund, Jojo«, hören wir eine dunkle Stimme hinter einem blumenverzierten Paravent. Und zu meiner großen Erleichterung kennen wir diese Stimme. Das ist Lulu.

»Gib mir noch was von dem V«, mault der junge Mann, »sonst langweile ich mich hier noch zu Tode!« Er kichert. »Ups, das kann ich ja gar nicht mehr!«

»Du übertreibst es schon wieder, Jojo, du weißt doch, das Zeug muss man gut dosieren.« Lulu kommt mit perfekt onduliertem Haar und in großer rubinroter Abendrobe hinter dem Paravent hervor. Sie stutzt. »Ach nein! Huhu, Mädels! Was macht ihr denn …?«

Es klopft. Vivian legt den Zeigefinger vor den Mund, und wir huschen hinter den Paravent. Tessa steckt den Kopf rein. »Ist eben jemand gekommen?«

»Nein«, sagt Lulu anzüglich, »leider nicht.«

Der junge Mann kichert.

»Ich könnte schwören …«, sagt Tessa. Lulu und der junge Mann schauen sie ungerührt an. Tessa räuspert sich. »Ihr Auftritt ist in zwanzig Minuten. Es ist alles vorbereitet. Ich rate Ihnen, seien Sie gut.« Sie knallt die Tür zu.

»Hoppla, wer hat denn da schlechte Laune«, sagt der junge Mann.

»Das ist übrigens Jochen«, stellt Lulu ihn vor. Aha,

will ich sagen, das ist also der zickige Strichervampir. Aber ich verkneife es mir gerade noch.

»Apropos«, sagt Vivian, »du hast mir übrigens eine Kleinigkeit verschwiegen, Lulu. Du weißt schon, wegen der Rekrutierungsgenehmigung.«

»Äh, ach wirklich?«, flötet Lulu.

»Ja«, sagt Vivian streng. »Das hätte echt ins Auge gehen können.«

»Aber es ist ja noch mal gutgegangen«, sagt Lulu, »so wie gerade, als euch die Zimtzicke gesucht hat.«

»Wir haben trotzdem noch einen bei dir gut«, sagt Vivian, »und wir wollen das V.«

»Och nööö«, schmollt Jochen.

»Sorry, Hase«, sagt Lulu zu ihm und reicht uns das wohlbekannte silberne Sprühfläschchen. Lulu checkt für uns den Flur, und weil die Luft rein ist, laufen wir schnell die Treppe runter. Gerade als wir am Salon vorbeikommen, stürzt Richard Brunner heraus, die Hände vor dem Mund.

»Die Toilette ist da!«, sage ich und zeige auf eine Tür. Er rennt in das Zimmer.

»Woher weißt du das?«, fragt Vivian mich.

»Weiß ich doch gar nicht«, sage ich und kichere.

»Wo wart ihr?«, fragt Tessa, als wir in die Küche reinkommen.

»Wir haben Pause gemacht, was sonst?«, fährt Vivian sie an. »Hat Ture erlaubt. Noch Fragen?«

Tessa mustert uns kritisch. »So, dann verteilt jetzt diese hier unter den Gästen.« Sie zeigt uns die Tücher in einer Kiste. »Dekoriert sie auf Tabletts und reicht sie herum.« Sie dampft ab. Vivian nimmt schnell ein Tuch und sprüht es voll Vamphetamin.

»Äh, Tessa«, ruft sie, »eine Frage noch, bitte.«

»Was ist?«, motzt Tessa und dreht sich genervt zu uns um.

»Sollen wir das wirklich servieren?«, frage ich.

Vivian hält ihr das Tuch hin. »Das riecht sehr merkwürdig.«

Tessa steckt ihre Nase in das Tuch. »Ich rieche nichts.«

»Ehrlich nicht? Wir würden es ja nicht sagen, wenn es nicht so eine *wichtige* Feier wäre«, sage ich.

»Aber wir finden, es stinkt regelrecht«, bekräftigt Vivian.

Tessa schnuppert noch mal ausgiebig dran. »Nein, alles normal. Los!« Sie schnippt mit den Fingern, dann erstarrt sie auf einmal und guckt uns komisch an.

»Was ist los, Tessa?«, frage ich scheinheilig.

»Geht's dir gut?«, säuselt Vivian.

Keine Reaktion. Mund und Augen weit aufgerissen, den Arm noch in der Luft, steht sie da wie eine grausame Freiheitsstatue.

»Sie sieht nicht gut aus«, stelle ich fest.

»Ach, das ist nur das dilettantische Make-up«, sagt Vivian. »Viel zu viele Gelbpigmente.« Tessa rührt sich immer noch nicht.

»Na ja, aber sie muss auch ziemlich viel wegspachteln«, traue ich mich zu sagen.

Ich habe das Vamphetamin ja noch nie probiert, aber ich glaube, es ist ein ziemliches Hammerzeug. Tessa jedenfalls hat es das Hirn weggepustet.

Vivian kichert. »Und dann diese Frisur. Was glaubt sie, wer sie ist? Eine Art Victoria Beckham der Hölle?«

»Ich fände es ziemlich mies, für alle Ewigkeiten mit so einem Meckischnitt rumlaufen zu müssen«, sage ich. »Dagegen bin ich ja ein Frisurenwunder!«

»Kein Wunder, dass sie bei Ture nicht landen konnte«, ätzt Vivian.

»Ja«, sage ich und will noch was Gemeines sagen, da kommt auf einmal wieder Leben in Tessa. Und zwar mehr, als ich mir jemals gewünscht hätte. Sie knurrt eigenartig, ihre Augen sind plötzlich blutunterlaufen.

»Es ist doch wohl nicht gerade Vollmond?«, frage ich Vivian.

»Nicht dass sie sich in einen Werwolf verwandelt und uns zerfleischt?« Wir beziehen sicherheitshalber hinter einem Küchentisch Stellung. Tessa stößt einen schaurigen Schrei aus und zieht eine dämonische Fratze.

»Hoppla«, sagt Vivian, »mir scheint, unsere Partymanagerin hat gerade gerafft, dass sie die mieseste Fete aller Zeiten organisiert hat.«

Tessa greift in die Besteckschublade und schleudert eine Gabel nach uns. »Oh, Vorsicht, sie wirft mit Wattebäuschen«, ruft Vivian. Die Gabel verfehlt uns um ein ganzes Stück. Mit einem lauten Zong gräbt sie sich bis zum Griff in das Holz des Küchenschranks.

»Sapperlot!«, staune ich. »Sie hat einen ziemlich guten Wurfarm.«

»Achtung!«, ruft Vivian, und wir springen zur Seite, denn Tessa hüpft mit einem enormen Satz über den Tisch. Sie knallt gegen den Herd, und zu meinem Erstaunen hat das Gusseisen eine schöne Delle bekommen. Aber Tessa scheint sich nicht wehgetan zu haben. Sie nimmt uns mit irrem Blick wieder ins Visier.

»Was habt ihr mit mir gemacht?«, faucht sie, und ihre Stimme klingt wie aus einem Verzerrer, der auf »gruselig« eingestellt ist.

»Ich glaube, unser Spezial-Aphrodite-Tuch bekommt ihr nicht«, sagt Vivian.

»Ja, das glaube ich auch«, sage ich.

Tessa packt einen schweren Küchenblock und hebt ihn hoch, als wäre er aus Papier. *Das* ist nicht normal, so viel steht mal fest.

»Da scheint aber jemand jeden Morgen seine Haferflocken zu essen«, sagt Vivian. Der Küchenblock donnert zwei Meter von uns entfernt auf einen Servierwagen und begräbt ihn unter sich.

»Jetzt weiß ich, warum sie mir zur Begrüßung nur ein schlaffes Pfötchen gereicht hat«, sage ich.

»Ja, wenn sie richtig zupackt, bleibt kein Stein auf dem anderen. So was hab ich ja noch nie gesehen!«

Wir gehen ein Stück zur Seite, weil Tessa sich gerade mit einem schweren Topfset bewaffnet hat.

»Dann ist Tessa wohl einer von den Obelix-Vampiren«, schlussfolgere ich.

»Verdammt!«, ruft Vivian. »Das will ich auch! Superkräfte sind das Must-have der Saison!«

Wir bücken uns, als eine Pfanne über uns hinwegfliegt und ein schönes großes Loch in die Kachelwand haut. »Jetzt bleibt doch mal stehen, ihr kleinen Mistkröten!«, kreischt Tessa.

»Sie ist wirklich auf hundertachtzig«, stelle ich fest. Vivian und ich schauen einem Kessel nach, der ungefähr zwei Meter von uns entfernt in ein Regal kracht.

»Wäre ich auch, wenn ich nichts treffen würde«, sagt Vivian und kichert. »Ich wette, wenn sie nüchtern ist, kann sie ganz schön unangenehm werden.«

»Huaaaa«, brüllt Tessa und haut vor Wut mit der Handkante den Tisch in zwei Stücke.

»Damit solltest du wirklich im Fernsehen auftreten«, schlage ich vor.

»Tessa – die unmenschliche Abrissbirne!«, ruft Vivian lachend.

Tessa schaut sich nach neuer Munition um und entdeckt das Marmorspülbecken, das sie mit einem Ruck aus der Wand reißt. Wir springen zur Seite, als das Spülbecken geflogen kommt.

»Du alte Angeberin«, ruft Vivian. »Du glaubst wohl, du bist die Einzige hier, die was Besonderes drauf hat, was?«

»Vivi, nicht!«, sage ich erschrocken. Aber zu spät. »Leni kann sich in eine Fledermaus verwandeln! Das ist noch viel cooler als diese abgedroschene Hulk-Nummer.«

»Mann, Vivi, mir ist wirklich lieber, wenn niemand davon erfährt«, ermahne ich sie.

»Achtung«, sagt Vivian und zieht mich zur Seite, denn Tessa dreht sich irre im Kreis, schnappt sich den Küchenschrank und wirft ihn begleitet von einem Urschrei genau an die Stelle, wo wir eben noch standen. Langsam wird das Ausweichen komplizierter, denn überall liegt

Schrott rum, und man läuft Gefahr, sich einen Splitter zu holen.

»Was ist denn hier los?«, ruft auf einmal eine tiefe Stimme. Ture steht im Türrahmen und glotzt die durchgeknallte Tessa an, die den Herd hoch über ihren Kopf hält.

»Er hat eine Delle«, sagt sie wie in Trance und schmeißt ihn gegen die Wand, so dass die Kacheln krachen. Ture ist mit zwei Schritten bei ihr, packt sie an beiden Armen und hält sie fest. Sie windet sich, kann sich aber nicht befreien. Obwohl sie so stark ist wie eine komplette Wrestlingmannschaft, scheint Ture nicht die geringsten Schwierigkeiten mit ihr zu haben.

»So, Tessa, es ist besser, du gehst jetzt«, befiehlt er.

»Die kleinen Schlampen sind an allem schuld!«, schreit sie.

»Nun«, sagt er, »*sie* sehe ich jedenfalls nicht meine Küche demolieren.«

»Nur weil ich hier ein bisschen Unordnung gemacht habe, schmeißt du mich raus?«

»Ja. Und auch weil dank deines Partykonzepts jemand in mein Arbeitszimmer gebrochen hat.«

»Wie bitte?« Für einen Moment sackt sie in sich zusammen.

»Ja«, sagt Ture, »es scheint, als wären die Schnittchen doch keine gute Idee gewesen.«

»Aber die waren doch reine *Dekoration!* Es sollte doch niemand davon *essen*«, verteidigt Tessa sich schockiert. Vivian und ich gucken uns an und müssen ein Lachen unterdrücken.

»Wie dem auch sei. Die Party ist für dich auf jeden Fall beendet.« Ture hebt sie hoch und trägt sie aus der Küche.

»Tschüss, Tessa«, Vivian winkt ihr nach, »war mir ein Vergnügen!«

»Gute Besserung«, rufe ich.

Tessa fängt wieder an zu brüllen. »Das werdet ihr mir büßen, das schwöre ich!«, schreit sie wie von der Tarantel gestochen und strampelt mit den Beinen. Einer ihrer Pumps fliegt im hohen Bogen davon und trifft die Deckenlampe, die in einem Sprühregen aus Glas zersplittert. Wir betrachten einen Moment die völlig zerstörte Küche.

»Man kann über sie sagen, was man will«, sagt Vivian, »gründlich ist sie.«

Wir ziehen die dämlichen Schürzen aus und gehen in den Pariser Salon. Dort hat Zarah Leander alias Lulu mittlerweile Aufstellung genommen. Der Pianomann klimpert ein paar Auftakttöne, dann fängt Lulu an zu singen: »Es ist ja ganz gleich, wen wir lieben und wer uns das Herz einmal bricht. Wir werden vom Schicksal getrieben, und das Ende ist immer Verzicht.«

Mir wird schon zum zweiten Mal heute warm, und ich denke, dass Lulus Stimme es nicht sein kann, denn sie singt zwar inbrünstig, aber nicht besonders gut. Zarah Leander würde sich jedenfalls im Grab rumdrehen. Ich schaue mich um. Ture ist gerade reingekommen und streift sich die Fussel von seinem Smoking. Und dann mache ich eine Beobachtung, die mich wirklich sehr beunruhigt. Er sucht mit den Augen den Saal ab und bleibt bei Vivian hängen. Dann sehe ich, wie sie kurz seinen

Blick erwidert, und mir wird schlagartig klar, warum Ture Vivian wegen der gefälschten Unterschrift nicht verpfiffen hat. Weil etwas viel Schlimmeres passiert ist. Er hat sich verliebt.

»Man lernt nie aus«, sagt Vivian auf dem Rückweg. »Verwandlungen, Gedankenlesen, Supermann-Kräfte – möchte mal wissen, was unter Vampiren noch alles möglich ist.«

Ich schaue aus dem Fenster. Ich würde lügen, wenn ich sagen würde, ich sei nicht beunruhigt. Denn obwohl ich weiß, dass die Liebe unter Vampiren so selten ist wie ein Tag ohne Sonne, so habe ich doch gesehen, was ich gesehen habe. Ich werfe Vivian, die immer noch über Tessa und ihren desaströsen Auftritt herzieht, einen prüfenden Blick zu. Liebt sie ihn auch? Es ist ja nicht so, dass ich es ihr nicht gönnen würde, wenn sie den Mann fürs ewige Leben findet. Aber das hieße natürlich, dass sie mich verlassen würde.

»Was ist los, Leni?«, fragt sie. »Du guckst so traurig.«

»Ach, nichts«, sage ich.

»Los, sag schon.« Sie stößt mich sanft mit dem Ellenbogen an.

»Du … du wirst mich doch nicht im Stich lassen?«

»Hast du etwa heimlich an Tessas Aphrodite-Tuch geschnuppert und bist auch verrückt geworden?« Sie lacht. »Wieso sollte ich das denn tun?«

»Ich meine, wenn du den Mann fürs Leben finden würdest.«

»Hey, Leni. Seh ich etwa so aus, als würde ich eine spießige Ehefrau werden wollen?«

»Nein«, gebe ich zu.

»Du kennst doch meinen Wahlspruch. Was soll ich mit *einem* Traumprinzen, wenn ich *viele* richtige Männer haben kann?«

»Ich weiß.«

»Außerdem ist doch wohl weit und breit kein Traumprinz in Sicht, oder?«

Ich antworte nicht. Vivian plappert weiter, total aufgekratzt. Tausend Gedanken schwirren mir im Kopf herum. Warum kann es nicht wenigstens jemand sein, den ich auch mag? Warum muss es ausgerechnet *er* sein, der Höllenfürst persönlich? Aber vielleicht liebt sie ihn ja tatsächlich nicht. Ich meine, Vivian ist einfach nicht der Typ für die Liebe, das war sie noch nie. Außerdem wollte sie ihn noch nicht mal in unsere Detektivarbeit einbeziehen. Also vertraut sie ihm nicht. Umso besser. Außerdem können Vampire einander ja sowieso nicht lieben, das weiß doch jeder. Siehst du, Leni, da hast du dir nur was eingebildet, ganz bestimmt sogar. Aber richtig erleichtert bin ich trotzdem nicht. Am Barbarossaplatz steigen wir aus. Und mir fällt etwas ein! Plötzlich habe ich es eilig.

»Los, komm«, sage ich und fange an zu laufen.

»Was ist los?«, ruft sie. »Bis Sonnenaufgang haben wir noch ein bisschen Zeit!«

Der Sonnenaufgang interessiert mich nicht! Ich muss schleunigst dafür sorgen, dass auch mein Liebesleben in Schwung kommt.

»Was rennst du denn so?«, ruft Vivian. »Heute ist doch Sonntag. Da gibt es keine Zeitung.«

Ach ja, stimmt ja! Ich bleibe stehen und warte auf sie. Trotzdem kann ich nicht an mich halten und gifte sie an: »Bäbäbäbäbäää.« Wütend stapfe ich weiter. »Das ist einfach eine totale Scheißnacht«, schimpfe ich. »Ich werde mich jetzt vor die Glotze hängen und mir einen Doris-Day-Film reinziehen.«

»Gute Idee.« Sie legt mir den Arm um die Schulter, aber ich widerstehe der Versuchung, dadurch bessere Laune zu bekommen. Die kriege ich erst, als ich sehe, dass etwas an unserem Briefkasten klebt. Ein Briefumschlag, mit Tesafilm festgemacht. *Für die kleine Nachtschwärmerin* steht drauf. Ich drücke ihn an mich.

»Ach was«, sagt Vivian, »sieh mal einer an, wer da auf einmal wieder lächeln kann.«

Ich werfe mich aufs Sofa und öffne vorsichtig den Umschlag. »Nein!«, rufe ich. »Das gibt's doch nicht!«

»Was ist?«, murmelt Vivian griesgrämig. »Macht dir dein Zeitungsjunge etwa einen Heiratsantrag? Oder bist du so begeistert, weil er das Wort ›ficken‹ richtig geschrieben hat?«

»Pass bloß auf, Vivi, sonst platzt du gleich noch vor Neid«, erwidere ich ungerührt. »Außerdem heißt er Milo.«

»Ist mir doch egal, wie er heißt«, sagt Vivian.

Aber mir nicht. Denn mein Milo schreibt, dass er mich vermisst hat heute Abend. Aber da ist noch was – und das überwältigt mich fast! Er schenkt mir Karten für das Konzert vom Orquesta Buena Vista Social Club!

Wir hatten vor Monaten mal davon gesprochen, dass die kubanische Musik wirklich toll ist, fröhlich und lebenslustig und mit der richtigen Prise Schwermut. Und er hatte es sich gemerkt! »Wahnsinn. Die wollte ich immer schon mal sehen«, schwärme ich.

»Aber du willst doch nicht ernsthaft mit ihm da hingehen?«

»Das ist doch erst in zwei Monaten.«

»Na und? Du musst ihm absagen, Leni, das weißt du.«

Ich schaue traurig auf die Karten. »Ja«, brumme ich. Und es ist das erste Mal, dass ich Vivian nicht die Wahrheit sage.

Am nächsten Abend müssen wir wieder zur Arbeit. Vivian steht vor dem Spiegel und zieht zum dritten Mal den Lippenstift nach. Sie putzt sich ja richtig raus, denke ich argwöhnisch. Mir will sie den Spaß mit meinem Torero verderben, aber für den Höllenfürst brezelt sie sich auf. »Meinst du nicht, das ist etwas übertrieben?«, frage ich angesichts ihres Dekolletés.

»Wieso? Ich mache immer die obersten zwei Knöpfe auf«, entgegnet sie und überprüft den Sitz ihrer Bluse im Spiegel. »So kann man doch noch nicht mal den Brustansatz sehen!«

»Ja, wenn du gerade stehst. Aber wenn du dich bückst, dann schon.«

Vivian wirft mir einen genervten Blick zu. »Keine Sorge«, sagt sie sarkastisch, »wenn Ludwig Kloarsch *mich* anpackt, mach ich ihn einen Kopf kürzer.«

Sie schnappt sich ihre Tasche, die rote Gucci. Irgendwie herrscht schlechte Stimmung zwischen uns. Nicht dass das noch nie vorgekommen ist. Immerhin kennen wir uns schon seit über dreißig Jahren. Und seit zwanzig Jahren wohnen wir zusammen und verbringen fast unsere gesamte Zeit miteinander. Da kann man sich auch schon mal auf den Wecker gehen. Aber dieses Mal ist es etwas anderes als nur eine zerrissene Nylonstrumpfhose. (Ich hatte ihr mal meine beste Nylon von Joop geliehen, eine, die wirklich alles mitgemacht und mit der schicken Ziernaht auch besonders toll ausgesehen hatte – und was macht sie? Schlitzt sie mit ihrem blöden Brilli-Ring auf! Und sagt auch noch, da könne sie nichts für, so sei das eben mit Nylonstrumpfhosen!) Es ist auch anders als unser ewiger Streit um die Fernbedienung. (»*Spiegel TV*« – »Nein, *Criminal Intent*« – »Aber in *Spiegel TV* kommt was über Neonazis« – »Aber bei *Criminal Intent* spielt heute Mister Big mit« – und dann schalten wir als Kompromiss immer hin und her, so dass man von beidem nur die Hälfte mitkriegt.) Dieses Mal geht es um viel mehr, das weiß ich einfach: Es geht um unsere Freundschaft. Das ist eben so, wenn Männer ins Spiel kommen (und mit Männern meine ich potenzielle Ehemänner oder zumindest Lebensabschnittsgefährten und nicht irgendwelche Typen), wird es manchmal auch unter besten Freundinnen kompliziert.

»In drei Tagen ist endlich der 11. 11.«, sagt Vivian auf dem Weg zur Arbeit.

»Das wird genial«, rufe ich begeistert. »Es wird wirklich mal wieder Zeit für eine geile Party!«

Bei Vivi und mir war es schon immer so: So wie

Paare Versöhnungssex haben, haben wir Versöhnungspartys. Und auf den Karnevalsauftakt freuen wir uns seit Aschermittwoch!

»Denk dran, wir müssen uns noch freinehmen«, mahnt Vivian.

»Logo, mach ich gleich als Erstes.«

»Guten Abend«, rufe ich fröhlich und werfe Richard Brunner einen zuckersüßen Blick zu, aber er scheint heute für meine weiblichen Reize nicht empfänglich zu sein. Im Gegenteil, er hockt auf seinem hölzernen Bürostuhl wie eine beleidigte Leberwurst und sieht mich giftig an. Als ich seinem Blick gleichmütig standhalte, schaut er schnell in seine Unterlagen. Ich bleibe neben seinem Schreibtisch stehen.

»Herr Brunner«, säusele ich, »ich wollte mir gerne am 11.11. freinehmen.«

Er sieht mich an, und in seinem Schädel fängt es sichtlich an zu rattern. »Wie, *freinehmen?*«, fragt er irritiert.

»Ja, eine Nacht Urlaub machen.«

»*Urlaub machen?*«

Dieser idiotische Papageientrick nervt so sehr! Dabei tut er doch nur so, als hätte er keine Ahnung, worüber ich rede. Also versuche ich es noch mal. »Herr Brunner, wie viele Urlaubstage stehen mir denn pro Jahr zur Verfügung?«

»Urlaubstage«, murmelt er und nimmt sein Lieblingsbuch, die *Statuten für Verwaltungshauptmänner des VRD* zur Hand, ein dicker Wälzer mit rotem Umschlag. Alles klar. Er will Zeit gewinnen, bis ihm eine Ausrede einfällt, weswegen er mir nicht freigeben kann. Er will mir die Sache mit den Schnittchen heimzahlen! Brunner leckt affektiert seinen Finger an und blättert durch das mehrseitige Inhaltsverzeichnis. Mit Schwung klappt er das Buch wieder zu und sieht mich triumphierend an. »Es gibt keinen Urlaub«, sagt er.

»Wie jetzt?«, frage ich verdattert. »Nur für mich nicht oder generell nicht?«

»Beides«, sagt Brunner und grinst boshaft.

Dieser kleine Schleimscheißer. Ich glaube, ich spinne! Der 11.11. ist einer der wenigen Tage im Jahr, wo wir ohne aufzufallen rausgehen können. Wo wir einmal so sein können, wie wir sind! Wo wir uns auch mit Pulsschlägern einlassen können. Was ich fest vorhabe! Ich habe mich nämlich heimlich verabredet. Mit meinem Torero. Und dieses Mal habe ich ihm felsenfest versprochen zu kommen! Obwohl ich natürlich weiß, dass das sehr unvernünftig ist. Aber ich bin nun mal erst zwanzig, und wer ist mit zwanzig schon vernünftig? Ich werde also einfach …

»Und denken Sie nicht mal daran blauzumachen«, unterbricht Brunner meine Überlegungen. »Darauf steht Zuchthaus!« Er grinst überlegen.

Stinksauer gehe ich auf meinen Platz. Gertrud, die alte Streberin, ist natürlich schon da. Sie hat eine neue Kiste mit Akten auf ihrem Schreibtisch stehen, Buchstabe O. »Obermann, Willi«, murmelt sie, »die Geburtsurkunde. Ich lege sie in den Scanner …«

»Hallo Gertrud«, unterbreche ich ihr Gebrabbel. Sie wirft mir einen bösen Blick zu, als ob meine Begrüßung sie aus dem Konzept gebracht hätte. Tatsächlich knittert die Urkunde an der linken Seite ein bisschen, weil Gertrud sie vor Schreck schräg in den Papiereinzug gestopft hat.

»Oh nein, oh nein, oh nein«, jammert sie, »bloß keinen Papierstau!« Sie schlägt die Hände vor dem Gesicht zusammen, als sei Papierstau das schlimmste Schicksal, das ihr widerfahren könnte.

Ich stelle schnell ihren Scanner aus und ziehe mit einem Ruck die Urkunde wieder raus, bevor sie sich verfangen kann. »Hier bitte!«

»Oh, danke.« Sie nimmt das Blatt. »Ich werde die Urkunde einfach erneut einscannen, ja, das werde ich …«

»Da bist du aber sehr fleißig gewesen«, lobe ich sie, »schon Buchstabe O! Das ging jetzt aber flott.«

»Na ja, man tut, was man kann«, sagt sie bescheiden, dabei sehe ich, dass sie sich über mein Kompliment freut. »Aber die Ilse von Tisch drei«, sie macht eine genervte Kopfbewegung nach vorne, »die ist noch schneller. Sie ist jetzt schon zwei Buchstaben im Vorsprung.« Gertrud beugt sich zu mir herüber und flüstert konspirativ: »Die hat aber auch immer die leichten Buchstaben.«

»Ehrlich?«, wispere ich. »Bei welchem ist sie denn jetzt?«

»Bei Q, aber das sind ja nur ganz wenige Namen. Das R hat sie sich auch schon bringen lassen!«

»Das heißt, S kommt schon als Nächstes«, stelle ich mit einem Schaudern fest.

»Ja«, frohlockt Gertrud, »das kann Ilse meinetwegen haben. Bei S und vor allem bei Sch sind doch total viele! Da werde ich ordentlich aufholen.«

»Wer holt denn eigentlich neuerdings die Akten aus dem Identitätsregister?«, frage ich leise. Denn Brunner trägt seine Codekarte nicht mehr, wie ich bemerkt habe.

»Der …«, fängt Gertrud an, aber plötzlich schreit Brunner von vorne: »Was gibt es denn da zu tuscheln?«

Gertrud senkt sofort den Kopf wie eine Ziege, die zur Schlachtbank geführt wird.

Ich hebe den Finger wie eine artige Schülerin. »Ach, Herr Brunner, ich wollte Sie erst nicht behelligen. Aber ich habe eine Frage.« Er stöhnt auf, als wäre ich ein notorischer Störenfried, der ihn ständig in der Ausübung seines Amtes behindert. Aber er erhebt sich trotzdem, ordnet noch mal kurz die Unterlagen auf seinem Schreibtisch, rückt das Telefon gerade und läuft die zehn Meter wichtig auf mich zu. Ich schnurre: »Ich bin mit K schon fast durch. Wann bekomme ich denn die Akten mit L?«

»Ich werde sie gleich anfordern.« Er macht sich wieder auf den Weg nach vorne.

»Ich kann sie auch selber holen, wenn Ihnen das die Arbeit erleichtert«, biete ich an.

»Nein, nein! Strikte Anweisung. Seitdem irgendjemand unbefugt im Identitätsregister war, läuft das nur noch über das Büro Kowarsch. Ich werde gleich Frau Heimlich anrufen.« Mist.

»Keinen Urlaub!«, sage ich zu Vivian, als wir uns wie immer mitternachts vor der Kantine treffen.

»Nicht *einen* Tag?«, fragt sie.

»Ist das zu fassen?«

»Kein Wunder, dass hier alle so verbiestert sind«, sagt

Vivian und schnappt sich ein Glas, um sich eine ordentliche Ladung Ziegenbockblut abzuzapfen.

»Und der Brunner hat mir schon gedroht für den Fall, dass ich blaumache.«

»Also wird es dieses Jahr nichts mit einem wilden Karnevalsauftakt.«

Und vor allem wird nichts aus dem Treffen mit meinem Torero. Schon wieder nicht! »Es ist wirklich zum Kotzen!«, fasse ich zusammen.

»Und ich muss heute auch noch Überstunden machen«, stöhnt Vivian.

»Überstunden?«, wiederhole ich dümmlich.

»Ja, Uteschnute will, dass ich ihn begleite. Er hat eine Audienz.«

»Beim Papst, oder was?«, scherze ich.

»Bei der Königin.«

»Bei der *Königin?*«, entfährt es mir, und ich komme mir schon vor wie der blöde Papageien-Brunner. »Aber warum musst du denn da mit?«

»Vielleicht soll ich mal wieder ein paar Schnittchen servieren?«, witzelt Vivian, aber mir kommt was ganz anderes in den Sinn, warum Uteschnute sie mitnimmt. Wer weiß, vielleicht zeigt er ihr anschließend noch seine Briefmarkensammlung. Verdammt noch eins. Irgendwie läuft echt alles schief, seit wir diesen dämlichen Gemeinschaftsdienst machen müssen. Der Höllenfürst verliebt sich in Vivi, und ich kann meinen Angebeteten morgen nicht treffen, weil ich malochen muss. Das ist doch total ungerecht! Vielleicht gründe ich einfach eine Gewerkschaft und rolle mal dieses ganze Ausbeutersystem von unten auf. Ich könnte Streiks organisieren und die verknöcherten Chefs dazu zwingen, endlich auf die Bedürfnisse des kleinen Vampirs einzugehen.

Nach der Arbeit laufe ich alleine nach Hause. Vivian trifft gerade die Königin, das muss man sich mal reinziehen! Ich sehe sie förmlich vor mir, wie sie und Ture von einem Hofmarschall in grotesk bunten Pumphosen angekündigt werden. Er knallt seinen Stab aufs Parkett und schreit: »Und jetzt Herr und Frau Höllenfürst!« Vivian und Uteschnute schreiten nebeneinander durch die Menge zum Thron und küssen der Königin die Füße. Ich kenne die Königin nur aus dem Fernsehen, wenn sie am Königinnentag, dem ersten Sonntag im Januar, um Mitternacht von ihrem Balkon aus in die Menge winkt. Dann steht sie da mit ihrer weißen Madame-Pompadour-Perücke und wirkt total lustlos, als wäre es ihr zu viel, mal eben den Arm zu heben und ihre Untertanen zu grüßen. Ansonsten habe ich keine Ahnung, was sie so den ganzen Tag über macht. Sie wohnt in Schloss Lohenstein, das ist irgendwo in der Nähe von Wuppertal. Richtig viel zu tun hat sie, glaube ich, nicht. Aber vielleicht erfährt man darüber auch einfach nichts. Und da Majestätsbeleidigung ein ernstes Vergehen ist, schreibt und sagt auch niemand etwas Kritisches über sie. Ab und zu erlässt sie mal ein Gesetz, aber für den Rest hat sie wahrscheinlich ihre Leute, die ihr die Arbeit abnehmen. Sie ist auch weder Vorsitzende irgendeiner Charity-Organisation noch sonst wie für den guten Zweck unterwegs. Ich kann mich auch nicht an Staatsbesuche erinnern, die sie absolviert oder empfangen hätte, obwohl Ede uns in seinem Unterricht ja beigebracht hatte, dass es durchaus andere Vampirkönigreiche gibt – Karpatia zum Beispiel, das Vampirreich Albanien und Hellas Wrukolaka, das mir besser unter Griechenland bekannt ist. Dann gibt es noch Vampirkönige in Togo, in Schottland und sogar in China. Aber so weit ich das mitbekommen habe, mauschelt jeder einfach vor sich hin. Die Globalisierung ist bei uns Untoten jedenfalls noch nicht angekommen.

Ich bin jedenfalls echt gespannt, was Vivian gleich zu erzählen hat. Im Briefkasten finde ich die Zeitung mit einer Nachricht von meinem Torero. *Ich freue mich auf morgen! Bis dahin, schlaf schön.* Verdammt noch mal. Ich will gerade frustriert die Zeitung weglegen, da fällt mein Blick auf den Artikel auf Seite eins. Schon wieder wird eine junge Frau vermisst. Diesmal ist die siebzehnjährige Julia aus Remscheid nach einer Party verschwunden. Blöd, denke ich, denn jetzt sind es schon drei. Und wenn sie Vampire geworden wären, dann würde man irgendwann was von ihrem Tod lesen, den die Vampirpolizei eingefädelt hätte, so wie bei uns damals. Na ja, vielleicht kommt das noch, hoffe ich. Sie sind ja noch nicht so lange verschwunden. Ich lege die Zeitung in meinen Schrank zu den anderen, auf denen mir mein Torero eine Nachricht hinterlassen hat. (Vivian darf natürlich nicht sehen, dass ich die aufbewahre.) Dann zappe ich bei *Hedwig & Hermann* rein, aber diese blöde chinesische Vase aus der Bling-Dynastie habe ich schon. Mist, ärgere ich mich, jetzt kostet sie nur noch 14,99 Euro. Und ich hab damals 39 Euro dafür gelatzt! So eine Krähenkacke. Ich schalte weiter und sehe die Nachtwiederholung von *Monk*. Das ist die einzige Krimiserie, die ich gerne gucke, weil sie nicht unheimlich ist. Die schlauen Überlegungen von Adrian Monk animieren mich dazu, auch ein bisschen zu grübeln. Dabei kritzele ich auf unserer Wand rum. Damit Vivian sieht, dass ich auch alleine in der Lage bin, einen Teil der Detektivarbeit zu erledigen.

Es ist schon fast halb acht Uhr, als sie endlich den Schlüssel ins Schloss steckt.

»Da bist du ja endlich«, rufe ich. »Ich dachte schon, du kommst nicht mehr.«

»Wie kommst du denn darauf?«, brummt sie, wirft ihren Mantel auf einen Stuhl und lässt sich erschöpft aufs Sofa fallen.

»Ach nur so«, antworte ich ausweichend. »Also, wie war's?«

Sie schweigt einen Moment. Dann schaut sie mich mit ihren veilchenblauen Augen an, und ich weiß sofort, dass irgendetwas passiert sein muss. Denn diesen Ausdruck habe ich noch nie an ihr gesehen. Und dann erzählt sie die ganze Geschichte.

Ein Dienstwagen stand vor dem Gebäude und wartete auf Ture und Vivian. Eine schicke schwarze Limousine mit verdunkelten Scheiben. Der Chauffeur trug ganz stilecht Anzug und Mütze und hielt ihnen die Tür auf. Vivian und Ture setzten sich auf die schwarzen weichen Ledersitze. Ture holte einen Haufen Unterlagen hervor und vertiefte sich darin. Vivian knetete ihre Hände. »Soll ich vielleicht gleich Protokoll schreiben? Oder Ihre Tasche tragen?«, fragte sie ihren Chef.

»Nichts dergleichen.«

»Aber wenn ich nichts zu tun habe, warum sollte ich denn überhaupt mitkommen?«

»Sie haben was zu tun«, sagte er. »Sie sollen zuhören.« Er las wieder in seinen Akten. Vivian warf Ture einen verstohlenen Seitenblick zu. Sein Profil erinnerte sie an einen römischen Feldherrn. Das dichte, nach vorne gekämmte Haar mit dem kurzen Pony, die markante Höckernase und das energische Kinn sahen aus wie das Bild von Julius Cäsar, das sie früher im Geschichtsunterricht bewundert hatte. Seit einiger Zeit trug Ture auch nur noch schwarze Anzüge, die sehr gut saßen. Jetzt sah er weniger kantig aus, dafür eher wie ein kräftiger Athlet, ein Zehnkämpfer. Was ist denn mit mir los?, dachte Vivian irritiert. Sie hatte zwar schon festgestellt, dass ihr Chef nicht so eine Arschkrampe war, wie alle meinten, und dass unter der harten Schale durchaus ein weicher Kern war. Aber dass sie jetzt anfing, ihn gut aussehend zu finden, das verwirrte sie schon. Das liegt einfach daran, dass ich zu viel Zeit mit ihm verbringe, beruhigte sie sich. Da ist das ganz normal. Wie beim Stockholm-Syndrom, wenn die Entführten anfangen, ihren Geiselnehmer sympathisch zu finden. Ja, das muss es sein. Uteschnute ist doch eigentlich gar nicht mein Typ. Auch viel zu alt. Er muss doch mindestens fünfunddreißig sein. Und das schon wer weiß wie lange! Nein, nein, Vivian. Es wird dringend Zeit, dass du dich mal wieder ablenkst. Zu dumm nur, dass du am 11.11. arbeiten musst, sonst hättest du mal wieder ein knackiges Kerlchen abschleppen können, und zwar einen echten Mann, einen Pulsschläger und nicht so einen schlaffen Untoten.

Den Rest der Fahrt schaute Vivian aus dem Fenster und überlegte, wie sie sich bei Königin Carla I. wohl verhalten müsste und ob sie auch einen richtigen Hofknicks hinbekommen würde. Die Einfahrt zum Schloss Lohenstein lag gut getarnt hinter einem riesigen landwirtschaftlichen Betrieb.

»Die königliche Tierblutfarm«, erklärte Ture, als sie zwischen Ställen und Silos hindurchfuhren. »Hier wird die Nahrung für den gesamten Hofstaat produziert. Die Anlage ist mit Hightechmaschinen ausgerüstet und gilt als Musterbeispiel für fortschrittliche Blutgewinnung.«

»Aha«, sagte Vivian nur und betrachtete einen Gabelstapler, der einen großen Käfig voller Dachse in einen der modernen Ställe brachte.

Der Wagen fuhr durch die nicht enden wollende Anlage, passierte schließlich ein großes Tor und gelangte schließlich auf einen Waldweg, der noch einige hundert Meter durch dicht gedrängt stehende Nadelbäume führte. Hier würde sich jedenfalls so schnell niemand hin verirren, so viel war klar. Als der Wald sich hinter einer Anhöhe lichtete, staunte Vivian nicht schlecht. Unter ihnen lag die Residenz der Königin, die weit mehr umfasste als bloß ein Schloss. Es war eher eine eigene Stadt, die wie im Mittelalter von einer hohen schützenden Backsteinmauer umgeben war. Dahinter standen unzählige Häuser, Pavillons und Türme, und alle Straßen führten in die Mitte, wo ein imposanter Palast alles überragte.

»Das sieht ja aus wie die Verbotene Stadt in Peking«, staunte Vivian mit offenem Mund.

Ture lachte. »Das habe ich beim ersten Mal auch gedacht. Nur dass Lohenstein noch viel unzugänglicher ist.«

Soldaten sicherten die einzige Zufahrt in die Stadt. Ture reichte ihnen seine und Vivians Anstecknadeln mit der persönlichen Registrierungsnummer, und kurz darauf fuhren sie auf einer mit Zypressen gesäumten Allee auf den Palast zu. Auf dem Weg kamen sie an dem gigantischen Gebäude der Deutschen Vampir Bank vorbei, an einem Theater, einer Konzerthalle und einem Park mit angeschlossenem botanischen Garten.

»Ein botanischer Garten?«, rutschte es Vivian raus.

»Ja, Carla liebt Pflanzen. Dort wird vor allem die Königin der Nacht gezüchtet, eine Kaktusart, die nur eine Nacht blüht, um sich von Fledermäusen bestäuben zu lassen. Aber auch andere Pflanzen, die nur nachts ihre Blüten öffnen, wachsen dort, wie Mondwinde, Nachtviole und verschiedene Orchideen. Es ist wirklich hübsch.« Ture sah angestrengt aus dem Fenster. »Vielleicht mögen Sie sich den Garten einmal anschauen, wenn wir fertig sind bei der Königin?«

»Ja, gerne«, antwortete Vivian, ehe sie es sich versah. Plötzlich war sie sehr aufgeregt. Sie schob es darauf, dass sie gleich ihrer Regentin zum ersten Mal von Angesicht zu Angesicht gegenübertreten würde. Und das war wirklich etwas Besonderes, denn an echten Glamourveranstaltungen mangelte es den Vampiren doch erheblich. Man sah ja noch nicht einmal was über die High Society im Fernsehen! Dabei scheint unsere Königin äußerst kultiviert zu sein, dachte Vivian. Das wird sicher sehr interessant werden.

Und das wurde es auch.

Als sie in den großen Saal kamen, herrschte laute Aufregung. Etwa zwei Dutzend Vampire drängelten sich um eine Stelle in der Mitte des Raumes, doch Vivian konnte nicht erkennen, was sie umringten. Die Menge schien eine Art Wettkampf zu beobachten, denn sie feuerte irgendjemanden an.

»Ach ja, ich vergaß zu erwähnen, dass die Königin auch Tiere liebt«, raunte Ture Vivian zu, als sie sich dem Gedränge näherten.

Vivian fiel zunächst eines auf: Das Publikum bestand ausschließlich aus jungen, attraktiven Männern, die alle aussahen, als wären sie einem Katalog von Dolce und Gabbana entsprungen. Die meisten von ihnen groß gewachsen, dunkelhaarig und muskulös. Sie trugen nicht etwa steife Anzüge, sondern lässig elegante Designerklamotten, zerrissene Jeans, enge T-Shirts, schicke Hemden und sahen einfach umwerfend aus. Solch eine Ansammlung an Schönheit hatte Vivian noch nie gesehen, schon gar nicht unter Vampiren! Wow, dachte sie, die Königin hat wirklich Geschmack. Neugierig näherte sich Vivian dem Ort des Geschehens und konnte jetzt zwischen den hübschen Kerlen hindurch eine kleine runde Arena erkennen, die mit rotem Tuch ausgeschlagen war. Darin flatterte etwas Schwarz-Weißes hektisch auf und ab, Flügel schwirrten, Schwanzfedern wedelten, und es dauerte einen Moment, bis Vivian realisierte, dass dort zwei Hähne miteinander kämpften. Gerade war der schwarze Hahn dem weißen auf den Rücken gesprungen und pickte wie verrückt mit seinem Schnabel auf ihn ein. Der weiße Hahn befreite sich und hackte zurück, die Hähne verschmolzen zu einem zuckenden Knäuel, dann flatterte der schwarze hoch und hieb dem weißen seine mit Rasierklingen verstärkten Klauen in den Hals. Alle brachen in lautstarken Jubel aus, und durch das Gebrüll hörte Vivian ein heiseres, irres Lachen. Die Vampire verstummten nach und nach und schauten alle zu der schmächtigen Person, die unablässig lachte. Vivian starrte sie irritiert an. Es war eine winzige junge Vampira mit langen schwarzen Haaren und den größten Eckzähnen, die Vivian je gesehen hatte. Vielleicht wirkten sie aber auch nur so groß, weil die Frau so zierlich war, von fast knabenhafter Figur. Ihre winzigen Brüste zeichneten sich deutlich unter ihrem Kleid aus hauchdünnem pinken Jersey ab, das ihr nur bis knapp unter den Po reichte und oben so weit ausgeschnitten war, dass es eine Schulter freigab. Auf dem Kleid prangte in der Mitte eine aufgestickte silberne Krone, die mit grünen Strasssteinen verziert war.

Einer der hübschen Vampire übergab der gackernden Frau jetzt den zappelnden weißen Hahn, dessen Hals durch die Verletzung kraftlos herabhing, und sie packte ihn, riss mit einem Ruck den Kopf ab, warf den Schädel achtlos beiseite, biss mit ihren gewaltigen Eckzähnen in den Halsstumpf und trank gierig sein Blut. Rote Fäden liefen der Frau aus den Mundwinkeln, es sah völlig grotesk aus, diese kleine Person mit dem flatternden kopflosen Hahn im Mund, aber was Vivian am meisten irritierte an der bizarren Szene, war, dass die Nippel der Frau sich deutlich unter dem Kleid abzeichneten, hart wie Kirschkerne.

Das sollte die Königin sein? Vivian stand mit offenem Mund da und konnte es nicht fassen. Sie war noch keine drei Minuten im Schloss und sah schon die *Nippel* der Königin? Sapperlot. Kein Wunder, dass man in den Medien nicht viel von der Königin zu sehen bekam. Sie war absolut nicht hoffähig. Vivian warf Ture einen entsetzten Blick zu, aber er zuckte nur fast unmerklich mit den Achseln. Er war dieses Verhalten offensichtlich schon gewohnt. Die Königin schleuderte den toten Hahn achtlos von sich, und das war wohl das Zeichen für ihre Untergebenen, die ganze Sauerei lautlos und diskret zu entfernen. Carla wischte sich mit dem Ärmel den Mund ab und grinste Ture an.

»Hi«, grüßte sie ihn, drehte sich um und lief barfuß vor Ture und Vivian her in einen anderen Teil des Raumes, wo ein gigantisches Sofa mit Leopardenmuster stand. Auf dem Sofa lag zusammengerollt ein weißes wieselartiges Tier, ein Hermelin. Die Königin kletterte auf das Sofa und lümmelte sich in eine Ecke, sie sah jetzt aus wie ein Kind auf einem zu großen Sessel, es fehlte nur noch ein Lolli oder ein Schmusetuch.

»Komm, Lobo, komm zu Mama«, lockte sie das Hermelin, das augenblicklich aufsprang und auf ihren Schoß hüpfte. Sie kraulte es am Hals, dann schaute sie Ture aus halb geschlossenen Augen gelangweilt an und nickte zum Zeichen, dass er sprechen dürfe.

»Eure Majestät«, fing Ture an, »danke, dass Ihr uns empfangt. Zunächst möchte ich Euch etwas überreichen, ein Geschenk von Eurem treuesten Diener.« Ture deutete eine Verbeugung an und gab ihr eine Schmuckschatulle und ein Kärtchen.

Carla öffnete die Karte und las die Nachricht. »Aha«, kicherte sie, »der Höllenfürst persönlich schenkt mir etwas. Sehr zuvorkommend.« Sie legte die Schatulle beiseite. »Also, was willst du von mir?«

»Nun, wie ich bereits angekündigt hatte, wollte ich mit Eurer Majestät eine dringende Angelegenheit besprech...«

»Hast du endlich den Vampirmörder erwischt?«, unterbrach Carla.

»Nein, leider noch nicht«, sagte Ture. »Es erweist sich als äußerst schwierig...«

»Bla bla bla. Fang ihn. Ich dulde diese Morde nicht«, platzte die Königin abermals dazwischen. »In meinem Reich soll sich niemand fürchten.« Sie warf Ture einen süffisanten Blick zu. »Außer vor mir natürlich.« Sie lachte diabolisch.

»Nun«, sagte Ture ungerührt, »das ist genau der Punkt, über den ich mit Euch sprechen möchte.« Er machte eine Pause und beobachtete Carlas Reaktion einen Moment. Sie betrachtete nachdenklich ihre schwarz lackierten Zehennägel. Ture redete mit fester Stimme weiter. »Als Sicherheitsminister muss ich feststellen, dass die Zahl der Hinrichtungen, die Ihr verfügt habt, überhandnimmt. Dies schadet unserer Republik.«

»Aber das waren doch alles Nulpen, die es erwischt

hat«, sagte die Königin gelangweilt und streichelte ihr Hermelin über den Kopf.

»Nun, das mag sein«, sagte Ture beharrlich, »dennoch plädiere ich dringend für die Einführung einer Gerichtsbarkeit. Denn eine Verurteilung ohne Prozess ist einfach barbarisch und wird der heutigen Zeit nicht mehr gerecht.«

Vivian konnte nicht glauben, was sie da hörte. Ture steckte gar nicht hinter all den Todesurteilen, sondern die Königin höchstpersönlich! Aber Vivian hatte keine Zeit, sich darüber zu freuen, denn die Königin schien von Tures Vortrag wenig angetan zu sein. Carla verengte die Augen zu schmalen Schlitzen und schien zu überlegen, was sie nun tun sollte. Vivian bekam Angst. Dieses grausame Kind mit zu viel Macht könnte Ture jetzt genauso gut verhaften lassen oder von ihm verlangen, dass er ein Rad schlägt. Das Hermelin hob seinen Kopf und schaute Ture verschlagen an.

»Unsere Verfassung bietet den Bürgern durchaus das Recht auf eine ordentliche Gerichtsverhandlung, nur haben wir dies nie wirklich eingeführt«, sprach Ture ungerührt weiter. »Aber als Zeichen Eures Großmuts könntet Ihr doch nun …«

Plötzlich wendete Carla den Kopf und starrte Vivian an, die sie bisher nicht beachtet hatte. »Wer ist das?«, unterbrach sie Ture barsch.

»Das ist meine Assistentin Vivian Schlevogt«, sagte Ture.

Carla scheuchte das Hermelin von ihrem Schoß, stand auf und ging auf Vivian zu. Vivian senkte den Kopf und machte einen Knicks. Carla lachte abscheulich. »Nett«, höhnte sie und kam noch näher. Vivian wagte nicht, sie anzusehen. Ihr kam in den Sinn, was Carla mit dem Hahn gemacht hatte.

»Nun, Eure Majestät«, versuchte Ture die Aufmerksamkeit wieder auf sich zu lenken, aber Carla herrschte ihn an: »Schschsch!« Sie näherte sich Vivian bis auf wenige Zentimeter. »Verblüffend«, sagte Carla. »Wie macht sie das nur? Die Haut, sie sieht so ... menschlich aus.«

»Das ist bloß Make-up«, wagte Vivian zu sagen.

»Nein«, sagte Carla, drehte sich um und stieg wieder auf ihr Sofa. »Das ist nicht bloß Make-up. Das ist ein Kuriosum!« Plötzlich lächelte sie freundlich. »Damit fällst du doch sicher unter Menschen nicht auf, oder?«

»Nein«, sagte Vivian, erleichtert über den Stimmungswandel der Königin. Sie ignorierte Tures warnenden Blick und erzählte, dass sie in Köln regelmäßig ausging.

»Das würde ich auch gerne mal tun«, sagte Carla träumerisch. »In eine Diskothek gehen oder in eine Bar. Und nicht nur hier mit all den Langweilern rumhängen.« Sie schaute Vivian mit ihren teichgrünen Augen an.

Ohne zu überlegen sagte Vivian: »Wenn Ihr wirklich mal ausgehen wollt, dann würde ich Euch den 11.11. empfehlen. Da ist in Köln wirklich die Hölle los.«

»Ach ja?«, rief die Königin aufgeregt. »Also gut. Du hast mich überzeugt.« Sie klatschte begeistert in die Hände. »Dann machen wir also einen richtigen – wie nennt man das? – ach ja, genau, Mädelsabend.«

»Äh, so hab ich das nicht ...«, sagte Vivian, dann fiel ihr ein, mit wem sie da sprach. »Aber Eure Majestät, meine Freundin und ich können da gar nicht, wir müssen arbeiten.«

Die Königin grinste sie belustigt an. »Das sollte wohl nicht das Problem sein. Also, dann sind wir für Mittwoch verabredet!« Sie wandte sich an Ture. »Und zu deinem Vorschlag, nun…«, sie griff sich das Geschenk, das neben ihr lag, »ich werde drüber nachdenken.«

»Das wäre mir eine große Ehre, Eure Majestät.« Ture verbeugte sich knapp.

Carla öffnete die Schatulle. »Oh oh oh«, rief sie begeistert wie ein kleines Mädchen, das eine Barbiekutsche geschenkt bekommen hatte. »Das ist ja entzückend.«

Sie nahm eine Kette heraus und schnippte einen Diener herbei, der sie ihr anlegen sollte. »Oh Ture, sie ist wundervoll«, sagte sie und richtete sich auf.

Vivian traute ihren Augen nicht, als sie das Perlencollier mit dem vergoldeten Muschelanhänger sah. Es war Ellis Kette.

Vivian schaut mich verzweifelt an. »Und da dachte ich gerade, er sei doch nicht so ein schlechter Kerl.«

Na klar, deswegen nennt man ihn auch den Höllenfürst, will ich sagen, aber mir bleibt der Sarkasmus im Hals stecken. Ich gehe an die Wand, nehme den Edding, streiche meinen Hauptverdächtigen durch und schreibe in Großbuchstaben Kasimir Ture hin und kringele den Namen ein.

»Aber die Hauptsache ist doch, dass wir den Fall gelöst haben«, sage ich und verkneife mir jede andere Bemerkung über ihn. Na also, denke ich befriedigt, da haben wir glatt zwei Probleme auf einmal gelöst. Denn damit ist das Thema Ture und Vivian wohl ein für alle Mal erledigt.

Vivian starrt auf die vollgekritzelte Wand. »Dieses Schwein«, ruft sie wütend, »macht einen auf Amnesty International und ist dabei ein habgieriger Killer. Aber wir werden ihn erledigen!«

»Das ist die richtige Einstellung«, lobe ich, »aber bevor wir das machen, hauen wir am Mittwoch so richtig auf die Kacke. Supercool, dass wir doch freihaben!«

»Ja«, sagt Vivian nachdenklich, »aber ich weiß nicht, ob es wirklich so eine gute Idee ist, mit der Königin um die Häuser zu ziehen.«

»Ach was«, sage ich, »es ist Karneval, und in dem Gedränge verliert man sich sowieso.«

Und dann ist es endlich so weit! Vivian und ich bereiten uns ausgelassen auf den Abend vor, wie wir das früher schon immer gemacht haben. Wir drehen die Anlage auf und stimmen uns dem Anlass entsprechend mit kölschen Karnevalsliedern ein. »Nä, wat wor dat dann fröher en superjeile Zick«, singen Brings, »mit Träne in d'r Auge loor ich manchmol zurück.«

Das Telefon klingelt. Da Vivian sich gerade ihrem Make-up widmet, tanze ich singend hin und hebe ab. Es ist Ede. Er will wissen, wie wir vorankommen. Da ich überhaupt keine Lust habe, mir den Start in eine lange Partynacht mit einer detaillierten Schilderung über die Machenschaften des Höllenfürsten zu versauen, sage ich nur: »Wir haben zwar schon einiges herausgefunden, aber es ist zu früh, um über Ergebnisse zu sprechen. Wir halten dich auf dem Laufenden.«

Ich will schon wieder auflegen, aber Ede seufzt steinerweichend, und ich mache den Fehler zu fragen, wie es ihm geht. Er fängt an mit einem Sermon über seine Studien zur Astrologie. Einerseits tut er mir leid, weil ich die Einsamkeit zwischen seinen Zeilen heraushöre, andererseits bin ich total abgelenkt von dem Lied »Superjeile Zick«. »Bin ich hück op d'r Roll, nur noch half su doll, doch hück Naach weiß ich nit, wo dat enden soll«, singen Brings. Ich könnte schreien vor Freude! Wir werden feiern bis zum Morgengrauen! Und ich werde meinen Torero treffen! Endlich!

Ede schwafelt weiter über ein extrem seltenes kosmisches Ereignis, das nur alle dreihundert Jahre stattfindet, aber ich höre nur mit halbem Ohr hin, denn Vivian kommt ins Wohnzimmer und präsentiert ihr Kostüm, als ob sie auf einem Pariser Laufsteg wäre. Sie stöckelt mit aufreizendem Hüftschwung durch den Raum in ihrer knöchellangen violetten Pumphose mit silbernen Sternen, einem bauchfreien Top und einem seidenen Fez, der keck schräg auf dem Kopf sitzt und an dem ein halb durchsichtiges Tüchlein angesteckt ist, das ihren Mund verdeckt.

Ich zeige ihr »Daumen hoch«, dann würge ich Ede ab. »Ja ja, das ist wirklich interessant, hör mal, ich muss jetzt los. Wir melden uns!« Ich knalle den Hörer auf die Gabel. »Du siehst fantastisch aus, Suleika, pass auf, dass der Sultan dich nicht in seinen Harem holt«, sage ich.

Vivian kichert. »Da hätte ich nichts gegen. Deine Vampira-Interpretation finde ich aber auch gelungen!«

Ich gehe als sexy Achtzigerjahre-Gothic-Girl und sehe mit schwarzer Korsage, Minilederrock, breitem Nietengürtel und den gefühlten acht Pfund Modeschmuck an Hals, Handgelenken und Ohren ein bisschen aus wie eine düstere Madonna am Anfang ihrer Karriere.

»Like a virgin«, singt Vivian denn auch, als wir die Zülpicher Straße entlanglaufen. Ich falle grinsend in das Lied ein. Auf der Gute-Laune-Skala rangiert meine Stimmung nämlich gerade ganz weit oben. Ich kann sogar mit Fug und Recht verkünden: Heute ist eine der besten Nächte meines untoten Lebens! Vampirkiller, mein Handy im Identitätsregister, der Gemeinschaftsdienst –

alles vergessen! Denn – Trommelwirbel! – meine Frisur passt endlich einmal perfekt zu meinem Outfit! Jippie! Welch unglaubliche Erleichterung! Ich fühle mich wie von einer chronischen Krankheit genesen. In ungefähr dreihundertfünfzig Nächten im Jahr bin ich unangefochten das Mädchen mit der schrecklichsten Frisur und kann absolut nichts dagegen tun. (Und wer sich schon mal über einen Bad-Hair-Day beklagt hat, der wird ahnen können, was es heißt, ein Bad-Hair-Life zu führen!) Und dann – Bingo! – wandelt sich an Karneval mein Schicksal auf einmal um hundertachtzig Grad. Plötzlich bin ich eine Frisurenheldin, ein Haaridol, einfach ein anbetungswürdiges Stylingwunder. Denn die Scheußlichkeit einer original Achtzigerjahre-Frisur ist einzigartig und kann heute gar nicht mehr kopiert werden, selbst wenn man es *wollte*. Das scheitert unweigerlich an der Weiterentwicklung des guten Geschmacks! Und über das, was der Retrotrend als Achtzigerjahre-Frisuren bezeichnet, kann ich nur müde lächeln. Die sind nicht mal ansatzweise so furchtbar wie meine! Ha! Ich hätte nicht übel Lust, an einem Kostümwettbewerb teilzunehmen, so klasse finde ich mich. Ich kann gar nicht normal gehen, sondern tanze regelrecht die Zülpicher Straße entlang. Auch die Warteschlange vor dem Magnus kann mich nicht schocken. Das ist hier jedes Jahr so. Wir stellen uns hinter ein Känguru, das in Begleitung von Heino und Zeus wartet.

»Bin mal gespannt, als was sich die Königin verkleidet…«, sage ich, da höre ich plötzlich eine bekannte Stimme kreischen: »Kuckuck!«

Mir wird augenblicklich übel. Ich drehe mich um.

Sandra grinst uns mit ihren Schlauchlippen begeistert an. Mein Blick wandert an ihr rauf und runter. Sie trägt ein klassisches Fick-mich-Kostüm mit durchsichtigem Stretch-Top aus schwarzer Spitze, Hotpants und Netzstrümpfen und tut so, als wäre es das Normalste von der Welt, dass wir uns hier treffen. Ich gucke Vivian vorwurfsvoll an, und sie zieht eine Schnute, als ob sie nichts dafür könne. Das darf doch nicht wahr sein! »Was macht die denn hier?«, zische ich Vivian leise zu und ziehe sie etwas beiseite.

»Sorry, Leni, ich konnte nicht anders. Sandra hat gesagt, wenn sie schon so lange auf die Behandlung warten müsse, dann müssten wir ihr wenigstens die Zeit vertreiben«, flüstert Vivian.

»Aber du hättest mich wenigstens warnen können.«

»Ich wollte dir nicht schon im Voraus den Spaß verderben.«

»Na, herzlichen Dank«, brumme ich beleidigt. »Und mit wem hast du dich noch verabredet? Mit Ernst G. Nagel, dem Vampirjäger?«

Vivian geht gar nicht auf meine Bemerkung ein, sondern sagt nur pikiert: »Es ist Karneval. Da verliert man sich sowieso im Gedränge.«

»Seid ihr jetzt fertig mit Tuscheln?«, fragt Sandra laut.

Wir wenden uns ihr zu. »Wir mussten nur was Organisatorisches besprechen«, sage ich.

»Tolle Organisation«, mault Sandra angesichts der Schlange vor dem Eingang. »Müssen *wir* wirklich warten?«

»Ja, aber das dauert meistens nicht lang, bis man drin ist«, beschwichtigt Vivian sie.

»Das werden wir ja sehen«, gibt Sandra zurück, und ich kann nicht an mich halten, spöttisch zu fragen: »Was hast du denn gedacht? Dass Prostituierte vom Türsteher durchgewunken werden?«

»Ich bin doch nicht als Prostituierte verkleidet«, protestiert Sandra. »Ich bin Britney Spears!«

»Dann ja wohl eher die *Mutter* von Britney Spears«, murmele ich.

»So«, sagt Sandra eingeschnappt, »die Madonna auf Crack kriegt schon mal keinen.« Sie holt zwei Piccolos aus ihrer Tasche und reicht einen Vivian.

»Oh wie schade …«, sage ich.

»Leute, Schluss damit!«, geht Vivian dazwischen. »Wir sind zum Feiern hier und nicht zur Zickenolympiade.«

Sandra wirft mir einen giftigen Blick zu und stößt demonstrativ mit Vivian an. »Auf uns«, sagt sie und kippt sich in null Komma nichts den Sekt hinter die Binde. Gut, denke ich grimmig, je schneller sie besoffen ist, umso besser. Dann ist sie flottigaloppi weg vom Fenster. Sandra greift nach dem dritten Fläschchen in ihrer Tasche.

»Du kannst meinen Piccolo auch ruhig trinken«, biete ich ihr freundlich an.

»Ach, wie nett von dir, dass ich *meinen* Piccolo trinken darf«, giftet sie zurück. Das kann ja heiter werden!

Wenige Minuten später winkt uns der Türsteher weiter, und kurz darauf stehen wir in der Kneipe. Die Scheiben sind beschlagen, so heiß geht es her. Hier wird natürlich schon seit nachmittags gefeiert, und der ganze Laden ist eine einzige grölende, tanzende Masse.

»Meine Güte, die Luft hier drin ist ja eine Katastrophe«, stöhnt Sandra. Ha ha, denke ich schadenfreudig und singe laut: »Bier und 'nen Appelkorn, schalalalala!«

Das mit der schlechten Luft habe ich natürlich nicht bemerkt. Noch so ein Vorteil unseres Daseins! Sandra sieht jetzt schon ein bisschen mitgenommen aus. Mit Karnevalsfeiern hat sie offensichtlich keinerlei Erfahrung. »Das Beste ist, wenn man sich direkt auf Pegel trinkt«, rufe ich, »sonst ist es nur der halbe Spaß.«

»Dann hol uns was!«, befiehlt sie. »Ich kann mich gerade nicht bewegen.« Sie bleibt wie angewurzelt stehen.

Was soll's?, denke ich, es ist für einen guten Zweck. Die Aussicht, sie abgefüllt in der Ecke liegen zu sehen, motiviert mich, ihrer Aufforderung nachzukommen. Ich quetsche mich zum Tresen durch, hole ein Kölsch und einen Korn, kippe den Schnaps als Beschleuniger direkt ins Bier rein und nehme mir vor, mir durch nichts und niemanden die Feierlaune verderben zu lassen. Ich gehe zurück und gebe Sandra das Getränk. »Trinkt ihr nichts?«, fragt sie erstaunt.

Vivian hebt ihren Piccolo. »Hab noch.«

»Und ich hab meines direkt am Tresen geschüttet. Ein Schluck und der Appelkorn ist weg, schluckschluck! Also, Prost!« Ich grinse sie an, und sie trinkt tatsächlich auf ex.

»Uih.« Sie schüttelt sich, als sie absetzt. »Ich dachte, Kölsch sei milder.«

Ja-ha, denke ich befriedigt, aber nicht in dieser Speed-Version. Ich kann es kaum erwarten, ihre gestrafften Gesichtszüge im Alkoholrausch entgleisen zu sehen.

»Supercool, dass meine Behandlung bald anfängt«,

versucht Sandra jetzt ein Gespräch anzufangen. Aber ich finde, ich war schon sehr geduldig mit Lady Shave. Außerdem ist mir sowieso nicht nach Konversation zumute.

»Echte Fründe stonn zesamme«, gröle ich und tanze mit Vivian davon. Gehen kann man in dem Gewühl nicht, man muss sich im Rhythmus der Musik bewegen, sonst hat man keine Chance durchzukommen. Wir tanzen einmal durch den Raum, um zu gucken, wer alles da ist. Ich merke, wie einige Jungs uns begierig anglotzen. Tja, Pech gehabt, denke ich, ich bin schon vergeben. Leider ist mein Torero nirgendwo zu sehen, also ziehe ich Vivian wieder in die Nähe des Eingangs. Ich bin so aufgeregt! Kribbelig. Wie ein Schulmädchen. Dieses Flimmern im Bauch vor einer langen Partynacht, in der alles möglich ist, ist heute genau wie früher einfach das Allerbeste. Besonders wenn man nicht nur *hofft*, jemand Nettes kennenzulernen, sondern man mit einem umwerfenden Mann verabredet ist, von dem man *weiß*, dass er einen auch mag. Und an Karneval ist bekanntlich die Hemmschwelle für alle möglichen zwischenmenschlichen Annäherungen deutlich heruntergesetzt. Alleine die Aussicht darauf, mit meinem Torero zu knutschen, versetzt mich in Hochstimmung. Gegen eine gute Knutscherei kann jede andere Droge einpacken! Und was danach noch alles kommen kann…!

»Da simmer dabei, dat is pri-hi-ma, Viva Colonia!«, singen wir. Sandra ist wieder zu uns gestoßen und bemüht sich mitzumachen, obwohl sie keine Ahnung hat vom kölschen Liedgut. Aber es ist ja nicht so, dass die

Refrains übermäßig hohe geistige Anforderungen stellen. Selbst Sandra ist ziemlich schnell in der Lage, »Viva Colonia« mitzugrölen. Dann allerdings kommt im Refrain die Textzeile »Wir glauben an den lieben Gott« vor. Damit haben Vivian und ich natürlich unsere Probleme. Deswegen schreien wir an der Stelle immer ganz laut: »Wir glauben an den lieben *Laaaa!* und ham auch immer Durst.«

Sandra guckt uns komisch an. »Was singt ihr denn da?«

»Wie bitte?«, rufe ich.

»Wieso singt ihr nie Gott?«

Ich zucke zusammen. »Ha ha«, mache ich und bin froh, dass ein neues Lied anfängt. »Heidewitzka, Herr Kapitän, im Müllemer Bötche fahre mer so jään!«, johle ich und reihe mich in die Polonäse ein. Vivian ist hinter mir. Gerade als wir wieder an der Tür vorbeitanzen, kommt ein großer Batman rein.

»Ahhh«, schreie ich und springe entsetzt zur Seite. Ich habe die Regenpfützenaugen sofort erkannt. Unter der Gummimaske steckt der Vampirkiller höchstpersönlich! Kasimir Ture lächelt uns zu, aber wir tun so, als würde die Menge uns mitziehen. In Tresennähe klinken wir uns aus der Polonäse aus und beobachten den unheimlichen Batman, der neben der Tür Position bezogen hat. Seine spitzen Fledermausohren überragen das Getümmel aus Schlumpfkappen, Sultansturbanen, Pumucklperücken und Schweinsmützen um ein ganzes Stück. »Was macht *der* denn hier?«, frage ich.

»Keine Ahnung«, sagt Vivian. »Nicht dass er gemerkt

hat, dass wir ihm auf die Schliche gekommen sind?« Mir wird mulmig.

Der Batman schiebt sich durch die Menge auf uns zu. Seine Augen funkeln durch die Löcher in der schwarzen Maske. Ich sehe, wie er Vivian mustert. Wenigstens hat er keine Machete dabei, mit der er uns auf der Stelle köpfen könnte. Als er bei uns angekommen ist, sagt er ganz freundlich: »Hallo, die Damen.« Dann tritt er zur Seite und gibt den Blick frei auf eine kleine, dünne schwarz-gelb gestreifte Biene. Auf dem Rücken hat sie zwei Flügel aus schwarzem Stoff und auf dem Kopf ein Haarband, an dem zwei gelbe puschelige Fühler befestigt sind. Das muss wohl die Königin sein. Sie sieht aus wie zwölf, und man wartet nur darauf, dass sie »Kamelle!« schreit. Unglaublich, dass sie so brutal sein soll. Vivian macht einen Knicks vor ihr, und ich tue es ihr nach. Carla nickt uns huldvoll zu. Dann nimmt sie die Menge ins Visier.

»Verzeihung, dass ich so reinplatze in diesen … wie nannten Sie es … Mädelsabend«, sagt Ture zu Vivian, »aber als Sicherheitsminister konnte ich die Königin natürlich nicht alleine gehen lassen.«

»Natürlich nicht«, antwortet Vivian nur und schaut ihn nicht an. Ture wendet sich ab und stellt sich wie ein Schrank neben die Königin.

Sandra quetscht sich zu uns durch. »Mann, haut doch nicht immer ab«, poltert sie beschwipst und zieht eine Lady-Shave-Schnute. »Ich hätte nicht übel Lust, die Poli …« Ich ramme ihr meinen Ellenbogen in die Seite. »Aua«, schreit Sandra. »Was fällt dir ein?«

»Entschuldigung«, sage ich freundlich-streng, »aber

heute wollen wir uns doch alle vertragen, oder?« Das würde uns jetzt gerade noch fehlen, dass Sandra der Vampirkönigin verrät, dass sie um unsere wahre Identität weiß und uns von früher kennt. Dann würden Vivi und ich aber echt in Schwierigkeiten stecken.

»Ja, natürlich«, gibt Sandra schnippisch zurück, »ihr habt leicht reden, so egoistisch wie ihr seid! Aber wenn *ich* erst die Behandlung …«

Carla dreht sich plötzlich zu uns um. »Wer ist dieser *Mensch?*«, fragt sie Vivian und deutet mit dem Kopf auf Sandra. Sie hat einen drohenden Unterton in der Stimme.

»Keine Ahnung«, ruft Vivian schnell und beugt sich näher zur Königin, damit Sandra nichts hört. »Wir haben sie gerade erst kennengelernt, Eure Majestät.«

Aber Sandra wäre nicht Lady Shave, wenn sie sich eine Gelegenheit, Unfrieden zu stiften, entgehen lassen würde. Als sie sieht, dass Vivian mit Carla ausgetuschelt hat, betrachtet sie die Königin von oben herab und fragt: »Und als was bist du verkleidet?«

»Sieht man das nicht?«, sagt Carla erstaunt. »Als Bienenkönigin.«

»Ach so«, sagt Sandra boshaft, »ich dachte, du wärst eine Schlupfwespe.«

Carla schaut Sandra fragend an, und ehe Vivian und ich eingreifen können, ruft Sandra: »Na, wegen deiner Schlupflider.« Sie bricht in hämisches Lachen aus.

Das darf doch nicht wahr sein! Kann diese Schnepfe nicht einmal ihre dämliche Klappe halten? Die Augen der Königin wandeln die Farbe von Teichgrün in ein kaltes Schiefergrau. Ihre Stirn wölbt sich, über den Augenbrauen wächst eine faltige Wulst hervor und lässt die Augen scheinbar weiter in ihre Höhlen treten, kleine dunkle Härchen sprießen kaum sichtbar an ihren Wangen, die Oberlippe fängt an zu zittern, ich sehe die Eckzähne herausblitzen und höre ein leises Knurren. Und mir wird plötzlich klar: Die Biene sieht aus wie… ein Wolf! Mein Fluchtinstinkt brüllt mich an: Renn weg! Auch Vivian ist alarmiert, das sehe ich ihr an. Nur Sandra ist zu betrunken oder zu begriffsstutzig, jedenfalls merkt sie nichts. »Wow«, sagt sie und glotzt verzückt auf Carlas runzelige Stirn, »dir würde ich aber auch mal dringend eine Runde Botox empfehlen. Deine Stirn sieht aus wie ein zerschrumpelter Apfel.«

Einen Moment stehen alle wie schockgefroren da. In dieser Sekunde ist alles möglich, und ich fürchte das Schlimmste. Nämlich, dass dieser Partyabend vielleicht doch nicht ganz so lustig wird. Bevor Carla Sandra jedoch zerfleischen kann, brüllt Vivian plötzlich in voller Lautstärke: »Und dann die Hände zum Himmel, komm lasst uns fröhlich sein!«

Sie wirft sich zwischen Sandra und die Königin, ich hebe ebenfalls die Arme und singe: »Wir klatschen zusammen und keiner ist allein.« Ich fordere die Königin auf mitzumachen, und von dem plötzlichen Heiterkeitsausbruch abgelenkt, wandelt sich ihre Wolfsfratze wieder in ein unschuldiges Bienengesicht. Sie schaut einen Moment, was wir machen, streckt dann ihre dünnen Ärmchen in die Höhe und fängt auch an zu singen. »Und dann die Hände zum Himmel…«

Puh. Das war verdammt knapp. Wir lassen die Königin im allgemeinen Trubel zurück und zerren Sandra auf die Toilette. Jetzt hat sie es doch geschafft, mir die Laune zu verderben. Ich bin stinksauer. Und all die Wut, die ich seit zwanzig Jahren auf sie habe, bricht aus mir heraus. »Musst du denn immer alle Leute beleidigen?«, brülle ich sie an.

»Mach ich doch gar nicht«, sagt sie patzig. »Ich sag nur, was ich denke.«

»Das ist bei dir doch *dasselbe*«, fauche ich.

»Leni, lass«, mahnt Vivian, aber ich ignoriere sie.

»Du musst deine verbale Inkontinenz echt mal in den Griff kriegen!«, schreie ich.

»Echt jetzt? Warum denn?«, fragt Sandra spitz. »Man darf doch wohl noch die Wahrheit sagen, wenn sie einem so ins Gesicht springt.«

»Nein, darf man nicht!« Ihre unglaublich dreiste Dummheit macht mich fassungslos! »Ich sag dir eins«, zische ich, »so wirst du nie eine von uns!«

Oha! Das trifft sie. Sie klappt ihre arrogante Fresse zu. »Wie meinst du das, eine von uns?«, fragt sie und betrachtet mich mit neu erwachter Neugier. Sie lässt den Blick über meine Haare und meine Verkleidung schweifen und bleibt bei meinem Mund hängen. »So, jetzt mal der Reihe nach«, sagt sie. »Du hattest Probleme mit meinem Kreuzanhänger und kannst das Wort Gott nicht aussprechen. Deine Frisur sieht immer noch so aus wie 1989. Und es gibt da diese merkwürdige Geschichte über euren Tod. Und«, fügt sie hinzu, »du hast da ein paar verdammt echt aussehende Vampirzähne.«

Mist. Vor lauter Wut habe ich gar nicht bemerkt, dass

meine Zähne voll ausgefahren sind. Ich schließe den Mund. Vivian wirft mir einen bestürzten Blick zu. Verdammt.

»Gehört zu meiner Verkleidung«, nuschele ich.

»Na klar«, sagt Sandra. »Also, ich war zwar noch nie besonders gut in Mathe, aber zwei plus zwei ist auch für mich immer noch vier. Und ihr habt es vielleicht verpasst, aber im *Spiegel* stand letztens, dass der endgültige Beweis für die Existenz von Vampiren gebracht worden ist.« Sie schaut uns triumphierend an.

»Ach, das haben die doch vor zwanzig Jahren auch schon behauptet«, winke ich ab.

»Aber sie hatten einen Zeugen, der …«

»Warte mal«, unterbricht Vivian und zieht mich in eine der Toilettenkabinen.

»Was machen wir jetzt nur?«, wispere ich.

»Wir sagen ihr die Wahrheit«, flüstert Vivian.

»Spinnst du?«

»Nein. Das ist *die* Lösung!«, sagt Vivian mit glänzenden Augen. »Sie lässt doch niemals locker. Aber wenn sie hört, dass wir wirklich Vampire sind, dann wird sie das abschrecken! So eine Behandlung will sie doch niemals!«

»Und was, wenn doch?«

»Dann beißen wir sie eben.« Vivian zuckt mit den Schultern.

»Aber wir haben keine Genehmigung.«

»Noch nicht. Aber wenn du den Antrag stellst, wird es nicht lange dauern, bis wir eine Genehmigung kriegen. Du als Vampir-Virgin hast doch Sonderrechte!«

»Niemals! An der Tussi mache ich mir nicht die Zähne schmutzig!«

»Aber dann wären wir sie los!«

»Hallo?! Schon vergessen? Wenn ich sie beiße, wäre ich ihr Vampirpate und hätte sie auf Ewigkeiten am Hals.«

»Stimmt auch wieder.«

»Hey Leute«, ruft Sandra von draußen. »Was ist jetzt? Meine Zeit läuft!«

Wir gehen wieder zu ihr.

»Okay«, sagt Vivian, »du hast recht. Wir sind Vampire.«

Sandra ballt die Faust. »Ha! Wusste ich doch, dass hinter eurem Aussehen mehr steckt als eine Hormonbehandlung.«

»Ja genau, wir sind tot«, sage ich.

»Mausetot«, bekräftigt Vivian. Sie hält Sandra ihren Arm hin. »Fühl mal. Keinen Puls.«

Aber Sandra interessiert das alles nicht. »Also, wie läuft das? Müsst ihr mich jetzt beißen? Soll ich mich hinlegen, oder wie?«

»Du willst *freiwillig* ein Vampir werden?«, frage ich verblüfft.

»Mann Leute, habt ihr eine Ahnung, wo ich mich mittlerweile alles rasieren muss?« Sie hält anklagend ihre Finger hoch. »Sogar auf den Fingerrücken! Und letztens habe ich hier ein langes Haar gefunden!« Sie zeigt auf ihr Kinn. »Es ist einfach widerlich! Mit jedem Jahr, das ich älter werde, gibt es fünf Stellen mehr, wo Haare wachsen. Das macht mich noch *verrückt!*«, schreit sie manisch und zappelt herum, als ob sie am ganzen Körper Juckreiz hätte.

»Aber als Vampir darf man seine Freunde und seine Familie nie mehr wiedersehen«, wirft Vivian ein. »Das willst du doch nicht wirklich?«

»Ha ha ha ha ha!« Sandra lacht wie eine Irre. Dann bricht sie urplötzlich ab und knurrt: »Ist mir so was von egal, wenn ich dafür für immer jung bleibe!«

Ich betrachte ihre geliftete vierzigjährige Fratze. »Aber das bist du doch sowieso nicht mehr«, stelle ich sachlich fest, und Sandra will sich schon auf mich stürzen, da geht Vivian dazwischen.

»Ruhe, Leute.« Sie seufzt. »Tja, wir würden dir ja gerne helfen, Sandra, aber leider dürfen wir dich nicht einfach so zum Vampir machen.«

»Genau! Auch bei uns gibt es Gesetze«, rufe ich.

Sandra stöhnt genervt. »Na sicher«, sagt sie zuckersüß, »und Sandra Albrecht hat auch Regeln. Und die oberste Regel ist«, sie stampft mit dem Fuß auf und kreischt: *»Sie bekommt, was sie will!«*

Eine Nonne ist reingetorkelt und ruft besoffen: »Richtig!« Sie bleibt dicht gedrängt bei uns stehen und schaukelt vor und zurück, als ob sie sich nicht entscheiden könne, ob sie lieber auf ihre Nase oder auf den Hinterkopf knallen möchte. »Komm, geh kotzen«, sage ich und schiebe sie Richtung Toilette.

»Ich verlier langsam die Gedu…«, sagt Sandra.

»Schon gut, schon gut«, unterbricht Vivian sie mürrisch. »Wir werden fragen, ob wir dich in unseren Club aufnehmen dürfen.«

»Nur leider hast du dir eben die Chancen ein kleines bisschen versaut«, werfe ich triumphierend ein.

»Wieso? Wer bestimmt denn darüber, ob ich Vampir werden darf?«

Die Nonne steckt den Kopf aus der Toilettentür und lallt: »Hey Britney, lass dir von den zwei Spaßbremsen nichts einreden. An Karneval kann man sich verkleiden, wie man will!« Ich donnere der Nonne die Tür vor der Nase zu, und kurz darauf dringen Brechgeräusche aus der Kabine.

»Zufällig entscheidet die Bienenkönigin darüber«, antwortet Vivian.

»Wer? Die Schlupfwespe?« Sandra lacht. Aber dann sieht sie unsere ernsten Mienen. »Nein!«, ruft sie. »*Sie* ist die Chefin?«

»Genauer gesagt die Königin der Vampirrepublik Deutschland.«

»Mist.«

»Siehst du«, sage ich. »Es ist doch besser, manchmal die Klappe zu halten.«

Sandra schaut einen Moment zerknirscht. »Okay«, sagt sie entschlossen, »kein Problem. Überlasst das nur mir.«

»Mit der Königin ist nicht zu spaßen«, warnt Vivian.

»Wenn ich mich mit einem auskenne, dann mit Zicken«, prahlt Sandra und rauscht raus.

»Sollen wir sie ehrlich auf die Königin loslassen?«, frage ich beunruhigt.

»Sieh es doch mal so«, sagt Vivian. »Das ist unsere beste Chance. Denn wenn sie es verpatzt, und das wird sie ganz sicher, dann wird das Thema Lady Shave ein für alle Mal Vergangenheit sein.«

»Bingo!«, rufe ich, und wir klatschen ab. Dann drängeln wir uns zurück zu unserem Platz. Noch scheint nichts passiert zu sein, denn die Bienenkönigin flirtet gerade mit einem Piraten, der einen auf Jack Sparrow macht und recht großzügig Kajal benutzt hat, so dass er mit den Augenschatten fast aussieht wie einer von uns. Sandra steht einfach da und beobachtet die Königin. Ich hole ein Kölsch für sie.

»Komm, trink dir einen, wenn du ein Vampir bist, dann wirkt Alkohol nicht mehr«, sage ich.

»Okay«, antwortet Sandra und nimmt das Bier.

In dem Moment schaue ich zur Tür und sehe, dass er gerade die Kneipe betritt. Und es ist, als ob die Sonne aufgeht, die für mich nicht mehr scheint. Mein Zeitungsjunge. Er trägt einen schwarzen Hut mit gerader Krempe und kleinen Bommeln dran und eine rote kurze Jacke mit goldener Stickerei. Mein Zeitungsjunge ist als Torero verkleidet! Wenn das kein Zeichen ist, dann weiß ich es nicht. Noch trennt uns die tanzende Menge. Er sucht mit den Augen den Raum ab.

»Oh nein!«, ruft Vivian, als sie ihn erblickt. »Das darf doch nicht wahr sein!« Sie schaut mich an und weiß sofort Bescheid. »Du hast mir gesagt, du hättest dich nicht mit dem Zeitungsjungen verabredet.«

»Na und? Du hast dich auch hinter meinem Rücken mit Lady Shave verabredet!«

»Das ist doch was anderes! Der Zeitungsjunge ...«

»Er heißt Milo«, unterbreche ich.

»Ist mir egal, wie er heißt! Du darfst dich nicht mit ihm einlassen.«

»Mann, Vivian, meine letzte Affäre liegt mindestens fünf Jahre zurück! Ich habe es absolut verdient, mal wieder ein Techtelmechtel zu haben.«

»Du weißt genau, dass du mehr willst als ein Techtelmechtel«, fährt mich Vivian an. Und weil sie absolut recht hat und ich mich darüber sehr ärgere, sage ich etwas, was ich noch nie zu Vivian gesagt habe, obwohl ich mir fest vorgenommen hatte, es niemals zu erwähnen. »Immerhin bin ich nur *deinetwegen* ein Vampir geworden«, zische ich, »also lass mir wenigstens ein bisschen Spaß.«

Aber anstatt sich bei mir zu entschuldigen, entgegnet sie genauso gemein: »Ach ja? Und wer hat mich damals im Stich gelassen, um mit dem Backes-Arsch loszuziehen? Du bist doch schuld daran, dass wir auf Ewigkeiten Nachtschattengewächse sind.«

»Es hat dich ja wohl niemand *gezwungen*, per Anhalter zu fahren.«

»Nein. Aber wenn du nicht diesen Blödmann angeschleimt hättest, hätten wir zusammen gefeiert und wären mit dem letzten Bus gefahren.« Sie verschränkt die Arme und funkelt mich wütend an.

»Ach, du bist doch nur sauer, dass der Höllenfürst der Vampirkiller ist«, platzt es aus mir heraus, »sonst würdest du *ihn* jetzt anschmachten und hättest gar keine Zeit, mir Vorschriften zu machen.« So, jetzt ist es raus.

»Was redest du denn da? Meinst du etwa, ich sei in Uteschnute verliebt?«

»Vivian, mir kannst du nichts vormachen. Und jetzt lass mich in Ruhe.« Ich drehe mich weg und laufe ihm entgegen. Milo hat mich auch entdeckt, und wir drängeln uns durch die Leute aufeinander zu. »Hi«, sage ich, plötzlich verlegen.

Es ist schon komisch. Wenn die Gefühle schon viel weiter fortgeschritten sind als das Stadium der eigentlichen Bekanntschaft, dann weiß man gar nicht, wo man anfangen soll zu reden. Smalltalk fällt mir angesichts solch überwältigender Gefühle einfach schwer. Ich kann ihm ja nicht direkt sagen, dass ich ihn liebe.

»Hi«, sagt auch er. Seine schokoladenfarbenen Augen ruhen auf meinem Gesicht. »Kesse Verkleidung.« Er streicht eine lockige Strähne aus meinem Gesicht. Und damit ist der Bann gebrochen.

»Und?«, antworte ich schmunzelnd. »Hast du heute schon einen Stier erlegt?«

»Ach, Stiere erlege ich nur sonntags, heute habe ich eine andere Beute im Visier.« Er lächelt mich an. Ein ausgelassener Tänzer schubst mich von hinten, ich falle gegen Milo und er fängt mich auf. Ich möchte mich ein Leben lang an ihn anlehnen, schießt es mir durch den Kopf. Auch er findet den plötzlich herbeigeführten Körperkontakt offensichtlich nicht unangenehm, denn er legt seine Hand um meine Hüfte und zieht mich ein paar Schritte von der Tanzfläche weg an den Rand. Wir stellen uns an die Wand, und ich sehe, wie die Königin uns beobachtet, aber es ist mir egal, denn Milos' Stimme klingt in meinem Ohr wie eine Zaubermelodie, die alles andere unwichtig macht. Ich hänge an seinen Lippen, sie sehen so weich und sanft aus wie Daunenkissen. Er erzählt mir, dass er jetzt genug Geld zusammen hat, um seinen Traum vom Auswandern zu verwirklichen. Nein, denke ich erschrocken, geh nicht!

»Bist du schon mal gesurft?«, fragt er.

»Nein. Ich hab das nur im Fernsehen gesehen. Für mich sind das ja Wahnsinnige, die auf Riesenwellen gleiten und jederzeit vom Wasser zermalmt werden können.«

Er lacht. »Die Gefahr gehört dazu. Aber mir kann auch hier ein Stein auf den Kopf fallen. Und das Gefühl, die perfekte Welle zu erwischen, ist einfach unvergleichlich. Es gibt wirklich nichts, was da rankommt. Fast nichts.« Er streichelt mir über die Wange, und mir wird ganz anders.

»Ich war auch immer gerne am Strand«, sage ich wehmütig. »Am schönsten fand ich den Sonnenaufgang über dem Meer. Dieses Licht, das vermisse ich am meisten. Und die Luft.«

»Ja«, sagt Milo, »manchmal habe ich in der Stadt das Gefühl, als würde ich ersticken.«

»Kenne ich.«

»Und die Nächte sind auch ganz anders im Süden«, sagt er. »Wenn man nicht schlafen kann, legt man sich an den Strand und beobachtet die Sterne.«

»Es ist schon sehr lange her, dass ich das gemacht habe.« Ich seufze bei der Vorstellung, neben ihm am Strand zu sitzen, nach Sternschnuppen Ausschau zu halten und ihn in der Morgenröte zu lieben.

»Dann wird es wohl mal wieder Zeit.« Er lächelt mich an. »In Südspanien ist es jetzt schon zwanzig Grad.«

»Klingt super.«

»Dann komm doch mit«, sagt er und sieht mich an. Seine Zartbitteraugen fangen an zu schmelzen, und dann küsst er mich. Als sich unsere Lippen treffen, jagt eine elektromagnetische Welle durch mich hindurch, und ich habe fast das Gefühl, als könne ich mein Herz wieder schlagen hören. Ein unbeschreibliches Glück erfüllt mich. So lebendig habe ich mich noch nie gefühlt! Als wir uns voneinander lösen, fragt er: »Ist dir kalt?«

»Nein«, sage ich schnell und spule die übliche Ausrede für meine kalten Lippen ab. »Ich habe einfach eine niedrigere Körpertemperatur als andere. Ist eine Stoffwechselstörung.«

»Aha«, sagt er, »angenehm.«

Ich schmunzele. Das habe ich schon öfter gehört, wenn auch meistens weniger höflich (»Boah, geil, ey!«).

Milo deutet auf meine Zähne. »Überzeugendes Kostüm übrigens. Die sehen richtig echt aus.«

»Ist eine Spezialanfertigung«, murmele ich. Der DJ spielt »En unserem Veedel«, und um ihn vom Thema abzulenken, schlinge ich meine Arme um seinen Hals und sage: »Wollen wir tanzen?« Er nickt. Wir wiegen uns eng umschlungen zu der wunderschön melancholischen Melodie der Bläck Fööss. »Wat och passeet, dat eine es doch klor«, singen sie, »et Schönste, wat m'r han, schon all die lange Johr, es unser Veedel, denn he hält m'r zosamme, ejal, wat och passeet, en uns'rem Veedel.«

Als ich nach Köln kam, hatte ich das Vorurteil, kölsche Musik sei nur Tschingdarassabumm-Folklore. Aber dieses Lied von den Bläck Fööss geht einem wirklich nahe, selbst wenn man nicht hier geboren ist. Ich schmiege mich an Milos kräftige Brust, lausche dem Takt seines Herzens, er hält mich mit seinen Armen fest, und der Moment ist einfach perfekt, gerne würde ich die Zeit für immer anhalten. Dann sehe ich aus dem Augenwinkel plötzlich den Batman. Auch er tanzt. Und als er sich dreht, sehe ich, mit wem. Vivian! Mir wird unheimlich warm, und wenn ich es nicht besser wüsste, würde ich denken, ich schwitze. Das darf doch nicht wahr sein! Ist ja schön und gut, dass an Karneval alles erlaubt ist, aber mit einem Mörder zu tanzen gehört doch wohl trotzdem nicht dazu. Und dann entdecke ich im Hintergrund auch noch die angetrunkene Sandra, die auf die Königin einredet, wild gestikuliert und auf uns deutet. Ich ahne Schreckliches. Zum Glück ist das Lied gerade zu Ende.

»Ich komm gleich wieder, geh nicht weg«, sage ich zu Milo.

»Ohne dich auf keinen Fall«, antwortet er.

Auch Vivian und der Höllenfürst beenden ihr Tänzchen. Ich werfe Vivian einen erbosten Blick zu, aber sie kontert mit einer Grimasse. Dann nähern wir uns Sandra und der Königin. Eigenartigerweise ist Carla Sandra noch nicht an die Gurgel gesprungen. Entweder ist die Königin von der ausgelassenen Karnevalsstimmung weichgespült worden, oder Sandra hatte recht damit, dass sie sich mit Zicken auskennt. Sie scheinen sich unglaublicherweise sogar zu amüsieren!

Als Sandra uns sieht, kommt sie zu uns und zischt: »So, ihr beiden, jetzt hört ihr mir genau zu. Wenn ihr sie jetzt nicht auf der Stelle fragt, ob ich eurem Club beitreten kann, dann bleibt mir nichts anderes übrig, als mit meiner kleinen Story zu RTL zu gehen.«

»Schon gut«, winkt Vivian ab.

Carla hat sich auf einem Barhocker niedergelassen und thront dort, ganz Majestät. Vivian geht zu ihr und flüstert ihr was ins Ohr. Während Vivian redet, beobachtet die Königin Sandra mit undurchdringlichem Blick. Und dann verkündet sie gönnerhaft: »Ist in Ordnung. Sie darf aufgenommen werden. Ich erteile euch eine Ausnahmegenehmigung.«

Vivian und ich schauen uns an. So einfach ist das? Doch dann fügt die Königin mit scharfer Stimme hinzu: »Unter einer Bedingung.« Sie deutet in die Richtung, wo ich eben gestanden habe. »Ich will den da!«, fordert sie.

Ich folge ihrem Finger, aber es dauert einen Moment, bis ich begreife, wen sie meint. Milo. »Nein!«, rufe ich entsetzt.

Carla grinst mich grausam an. »Bringt mir den Torero, dann darf sie in den Club.«

Ich bin wie erstarrt. Die Musik, das Geschrei der Leute, die flackernden Lichter, die lachenden Gesichter, die Luftschlangen und Girlanden, alles dreht sich, verschwimmt um mich herum. Der Strudel reißt mich mit sich, und ich fühle mich, als würde ich ertrinken. Eine orientalische Prinzessin beugt sich zu mir und flüstert mir ins Ohr: »Geh. Ich regele das hier.« Sie drückt mit ihrer Hand die meine. »Wir schaffen das – zusammen.«

Ich nicke wie ferngesteuert und drängele mich durch die Leute zu meinem Torero, fasse seine Hand und ziehe ihn aus der Kneipe. Draußen legt er den Arm um mich, und ich gehe normal neben ihm her, dabei fahren meine Gefühle Achterbahn. Geh mit ihm, ruft mein wiederbelebtes Herz, doch längst weiß ich, was die Forderung der Königin bedeutet. Mein Torero muss fliehen. Er muss mich verlassen, wenn er nicht als Lustknabe der Königin enden soll, für immer in den Palast eingesperrt, bis sie eines Tages seiner überdrüssig wird und ihn nur so zum Spaß hinrichten lässt. Und mir wird klar, dass ich nur eine Wahl habe. »Milo«, sage ich und bleibe stehen. »Du musst weggehen.«

»Wie meinst du das?«, fragt er verwundert.

»Ich weiß, das klingt jetzt merkwürdig, aber du musst

verschwinden. Am besten noch heute.« Ich kann ihm nicht in die Augen sehen, das würde mir das Herz brechen.

»Das ist das erste Mal, dass ein Mädchen mit mir Schluss macht, noch bevor wir zusammen waren«, sagt er, aber sein Grinsen gefriert, als ich ihn anschaue. »Du meinst das ernst?«, fragt er entgeistert. »Aber warum?«

»Ich bin da in eine schlimme Sache verstrickt«, erkläre ich, »und habe dich in große Gefahr gebracht. Es geht um Leben und Tod. Mehr kann ich dir dazu nicht sagen, zu deinem eigenen Schutz.«

Er sieht mich verwirrt an.

»Du musst mir vertrauen«, sage ich mit Nachdruck.

Milo schaut mich hin- und hergerissen an. Dann schüttelt er den Kopf: »Keine Ahnung, warum ich das mache«, murmelt er. Dann sagt er laut: »Also, Leni, ich weiß zwar nicht, worum es geht. Ich weiß nur eines: Du bist etwas Besonderes, das habe ich von Anfang an gemerkt. Und das nicht nur wegen deiner coolen Frisur!«

Er streichelt zärtlich über meine Locken, und ich möchte weinen. Ein Mann, der sogar meine Frisur liebt! Und ich muss ihn loswerden. Niemals werde ich das der Königin verzeihen.

»Leni, ich lasse dich nicht im Stich.« Er will meine Hand greifen, aber ich entziehe sie ihm.

»Es tut mir wirklich leid«, sage ich ernst, »aber wenn dir dein Leben lieb ist, musst du Köln verlassen, besser noch Deutschland. Du wolltest doch sowieso auswandern, dann tu es. Aber noch heute!«

»Dann komm mit mir. Lass uns zusammen durchbrennen. Lass uns …« Er spricht nicht weiter, als er sieht, dass ich den Kopf schüttele. »Das kann ich nicht.«

»Aber …« Er senkt die Stimme und sagt leise, aber bestimmt: »Aber ich möchte nicht ohne dich gehen, jetzt wo ich dich gerade erst gefunden habe. Ich …« Er fasst mit seinen Fingern zärtlich mein Kinn und schaut mich mit seinen zartbitterfarbenen Augen an. »Ich bin wirklich dabei, mich ernsthaft ich dich zu verlieben.«

Ich drehe mich weg. Zum Glück können Vampire keine Tränen vergießen, sonst würde ich spätestens jetzt heulen wie ein Schlosshund.

»Und du empfindest doch auch etwas für mich?«

Ich schaue auf den Boden. Und ich weiß, es gibt nur eine Antwort auf diese Frage. »Nein«, sage ich fest, hebe den Kopf und schaue ihn an. Es erscheint ein schmaler gelber Feuerkranz um die Pupille und leuchtet im Braun seiner Iris wie ein glühender Ring, so dass es scheint, als brenne seine Seele. Es kostet mich all meine Kraft, mit fester Stimme zu sagen: »Du hast dir da was eingebildet, Milo. Und jetzt hau endlich ab.«

Er sieht mich noch einen Moment fragend an, und ich weiß, dass ich diesen Blick aus seinen brennenden Augen nie mehr vergessen werde. Dann dreht er sich auf dem Absatz um und verlässt mich. Ein rasender Schmerz fährt wie ein eisiger Blitz durch meinen Körper, als mein Herz wieder zu einem kalten Stein wird. Ich sacke stöhnend in mich zusammen und muss mich an eine Hauswand lehnen, um nicht umzukippen. Ich kann das alles selbst nicht glauben. Wir kannten uns erst so kurze Zeit, dennoch wusste ich sofort, dass das Schicksal uns füreinander bestimmt hatte. Und jetzt ist er fort. Das letzte Mal, dass ich mich so verloren gefühlt habe, war mit elf. Ich lag im Krankenhaus, mein Bein in Gips, und der Arzt eröffnete mir, dass mein Vater bei dem Autounfall ums Leben gekommen war.

»Hey!«, ruft Vivian, als sie in unsere Wohnung kommt. »Wie geht es dir?«, fragt sie mitfühlend und setzt sich neben mich aufs Sofa.

»Ich weiß nicht«, sage ich.

»Seit wann bist du wieder da?«

»Ich weiß nicht. Ich weiß noch nicht einmal, wie ich nach Hause gekommen bin.«

»Ist er weg?«

Ich nicke, ziehe die Knie hoch und verberge den Kopf unter meinen Armen. Sie streichelt meine Schulter. »Es ist besser so«, sagt sie. »Die Königin war stinksauer, als du mit ihm abgezogen bist. Aber ich konnte sie beruhigen.«

»Wie?«

»Ich habe ihr versprochen, dass wir ihr als Entschädigung den Vampirkiller bringen. Das hat sie vorerst besänftigt. Das und dieser Jack Sparrow, der in der nächsten Sekunde aufdringlich geworden ist.« Vivian kichert. »Sie brauchte ihn nicht mal überreden mitzukommen. Der wird Augen machen, wenn er sieht, wo er gelandet ist.«

»Und Sandra?«, frage ich.

»Ich habe Sandra *mein Wort* gegeben, dass sie ein Vampir wird. Und deshalb, liebe Leni, musst du aufhören Trübsal zu blasen, denn wir haben jede Menge zu tun.

In drei Tagen müssen wir der Königin den Vampirkiller liefern und Sandra ... du weißt schon. Sonst sind wir bald bei RTL zu sehen und den Rest kannst du dir ja denken. Also«, sie springt energisch auf, »wir wissen zwar, dass Ture der Killer ist, aber wir brauchen handfeste Beweise.« Sie läuft auf und ab wie ein Tiger im Käfig. »Also, wie kommen wir an Beweise?«

»Verdammt noch mal«, jammere ich, »ich bin wirklich eine Pechmarie. Mit Männern habe ich überhaupt kein Glück.«

»Ja«, sagt Vivian nüchtern, »dein Traumprinz ist weg, meiner ein Serienkiller, willkommen im Club.«

Ich hebe erstaunt den Kopf. Vivian winkt ab. »Ja ja, ich gebe es zu. Ich hatte gerade angefangen, mich zu verlieben. Aber nur ein klitzekleines bisschen! Aber damit ist es jetzt vorbei!«

»Oh Vivi, bald habe ich echt keine Hoffnung mehr auf einen Traumprinzen.« Ich mache eine Pause, und mir wird klar, was ich da gerade gesagt habe. »Ach, du meine Güte«, rufe ich entsetzt. »Vielleicht werde ich doch noch eine Emanze!«

»Jetzt mal nicht den Teufel an die Wand«, grinst Vivian und studiert unsere Detektivkritzeleien auf der Tapete. »Also, die Sache ist die: Wir müssen jetzt ganz schnell herausfinden, was hinter diesem Forschungsinstitut *Vampire Sun Moon Science* steckt.«

Aber wie immer müssen wir alle weiteren Aktivitäten auf morgen Nacht verschieben, denn dem Schlaf können wir nicht ausweichen.

Da wir noch keinen genauen Plan haben, verabreden wir, während unserer Arbeit zu überlegen, wie es weitergeht. Also schleppe ich mich ins Büro. Ich bin immer noch deprimiert. Richard Brunner hebt spöttisch die Augenbraue, als er mich hereinkommen sieht. »Ah, Fräulein Wichtig beehrt uns auch wieder mit seiner Anwesenheit.« Der blöde Streber kann es offensichtlich gar nicht leiden, wenn jemand anders von einflussreichen Leuten bevorzugt wird. Und dass ich auf Wunsch der Königin freibekommen habe, wurmt ihn besonders. Was mich sein Strebergetue annervt!

»Keine Sorge, Chef«, sage ich gelangweilt, »das nächste Mal an Karneval sollen *Sie* mitkommen, hat die Königin gesagt.«

»Was?« Er richtet sich zu voller Spargeltarzangröße auf. »Ehrlich?«

Ich nicke. »Sie müssen sich nur als Arschkriecher verkleiden. Ach so«, sage ich überrascht, »das brauchen Sie ja gar nicht. So laufen Sie ja immer rum.«

Gut, es ist jetzt nicht so, dass ich nicht geahnt habe, dass so eine Bemerkung unklug ist. Zum Glück ist Richard Brunner ziemlich langsam im Denken, so dass ich noch Zeit habe, einen Blick auf Ilses Schreibtisch zu werfen und zu sehen, dass sie mit dem Buchstaben R schon fast durch ist. Sie steckt eine erledigte Akte verdächtig weit nach hinten in den Karton, auf dem Ro-Ru steht, und greift sich die nächste. Die alte Streberin. Das heißt, dass die Akten mit S vielleicht schon heute angekarrt werden – und mit ihnen mein Handy.

Richard Brunner hat endlich das Ausmaß meiner Beleidigung erfasst und springt empört auf. Ich tue so, als wollte ich vor ihm weglaufen, stolpere aus Versehen gegen Ilses Tisch und falle dabei so unglücklich gegen den Karton mit den Akten, dass er in hohem Bogen davonfliegt und Dokumente und Urkunden heraussegeln wie die Blätter eines Baumes im Herbststurm.

»Ahh«, schreit Ilse, als hätte ihr jemand einen Pflock ins Herz gerammt. »Aaaahhh.«

»Siieee!«, brüllt Brunner und wedelt mit dem Zeigefinger in meine Richtung, »Siiieee!!!«

»Sorry«, sage ich lässig.

»*Sorry*???«, stammelt Brunner.

»Aaaahhh«, kreischt Ilse, jetzt eine Tonlage höher.

»Halt die Schnauze!«, fahre ich die hysterische Ilse an, und sie verstummt augenblicklich.

»Hey«, brüllt Brunner Ilse an, »Sie halten gefälligst die Schnauze, wenn *ich* es sage.«

»Aaaahhh«, fängt Ilse gehorsam wieder an zu schreien, und das dröhnt richtig in den Ohren.

»*Halt die Schnauze!*«, tobt Brunner wie von Sinnen. Ilse hält abermals den Mund und verfällt in eine totenähnliche Starre. Plötzlich ist es total still. Brunner hat Schaum vor dem Mund, als er mich ansieht, und ich sehe seine armseligen grauen Zellen rotieren, auf der Suche nach etwas, das widerwärtig genug ist, um mein Verhalten zu büßen.

Ich bin strafversetzt worden. Ausgerechnet an die trübseligste Stelle in diesem ganzen verdammten Ort der Verzweiflung. In die Kantine!

»Hier können Sie keinen Schaden mehr anrichten«, hatte Brunner triumphierend gesagt und mir eine mülltonnengraue Schürze und ein gleichfarbiges Häubchen zugeworfen.

Jetzt muss ich Servietten falten, ausgeblutete Tassen schrubben und Krokodilblut in die Zapfanlage füllen. Mein einziger Kollege in dieser gekachelten Vorhölle ist Gunther, ein mehlwurmfarbener Koloss von zwei Metern Länge und hundertvierzig Kilo Gewicht. Er bewegt sich im Schneckentempo und ist dermaßen abgestumpft, dass er mich noch nicht mal wahrgenommen hat. Selbst als ich »Hallo« gesagt und mich ihm in den Weg gestellt habe, hat er mich nicht beachtet und ist einfach mit hängenden Schultern um mich herum geschlurft. Er geht immer denselben Weg vom Hochdruckreinigungsbecken (Wasser – bah!) zur Theke und bringt jedes Glas einzeln in das Selbstbedienungsregal, als ob ein Tablett eine Erfindung der Raketenforschung wäre, die die Auffassungsgabe eines Normaltoten überfordern würde. Zu jedem anderen Zeitpunkt meines Daseins hätte ich diesen Job verflucht, aber diese total deprimierende Tätigkeit ist genau das Richtige für mich in meinem Zustand. Außerdem verfügen wir hier unten tatsächlich über einen eigenen Hausapparat, der zwar verstaubt ist, aber noch funktioniert. So konnte ich wenigstens Vivian Bescheid geben, wo sie mich findet. Bis zur üblichen Mitternachtspause sind es noch elendig lange drei Stunden, und es ist schon nichts mehr zu tun. Gunther hockt mit halb geschlossenen Augen bräsig auf einem Stuhl, die Arme über seinem dicken Bauch verschränkt, und sieht aus wie ein gigantischer überreifer Camembert. Ich würde gern mal wissen, wie und wann er Vampir geworden ist. Ach was. Stimmt überhaupt nicht. Gunthers Story interessiert mich nicht die Bohne! Hab ich jetzt nur gesagt, weil es hier ansonsten absolut nichts gibt, was ich tun könnte. Wenigstens habe ich eine Nagelfeile dabei und fange aus lauter Langeweile an, an meinen Nägeln rumzumachen.

»Hallo?!«, höre ich auf einmal eine tiefe Stimme. Gunther glotzt mich fassungslos an. »Das verstößt gegen die Hygienevorschriften.«

Ach, sieh mal einer an, der Camembert kann sprechen. »Das ist doch nur eine Attrappe«, beruhige ich ihn. »Die ist überhaupt nicht rau, also kann ich auch nichts abfeilen.«

Gunther starrt mich weiterhin unverwandt an. Ich erkläre es ihm noch mal besser: »Wenn Fingernägel nicht wachsen, braucht man auch nichts zu feilen. Ist einfach bloß eine Angewohnheit von früher.« Gunthers Blick ruht weiter auf mir, und ich stecke die Feile, die keine ist, in meine Tasche. »Schon gut. Jetzt zufrieden?«

Aber er antwortet nicht, sondern versenkt sich wieder in seinen Dämmerzustand. Ich rolle genervt mit den Augen und laufe ein bisschen rum. Das Schrillen des Telefons dröhnt durch den Raum. Wegen der Kacheln hallt das richtig. Selbst Gunther fällt fast vom Stuhl. Er sieht mich gereizt an. Ich glaube, wir werden keine Freunde. Aber egal. Ich hebe ab.

»Hallo. Kantine«, sage ich. Es ist Vivian.

»Können wir uns in fünf Minuten im Foyer treffen?«, fragt sie hektisch.

Ich werfe einen Blick auf Gunther. »Klar.« Ich lege auf. »Ich muss weg«, sage ich zu meinem Kollegen und werfe meine Schürze auf den Tisch. Es wundert mich nicht, dass für einen kurzen Moment ein Hauch von Erleichterung über sein schwammiges Gesicht weht, bevor wieder Stille einkehrt in seine letzte Ruhestätte.

Vivian trippelt aufgeregt hin und her, als ich komme. Sie zieht mich in eine Ecke des Foyers, so dass der Pförtner uns nicht belauschen kann.

»Ture will morgen ins zentrale Identitätsregister!«, verkündet Vivian aufgeregt.

»Was?«, rufe ich entsetzt.

Sie nickt. »Ich war eben bei Walburga Heimlich, um ihn anzumelden. Dort gibt es ein Buch, in dem sich alle eintragen müssen – selbst die obersten Chefs –, mit Datum und Grund des Besuchs. Nur wer sich eingetragen hat, wird von der Heimlich nach Rücksprache mit Kowarsch ins Register gebracht.« Vivian schaut sich um, ob uns auch keiner belauscht. Dann wispert sie: »Stell dir vor, Ture war schon *vor* der Digitalisierung bereits mehrfach dort gewesen. Er hatte also die Gelegenheit, die gefälschten Testamente zu den entsprechenden Akten zu legen. Und im Computer kann er sie sowieso fälschen, da er als Vapo-Chef und Sicherheitsminister natürlich die höchste Zugangsberechtigung hat. Wenn wir jetzt noch beweisen können, dass er hinter dem Institut steckt, dann haben wir ihn!« Sie ballt eine Faust. »Aber da bin ich schon dran, das werde ich bald herausfinden.«

»Hat er gesagt, was er im Identitätsregister machen möchte?«, frage ich.

Vivian schüttelt den Kopf. »Entweder er will Spuren verwischen oder vielleicht wieder einen Mord vorbereiten. Ich meine, sonst muss ich ihm bei jeder Kleinigkeit helfen, aber da will er mich nicht dabeihaben. Das sagt doch alles!«

Da fällt mir siedend heiß etwas ein. »Aber was ist, wenn er mein Handy findet?«, frage ich entsetzt.

»Das ist genau der Punkt. Wir müssen ihm zuvorkommen! Wir müssen dein Handy rausholen und in den Akten der Opfer prüfen, ob es vielleicht doch noch ein Originaltestament gibt.«

»Aber wie?«

Vivian zieht entschlossen die Augenbrauen hoch. »Wir müssen heute Nacht noch rein!«

»Nein, Vivian, das ist viel zu gefährlich!«, rufe ich erschrocken.

»Ich weiß. Aber wie sollen wir es denn sonst machen?«

»Am besten wäre, wenn wir tagsüber rein könnten, wenn uns bei der Arbeit niemand vermisst«, überlege ich. »Aber das geht ja nicht, wegen der Panoramascheibe und weil der Türmechanismus bei Tageslicht blockiert.«

»Es sei denn, wir hätten Hilfe von jemandem, dem die Sonne nichts anhaben kann«, murmelt Vivian.

»Sandra!«, rufe ich.

Vivian nickt. »Aber das löst nicht das Problem mit dem Türschloss.«

Mir schwirrt was im Kopf rum, aber ich kriege den Gedanken nicht zu fassen. »Verdammt, was hat Ede noch mal erzählt?«

»Wie bitte?«

»Ede hat gestern irgendwas geschwallt von einem seltenen kosmischen Ereig… jetzt fällt es mir wieder ein! Die *Sonnenfinsternis!*« Ich schaue Vivian aufgeregt an. »Morgen ist eine totale Sonnenfinsternis! Um zehn Uhr irgendwas.«

»Das ist es!«, flüstert Vivian.

Aber so einfach ist das trotzdem alles nicht. Im Gegenteil. Es ist sogar ausgesprochen kompliziert. Denn wir müssen noch einiges organisieren!

»Ture wird es verkraften, wenn ich mal ein, zwei Stündchen weg bin«, sagt Vivian.

»Aber Brunner nicht«, stöhne ich. »Der flippt aus, wenn er gleich einen leckeren Rattensaft trinken will und mich nicht an meinem Platz in der Kantine sieht. Und Gunther ist hundertpro eine Petze.«

»Okay, dann mache ich die Besorgungen, und wir treffen uns um vier Uhr vor dem Gebäude.«

»Meinst du, das klappt?«

»Wir müssen es versuchen.«

Ich gehe zurück in die Kantine. Es ist höchste Zeit! Gleich werden die ersten Vampire angetrottet kommen, um sich ihr Blutsüppchen zu zapfen. Gunther hat sich mit seinem Stuhl am Anfang der Selbstbedienungstheke positioniert, wahrscheinlich um seine Stellung als Herr über Hunger und Durst zu betonen. Bei meinen bisherigen Besuchen war er mir dort nie aufgefallen. Liegt wohl an seiner blassen Hautfarbe und der langen Metzgerschürze, die ihn optisch mit der weiß gekachelten Wand verschmelzen lassen wie einen Marshmallow-Mann im Schnee.

»Hi Gunther, was läuft?«, frage ich. Er mustert mich biestig. Nur so zum Spaß nehme ich mir einen Stuhl und setze mich links neben ihn, so dass ich jetzt dem Eingang etwas näher bin als er und jeder, der reinkommt, erst mich erblickt. Sofort fängt er an, unruhig hin und her zu rutschen. »Ich kann nichts mehr sehen«, behauptet er.

»Was willst du denn sehen?«, frage ich zurück. »Hier ist ja wohl keine Leinwand oder so was.«

Gunther stöhnt, steht auf, wandert mit seinem Stuhl an meine linke Seite und richtet seinen massigen Körper zu voller Größe auf. Meine Güte, diese ganzen Profilneurotiker in diesem Laden sind wirklich nicht zum Aushalten! Jetzt ist neben ihm noch ungefähr ein Meter Platz, dann hört die Theke, und damit auch der Küchenbereich, auf, und der Teppich fängt an. Ich kann nicht anders. Es ist einfach zu verlockend.

»Was machen Sie denn hier?«, donnert Brunner, als er sieht, dass Gunther direkt hinter der Eingangstür hockt. Brunner ist natürlich als Erster gekommen, wahrscheinlich, um sich möglichst lange an meiner Degradierung zu ergötzen »Ihr Arbeitsbereich ist *da!*« Er zeigt hinter die Theke. Kleinlaut nimmt Gunther seinen Stuhl und quetscht sich zwischen mir und dem Tresen durch.

»Sie war das«, bricht es aus ihm heraus. »Sie ist immer weiter gerutscht.« Er zeigt mit seinem wurstigen Zeigefinger auf mich.

»Ich mache hier nur meinen Job«, sage ich.

Plötzlich springt Gunther auf. »Ich kann das nicht!« Er will theatralisch seine Schürze ausziehen, kommt aber mit seinen speckigen Armen nicht an den Knoten auf seinem Rücken heran. »Wenn *sie* hier arbeitet, dann gehe ich!« Sieh mal einer an, der Marshmallow-Mann hat Allüren wie eine zickige Diva.

Brunner mustert mich kritisch. »Burmanns, Burmanns, Burmanns.« Er schnalzt enttäuscht mit der Zunge und wiegt den Kopf, als wäre er die Super Nanny und ich ein hoffnungslos verzogenes Gör.

Ich schaue ihn herausfordernd an. »Ja, Chef?«, frage ich und klimpere unschuldig mit den Wimpern.

»Sie sind total unfähig und frech und …« Ihm gehen mitten im Satz die Beleidigungen aus.

»… und eine Landplage?«, schlage ich vor.

»Ja, genau, eine Landplage«, sagt er, kurz erleichtert über die schöne Beschimpfung, dann noch mehr verärgert, weil er es noch nicht mal schafft, mich alleine runterzumachen. »Wo Sie auftauchen, gibt es nichts als Ärger!«, schreit er.

»Aber bitte schmeißen Sie mich nicht raus, Chef, bitte, bitte, bitte!«, bettele ich zerknirscht.

»Doch, das werde ich«, verkündet er triumphierend. »Sie verlassen jetzt sofort …« Noch bevor er den Satz zu Ende gesprochen hat, bin ich zur Tür raus. Und ich fange erst gar nicht an, darüber nachzudenken, was das für Konsequenzen haben könnte, wenn man aus dem Gemeinschaftsdienst verbannt wird.

Ungeduldig warte ich vor dem Gebäude auf Vivian. Ein klobiger silberner BMW X5 kommt angebraust.

»Na klar, dass die Tussi so eine Protzkarre fährt«, murmele ich vor mich hin, als ich Sandra hinter dem

Steuer sehe. Vivian sitzt neben ihr und winkt mich aufgeregt hinein. Ich steige auf die Rückbank, dann fahren wir um die Ecke auf einen Parkplatz.

»Hi Sandra«, grüße ich, »schönes Make-up.«

»Toll, was?« Sie bewundert ihre aufgemalte Leichenblässe im Spiegel. »Marilyn Manson ist nichts dagegen. Mit dieser Blutspur, die aus dem Mundwinkel lief, sah es allerdings noch besser aus. Aber das durfte ich ja nicht.« Sie wirft Vivi einen strafenden Blick zu.

»Ich habe dir doch gesagt, dass das einfach zu viel des Guten war«, sagt Vivi ungeduldig. »Die Vampire von heute haben nämlich durchaus gute Tischmanieren. Oder hast du Leni und mich jemals mit besabbertem Mund rumlaufen sehen?«

»Das nicht«, sagt Sandra, »aber ein bisschen mehr Drama könnte meine Maske schon vertragen!«

»Deine Maske sollte vor allem realistisch sein, sonst bekommst du mehr Drama, als dir lieb ist, das verspreche ich dir.«

»Wie du meinst«, sagt Sandra und tupft sich weißen Puder auf die Stirn.

»Und, Vivi?«, frage ich. »Hast du alles?«

Sie nickt und reicht mir ein kleines Paket mit dem Absender von Blood-Shop-TV, das ich vor einigen Tagen als Geschenk für Vivian bestellt hatte. »Was ist das?«, fragt sie.

»Es sollte eigentlich eine Überraschung für dich sein«, sage ich ein bisschen verlegen, »weil ich ja jetzt eine tolle Vampirkraft habe und du nicht.« Ich ziehe den Bat-Detektor raus. »Aber dann wird Sandra ihn wohl einweihen müssen.« Ich erkläre kurz, wie es funktioniert. »So kann Sandra mich hören, wenn wir im Identitätsregister sind.«

»Du kannst dich echt in eine Fledermaus verwandeln?«, staunt Sandra.

»Theoretisch schon.« Ich werfe Vivian einen zweifelnden Blick zu. »Ich weiß leider nur noch nicht, wie das praktisch geht.«

»Du musst es probieren, sonst ist unser Plan jetzt schon im Eimer«, fordert Vivian.

»Also gut. Aber vielleicht klappt es ja nicht«, warne ich und hoffe fast ein wenig, dass es so ist. Denn ich weiß nicht, was ich schlimmer finden soll: die Aussicht, heute ins Identitätsregister einzubrechen oder morgen überführt zu werden.

Ich steige aus dem Auto. Vivian und Sandra schauen mir durch die Windschutzscheibe neugierig zu. Keine Ahnung, was ich machen soll. Ich lockere meine Arme, schwinge sie ein bisschen vor und zurück.

»Was soll das werden? Telegymnastik?«, ruft Vivian durch die halb geöffnete Fensterscheibe.

»Ha ha!«, brumme ich. Na gut. Also, wie war das beim letzten Mal? Ich stelle mir die Situation vor, in den Minuten vor meiner ersten Verwandlung. Die Tresortür, die sich öffnete, die Panik, mit der ich den Raum nach einem Versteck absuchte, mein Blick zur Decke und der Wunsch, nach oben zu verschwinden… und plötzlich fühle ich mich wieder federleicht! Na, wer sagt's denn? Ich sehe Vivian durch die Windschutzscheibe begeistert applaudieren, und schon fliege ich davon. Das ist so dermaßen cool! Ich drehe ein paar Runden über den

Parkplatz und zische zurück zum Auto. Auch die Rückverwandlung klappt bestens. Wenn ich mich dem Boden nähere, nehme ich automatisch wieder meine ursprüngliche Gestalt an. Vivian nickt anerkennend.

Sandra ist der Mund offen stehen geblieben. »Abgefahren«, sagt sie mit neuem Respekt in der Stimme.

»Na ja …« Ich tue bescheiden.

»Gut«, bestimmt Vivian, »das wäre also schon mal klar. Dann haben wir hier das Hallo-wach mit besten Grüßen von Lulu.« Sie gibt mir Lulus silbernes Sprühfläschchen. Ich nehme es aufgeregt in die Hände. Ohne das Vamphetamin würde ich zum Sonnenaufgang unweigerlich einschlafen, aber wer weiß, was passieren wird, wenn ich es nehme. Sapperlot. Ich werde noch nervöser.

»Jetzt zu dir«, sagt Vivian zu Sandra. »Du bist sicher, dass du das schaffst?«

Sie nickt.

»Du musst absolut cool bleiben«, betont Vivian.

»Ich bin die Coolness in Person!«

»Davon habe ich bisher …« … noch nie was gemerkt, will ich sagen, aber Vivian wirft mir einen strengen Blick zu, also verstumme ich.

»Du darfst dich auf keinen Fall aufregen«, bekräftigt Vivian. »Wenn dein Puls steigt, dann hört das jeder Vampir im Umkreis von hundert Metern.«

»Kein Problem«, behauptet Sandra lässig, und ich glaube ihr sogar. Sie ist wirklich zu allem fähig, wenn sie unbedingt etwas haben will. Und Vivian hat ihr klipp und klar erklärt, dass sie uns helfen muss, wenn sie ein Vampir werden will. Denn wenn uns der Vampirkiller zuerst erwischt, dann ist es Essig mit ihrem Traum vom ewigen haarlosen Leben.

»Also dann, Mädels, auf in den Kampf«, sagt Vivian, knallt die Autotür zu und stapft los. Sandra und ich folgen ihr. Sandra hat ihr gigantisches Beauty-Case dabei, ein Polycarbonatkoffer von der Größe eines kleinen Kühlschranks. Als wir über den Parkplatz laufen, komme ich mir vor, als wären wir eine Crew fantastisch-genialer Sonderermittler aus dem Jenseits. Unser Plan ist simpel: Da wir bisher noch nie von dem versteinerten Pförtner nach unserem Ausweis gefragt worden sind, werden wir auch heute einfach an ihm vorbei ins Gebäude spazieren, als wäre es das Normalste von der Welt. Das wird natürlich auch die erste Bewährungsprobe für Sandras Vampir-Make-up.

»Mein Gott, was für ein schäbiger Bau«, sagt Sandra, als wir vor der Verwaltung stehen, und Vivi und ich zucken zusammen. »Man muss ja wirklich nicht mehr alle Tassen im Schrank haben, um hier freiwillig reinzugehen.«

»Äh, die Erwähnung von diesem… äh… Dings im Himmel solltest du auf jeden Fall lassen«, sagt Vivian.

»Ach so, ja klar«, lacht Sandra. »Kommt nicht wieder vor!«

»Das will ich dir auch geraten haben«, drohe ich nervös. »Sonst sind wir wegen dir nämlich alle dran.«

»Schon gut, ist ja nichts passiert.«

»*Noch* nicht, aber…«

»Bereit?«, unterbricht Vivian. Wir nicken. Sie stößt die Tür des Verwaltungsgebäudes auf und nickt dem Pförtner gelassen zu, der sich auch in dieser Nacht nicht einen Millimeter bewegt. Vielleicht ist er wirklich schon versteinert.

»Huaa, gruselig«, kichert Sandra, als wir an ihm vorbei sind.

»Spar dir deine dämlichen Kommentare«, zische ich, »und konzentrier dich lieber. Walburga Heimlich ist 'ne harte Nuss.«

»Harte Nüsse sind mein Spezialgebiet«, prahlt Sandra.

Zum Glück bin ich hier nicht diejenige mit einem funktionierenden Herz-Kreislauf-System, sonst hätte ich nämlich vor lauter Wut über diese Angeberin jetzt schon einen Puls von 150!

»Also«, wiederholt Vivian Sandras Instruktionen, »du weißt ja, du bist angemeldet als Kosmetikerin mit besonderer Schminke für Vampire. Du wirst ihr ein schickes Make-up verpassen, und währenddessen klauen Leni und ich die Code-Karte.«

»Ich weiß«, sagt Sandra und schwenkt das Beauty-Case.

»Meine Spezialfoundation, die ich dir gegeben habe, wird genauso angewendet wie ein normales Make-up«, erinnert Vivian. »Und den Concealer musst du dreimal auftragen, um die Augenringe abzudecken.«

»Das hast du mir alles schon hundertmal gesagt«, seufzt Sandra.

»Und denk immer dran, Sandra, Walburga kann Gedanken lesen«, mahne ich.

Sandra lacht kurz auf. »Ich bin zwar nur ein Mensch, aber ich hab auch so meine Geheimwaffen.«

»Zählst du etwa auch Kalorien?«, frage ich sie.

»Nein«, antwortet sie selbstgefällig und wirft mir einen abschätzigen Blick zu. Ich kann nicht behaupten, dass ich sie einen Funken lieber mag, nur weil sie uns hilft.

»Und keine hämischen Bemerkungen über ihre Figur, da ist sie empfindlich.«

»Leni, ich bin nicht doof, okay?«

»Da bin ich mir nicht so …«

»Schluss jetzt!«, geht Vivian dazwischen. »Zanken könnt ihr euch ein anderes Mal. Jetzt ist Showtime!« Sie klopft an Heimlichs Tür.

»Herein!«

»Da bin ich wieder«, sagt Vivian freundlich, »Leni Burmanns kennen Sie ja schon. Und hier ist die äußerst talentierte Kosmetikerin, von der ich Ihnen erzählt habe, Sandra Albrecht, die Herrin der Schminktöpfe. Sie haben Glück, dass sie schon heute Nacht einen Termin für Sie freischaufeln konnte.«

»Guten Abend«, sagt Sandra höflich.

Walburga Heimlich steht von ihrem Drehstuhl auf und kommt nach vorne zum Tresen. Dabei mustert sie Sandra skeptisch. Sandra lässt sich nichts anmerken und hält ihrem Blick locker stand. Das Ganze dauert ein, zwei Minuten. Dann erscheint auf Walburgas Gesicht ein Lächeln. »Also ehrlich«, schmunzelt sie, »so habe ich mich lange nicht amüsiert.«

»Und das war noch nicht alles«, sagt Sandra.

»Das möchte ich wetten«, grinst Walburga. Vivian und ich werfen uns einen verwunderten Blick zu.

»Na, dann lassen Sie mal sehen«, sagt Walburga. »Frau Schlevogt hat mir ja wahre Wunder versprochen.«

»Also dann, nehmen Sie doch bitte hier Platz.« Sandra zeigt auf einen Stuhl, klappt ihr Beauty-Case auf und greift sich einen Pinsel. »Sie haben ein sehr rundes Gesicht«, stellt sie fest, und ich denke schon, na bravo, jetzt geht es los mit den Beleidigungen, aber erstaunlicherweise meint sie es rein professionell.

»Bei dieser Gesichtsform ist es entscheidend, dass es optisch verlängert wird«, sagt Sandra und beginnt, die Grundierung aufzupinseln. »Wir setzen Lichtakzente unter den Augen und um den Mund herum. Hey, Sie haben schöne Lippen«, lobt Sandra. Walburga Heimlich beginnt sich zu entspannen. Sandra arbeitet schnell und gewissenhaft. »Nun trage ich den Lidschatten auf«, sagt sie. »Bitte schließen Sie die Augen.« Das ist das Stichwort für Vivian. Während Sandra mit lauter Stimme über verschiedene Farbeffekte, die Wichtigkeit von Schattenzonen unter den Wangenknochen und die Unverzichtbarkeit von Rouge plappert, schleicht Vivian sich zu Walburgas Schreibtisch und zieht die oberste Schublade auf. Ich sehe, wie sie mit flinken Fingern die Codekarte herauszieht und einsteckt. Wow, das hat ja mal wunderbar geklappt. Vivian hüstelt als Zeichen, dass sie hat, was wir brauchen. Doch Sandra ist ganz in ihrem Element. »Wir betonen noch Ihre Augenbrauen, das gibt dem Gesicht eine neue Struktur.« Sie werkelt immer weiter. »So, fertig«, sagt sie endlich und reicht Walburga den Spiegel.

»Nein«, ruft die begeistert, »*das* soll ich sein?«

»Sie sehen wundervoll aus«, sagt Vivian, und auch ich schließe mich dem Lob an: »Wirklich fantastisch.«

Walburga Heimlich strahlt. »Das gibt es doch gar nicht! So hübsch war ich ja zu Lebzeiten nicht!«

»Ja«, freut sich Sandra, »ich sage immer: Gut geschminkt ist halb gewonnen. Jetzt brauchen Sie noch einen roten Blazer, und Sie sind die heißeste Biene im ganzen Büro.«

Walburga kichert mädchenhaft. »Das erinnert mich wirklich an alte Zeiten. Wussten Sie, dass ich mal Ballkönigin war?«

»Ehrlich?«, frage ich.

Sie nickt. »Ja. Tanzen war meine Leidenschaft, früher ...«

»Dann gehen Sie doch einfach mal wieder aus«, rate ich. »Wenn man es einmal gemacht hat, ist es gar nicht so schwer.«

»Meinen Sie wirklich?« Walburgas Augen leuchten vor Begeisterung. »Das wäre toll. Vielleicht mit einer Freundin.«

»So, wir müssen dann mal weiter!« Vivian will aufbrechen, aber Walburga Heimlich sagt: »Warten Sie bitte noch einen Moment.« Sie geht zu ihrem Telefon. »Jule, komm doch mal eben rüber«, sagt sie in den Hörer.

Kurz darauf kommt eine weitere Karteileiche hereinspaziert, eine dürre graue Maus mit strähnigem Haar. »Walburga, bist du das etwa?«, ruft Jule erstaunt.

»Wahnsinn, oder?« Walburga kichert. »Setz dich! Frau Albrecht kann auch dich verwandeln, nicht wahr?«

Sandra wirft uns einen kurzen Blick zu und zuckt mit den Achseln. »Natürlich.« Dann macht sie sich an die Arbeit.

Ich werde unruhig. Und auch Vivian fängt an, sich nervös an den Haaren rumzuzibbeln. Sandra aber ist die Ruhe in Person. Sie trägt gerade den Lipgloss auf, da schlägt Jule die wässrig-grauen Augen auf und starrt Sandra entsetzt an.

»Was ist?«, fragt Sandra. »Stimmt was nicht?« Statt einer Antwort fängt Jule an zu schreien. »Sie hat warme Hände! Walburga, sie hat warme Hände!« Jule springt auf. »Sie ist kein Vampir! Sie ist ein *Mensch.*«

Sandra, Vivian und ich erstarren vor Schreck. Walburga aber bleibt gefasst. »Meine Güte, Jule, und wenn sie der heilige Geist wäre, sieh doch, was sie kann!«

»Sag bloß, du hast nicht gemerkt, dass sie kein Vampir ist«, ruft Jule.

»Doch, natürlich habe ich das gemerkt!«

Vivi, Sandra und ich sehen uns erschrocken an. »Oder habt ihr wirklich gedacht, so etwas könntet ihr vor mir verbergen?«, lacht Walburga.

»Wir müssen sie sofort melden«, sagt Jule.

Walburga hält sie am Arm fest. »Aber Jule«, sagt sie eindringlich, »mit ihrem Make-up können wir endlich mal wieder rausgehen und etwas erleben. Mehr noch! Wir können leben wie früher! Wäre das nicht wundervoll?«

»Nein, nein, nein!«, kreischt Jule, reißt sich von Walburga los und will zu Kowarschs Tür stürzen, aber mein Bein macht sich selbstständig und gerät in Jules Weg. Sie stolpert drüber und fällt hin.

»Los, schnell«, sagt Walburga und schnappt sich einen von Jules Armen, Vivian und ich packen mit an. »Da rein!« Walburga deutet auf einen Schrank, Sandra öffnet ihn, und wir stopfen die strampelnde Jule hinein. »Entschuldige, Herzchen«, sagt Walburga und donnert ihrer Kollegin zu guter Letzt einen Briefbeschwerer auf den Kopf, so dass sie bewusstlos in sich zusammensackt.

»Was ist denn hier los?«, fistelt Kowarsch plötzlich. Er steht mit einer Aktentasche in der Hand in der Tür und beobachtet uns argwöhnisch.

»Oh, Herr Kowarsch«, sagt Walburga Heimlich, schließt die Schranktür und lehnt sich dagegen. »Das ist so eine Frauensache«, sagt sie und lächelt. Er sieht seine Sekretärin verwundert an, sagt aber nichts. Walburga verzieht plötzlich den Mund, als sei sie sauer auf ihn. Wer weiß, was er gerade gedacht hat.

Kowarsch erblickt mich und grinst wollüstig. »Fräulein Leni, schön Sie zu sehen.« Er kommt näher. Doch dann stellt sich Vivian ihm in den Weg.

»Guten Tag«, sagt sie, »wir kennen uns noch nicht. Ich bin Vivian Schlevogt.«

Er bleibt auf Armlänge stehen und gibt ihr die Hand. Sie mustern sich einen Augenblick. Dann wendet Kowarsch sich ab, als ob Vivian einen unsichtbaren Schutzschild hätte. So eine Ausstrahlung wie sie möchte ich auch mal haben!

»Ich gehe jetzt zur Amtsleiterkonferenz«, informiert Kowarsch Walburga.

Als er aus der Tür ist, bedanken wir uns bei ihr. »Ich hab zu danken«, sagt sie. »Und jetzt viel Glück, was auch immer Sie vorhaben.«

Wir eilen Richtung Identitätsregister. Vor der ehemaligen Damentoilette, die jetzt ein Abstellraum ist, verabschiedet sich Vivian. Sie muss wenigstens noch für den kurzen Rest der Nacht in ihr Büro zurück. »Ihr vertragt euch, versprochen?«

Sandra und ich nicken gehorsam. Sie drückt uns die Codekarte in die Hand. Dann schlüpfen wir in die Abstellkammer. Und warten. »An was hast du eben bloß gedacht, dass Walburga so begeistert war?«, frage ich Sandra.

»An was wohl? An Sex.«

»Hätte ich mir ja denken können.«

»Was willst du damit sagen?«

»Nichts«, antworte ich schnell und überlege, wie ich die nächsten anderthalb Stunden bloß aushalten soll, ohne mich mit ihr in die Wolle zu kriegen. Also gehen wir einfach immer wieder den Plan durch. Und der sieht so aus: Ich verwandele mich in eine Fledermaus, Sandra zieht den Kopfhörer des Bat-Detektors auf und steckt das Mikro und mich in ihr Beauty-Case, wir gehen kurz vor Sonnenaufgang mit Walburgas Code-Karte ins Identitätsregister. Da gleich sowieso allgemeiner Dienstschluss ist, wird sie die Karte wohl nicht vermissen. Sandra wird nach Tagesanbruch die Schränke nach den Akten der Opfer durchsuchen. Falls sie Fragen hat, knacke ich fünfmal für Ja und zehnmal für Nein. Sobald sich wegen der Sonnenfinsternis die Rollladen wieder schließen, lässt sie mich raus. Dann haben wir genau sechs Minuten und neununddreißig Sekunden, bis es wieder taghell ist und alle Systeme blockieren. In der Zeit schnappen wir das

Handy und Ellis Testament und verschwinden wieder. So klar, so einfach. Nur eine winzige Kleinigkeit stört mich an dem Ganzen: in einen Stahlkasten gesperrt zu werden, der Sandra Albrecht gehört. Aber es geht nicht anders.

»Wie wirkt das Zeug eigentlich?«, fragt sie, als ich Lulus Vamphetamin-Fläschchen raushole.

»Ich habe keine Ahnung«, sage ich. »Aber wir werden es gleich herausfinden.«

Ich pumpe mir das Zeug in die Nase. »Ich glaube, das wirkt gar nicht«, sage ich nach ein paar Minuten. »Man merkt einfach keinen Unterschied, ich bin genauso wie immer, ich meine, ich habe Arme, ich habe Beine, ich habe einen Kopf und einen Mund, also was soll anders sein, ich bin genau wie sonst vielleichtredeichnurwasschnelleroderwasmeinstdu?«

Sandra brummt: »Es wirkt, glaub mir.« Sie schaut auf die Uhr. »Noch zwanzig Minuten bis Sonnenaufgang. Ich denke, wir sollten dann mal.« Sie sieht mich auffordernd an.

»Gut, ich verwandele mich jetzt in eine Fledermaus. Wie das klingt. Klingt doch wohl seltsam, oder? Klingt das nicht selt…«

»In der Tat«, unterbricht Sandra, »aber immer noch besser als früher, als du dich regelmäßig in einen Elefanten verwandelt hast.«

Ich überlege, was ich jetzt Fieses antworten könnte, aber dann fällt mir auf, dass ich gerade absolut keinen Bock habe, mich mit ihr zu streiten. Das ist ja wohl Beweis genug, dass das V wirkt. Ich schaue nach oben, und gepaart mit dem Wunsch aufzusteigen, klappt es auch dieses Mal. Schon bin ich wieder eine kleine Fledermaus. Ich drehe eine Runde durch das winzige Zimmerchen. Sandra klappt ihr Beauty-Case auf, damit ich hineinfliege. Kein Problem, für mich Winzling ist der Hartschalenkoffer so groß wie ein Scheunentor. Ich nehme Anlauf und ... verfehle ihn haarscharf. Mist. Also noch mal. Nach vier weiteren Versuchen wird mir klar, dass es doch nicht so einfach ist. Ich habe Probleme mit dem Zielen! Wie die durchgeknallte Tessa in Tures Küche mit den Schränken meilenweit danebenwarf, schaffe ich es nicht, in dieses dämliche Beauty-Case zu flattern.

»Willst du mich verarschen?«, schimpft Sandra. »Ab ins Körbchen!«

Halt den Mund und hilf mir lieber, denke ich, aber auf Fledermäusisch heißt das so viel wie »Knack knack klopf Knaaaaack«, und Sandra, die hohle Nuss, rafft es einfach nicht. Ich hänge mich kopfüber an eine alte Wasserleitung. Sie bräuchte mich bloß abzupflücken und in ihre Tasche zu stecken! Aber nein, sie macht einen auf Supertussi!

»Ich fass so Viechzeug nicht an, ich fass es nicht an!«, kreischt sie und dreht sich weg.

»Verdammt, ich bin es!«, schreie ich, als ich mich wieder in mich verwandelt habe.

»Aber du bist so klein und nackt und ekelig.«

»Stell dir einfach vor, ich sei ein Penis mit Flügeln«, herrsche ich sie an, und siehe da, es funktioniert. Eine Minute später hocke ich in dem schwarz ausgeschlagenen Beauty-Case und fühle mich wie in einem Sarg. Das ist nicht gut. Das ist gar nicht gut. Vampire sollten sich ja in einem Sarg wohlfühlen, so die landläufige Meinung, aber entweder liegt es an dem V oder daran, dass Sandra diese blöde Kiste schwingt, als sei es der Tornister eines schwachköpfigen Pennälers, der sich auf die Schule freut – jedenfalls wird mir schlecht. Ich wusste gar nicht, dass Fledermäuse seekrank werden können. Wenigstens ist es nicht weit bis zum Identitätsregister.

»Ich stehe jetzt vor dem Eingang und schiebe die Codekarte in den Scanner«, kommentiert Sandra ihr Tun. Ich höre es klacken, das war der Türmechanismus, prima, dann hat das also schon mal funktioniert. Sie stellt das Beauty-Case ab, und endlich hat das Schaukeln ein Ende.

»So, ich bin drin. Also, ich fange beim hintersten Schrank an, ja?«

Ich knacke fünfmal für Ja.

»Wie oft war das? Nicht so schnell!«, mahnt sie. Meine Güte, sie wird doch wohl noch bis fünf zählen können. Also versuche ich es noch mal langsamer.

»Was? Ach, egal«, sagt Sandra, »ich mache einfach mal den hintersten Schrank auf. Ich hab ja die Namensliste hier und mehr als zwei Stunden Zeit, also werde ich die Akten schon finden.« Plötzlich fängt eine Sirene an zu heulen. Ich erschrecke mich erst furchtbar, weil ich denke, es wurde Alarm ausgelöst, doch dann klackert es nur ein paar Mal, als fielen einige Riegel ins Schloss, und ein leises Quietschen ertönt.

»Wow«, ruft Sandra, »das nenne ich ein Panorama! Die Sonne geht gerade hinter dem Dom auf. Hab ich auch noch nie gesehen von hier oben!«

Endlose Minuten passiert nichts weiter, und ich bin

stinksauer, dass sie hier einen auf Sightseeing macht, anstatt die Akten zu suchen. Ich knattere ein paar Mal wütend vor mich hin, und Sandra lacht auf. »Okay, Leni, ich hab dich zwar nicht genau verstanden, aber ich kann mir denken, was du gesagt hast. Ich fange jetzt an.«

Ihre Schritte entfernen sich, dann rüttelt etwas, und dann sagt sie: »Hä?« Es rüttelt wieder. Ist sie jetzt zu doof, um einen Schrank aufzumachen, oder was? Offensichtlich!

»Scheiße. Die Schranktüren sind verschlossen!«, stöhnt Sandra. »Nichts zu machen. Alles dicht.«

Krähenkacke, dass die Türblockierung auch die Schränke betreffen könnte, daran hatten wir nicht gedacht! Na gut, denke ich, wir haben nachher fast sieben Minuten, um alles zu finden. Das wird schon hinhauen. Viel schlimmer ist, dass Sandra jetzt nichts zu tun hat und anfängt, mir ihre Lebensgeschichte aufzudrängen, die vor allem davon handelt, wie fantastisch, begabt und begehrt sie schon immer war. Warum sie dann nicht mit einem tollen Mann verheiratet ist, möchte ich gerne spöttisch fragen, aber ich kann im Moment nur das Fledermaus-Morsealphabet. Ungebremst geht Sandra dazu über, die besten Methoden des Epilierens zu referieren, Enthaarungscremes und Kaltwachsstreifen zu bewerten und mir haarklein zu erzählen, wie sie stundenlang mit der Pinzette zu Gange ist, um sprießende Stoppeln samt Wurzel auszumerzen. Ihr Gelaber ist die reinste Folter! Mir kommt es fast vor wie eine Hirnwäsche, denn mir schwirrt der Kopf, und wenn ich nicht eine nackte Fledermaus wäre, würde ich jetzt anfangen, mir eigenhändig das Fell auszurupfen. Es sind die längsten zwei Stunden meines Lebens. Ich werde immer schlaffer, und bald erscheint mir ein Verglühen in der Sonne als das geringere Übel im Vergleich zu Sandras Endlosmonolog. Doch irgendwann, als ich schon fast denke, ich krepiere zwischen Puderquasten und Wimpernzangen, sagt sie: »Es ist jetzt zehn Uhr fünfzehn. In drei Minuten ist es so weit.«

Da bin ich plötzlich wieder hellwach. Jetzt geht es um die Wurst! Ich hoffe nur, dass Ede keinen Unsinn verzapft hat. Aber nein! Pünktlich um zehn Uhr achtzehn höre ich das Klackern und das Quietschen. »Die Jalousie schließt sich«, berichtet Sandra atemlos. »Bist du bereit?«

Ich knacke fünfmal. Sie öffnet den Deckel, und etwas blendet mich. Ich erschrecke, denn die dumme Nuss hat doch tatsächlich das Beauty-Case aufgemacht, obwohl der Rollladen noch halb offen ist! Ich warte auf den unerträglichen Schmerz, der mich zu Staub zerfallen lässt, aber nichts passiert. Das Licht wackelt hoch und runter.

»Willst du da drin Wurzel schlagen, oder was?«, zischt Sandra und fuchtelt mit ihrer Taschenlampe rum. Ich schnelle heraus und verwandele mich zurück.

»Nein danke, es war sowieso schon lang genug«, gebe ich pikiert zurück. Als Erstes springe ich zu dem Aktenschrank mit dem Buchstaben S. Er lässt sich problemlos öffnen. Und tatsächlich! Da liegt mein Handy unten in einem Hängeregister. Schnell stecke ich es ein. Jetzt müssen wir noch die Akten der anderen Opfer finden.

»Du suchst nach Degenhardt, Wilhelm, und ich nach Elli Canterbury«, weise ich Sandra an und zeige ihr den Schrank, in dem sich D vermutlich befindet. Zum Glück stoße ich sehr bald auf das, was ich suche: Ellis Akte. Und ich traue meinen Augen kaum: Hier steht noch Ede als Alleinerbe drin! Aha, deshalb wollte der Höllenfürst also noch mal hier rein – um das zu ändern. Ich nehme die Akte als Beweis mit. Sandra ist ebenfalls fündig geworden, und auch bei Wilhelm Degenhardts Originaltestament ist nicht *Vampire Sun Moon Science* als Erbe vermerkt, obwohl es im Computer anders drinsteht.

»Das klappt ja wie am Schnürchen«, sage ich.

»Hast du was anderes erwartet?«, prahlt Sandra. »Ich bin eben ein Vollprofi.«

»So, Vollprofi«, grinse ich, »dann öffne uns mal wieder die Tür mit der Codekarte.«

Einen Moment ist sie still. »Wieso mit der Codekarte?«, fragt Sandra verunsichert.

»Na, man braucht die Karte, um rein- und wieder rauszukommen«, erkläre ich geduldig. Wieder Stille. Ich werde ein klitzekleines bisschen nervös.

»Das ist jetzt blöd«, sagt Sandra.

»Wieso?«, frage ich, und die Panik macht sich bereit, mich anzuspringen.

»Die Codekarte steckt draußen im Scanner.«

»Du hast die Karte *draußen* gelassen?«

»Konnte ich doch nicht wissen. Davon habt ihr mir nichts gesagt!«

»Natürlich haben wir dir das gesagt.«

»Nein«, beharrt sie.

»Doch.«

»Nein.«

»Egal. Was machen wir denn jetzt? In weniger als zwei Minuten geht diese verdammte Jalousie wieder auf, und ich werde gegrillt wie ein Würstchen im Hochofen.« Meine Stimme klingt schrill.

»Keine Ahnung. Dann verwandele dich halt wieder in eine Fledermaus und kriech in den dunklen Koffer«, sagt sie.

»Mann, Sandra, wenn der Höllenfürst uns hier erwischt, werden wir *beide* einen Kopf kürzer gemacht.«

»Oh. Ach so.« Sie guckt auf die Uhr. »Noch achtundfünfzig Sekunden.«

Denk nach, Leni, denk nach!

Bilder rattern durch mein Hirn, aber keines verweilt lang genug, als dass ich es erkennen könnte. Das V ist schuld an meiner Konfusion, dabei kenne ich die Lösung, ich habe sie vor Augen, Kowarsch war hier, er hat mich begrapscht und dann …

»Noch vierunddreißig!« Sandra wirft mir einen sorgenvollen Blick zu.

»Guck nicht so, das macht Falten«, sage ich zu ihr, springe zu dem kleinen Sicherungskasten neben der Tür, und auf der Leinwand in meinem Kopf sehe ich Kowarsch, wie er einen Code eintippt. Ich danke Dracula dafür, dass Vampire nichts vergessen. In Windeseile gebe ich die Zahlenkombination ein und starre auf die Tür. Eine Sekunde lang denke ich, er hat vielleicht den Code geändert, doch dann höre ich das erlösende Klacken. Die Tür schiebt sich auf, Sandra und ich huschen hindurch und schnappen die Codekarte aus dem Lesegerät.

Erleichterung macht sich breit, so dass ich ein Grinsen nicht unterdrücken kann.

Doch dann sehe ich die funkelnagelneue Überwachungskamera, die jeden unserer Schritte automatisch verfolgt.

Vivian schlägt die Augen auf und ist sofort hellwach. »Und?«, fragt sie uns und schwingt die Beine aus dem Bett.

»Wir haben alles!«, verkünde ich stolz und zeige ihr das Handy und Ellis Testament.

»Dann hat ja alles wunderbar geklappt«, lobt Vivian.

»Na ja, nicht ganz«, gestehe ich und berichte von den Überwachungskameras.

»Also weiß der Höllenfürst in wenigen Minuten, dass wir ihm auf die Schliche gekommen sind«, sagt Vivian düster. Ich nicke.

»Und jetzt?«, fragt Sandra.

»Jetzt fahren wir zum Forschungsinstitut *Vampire Sun Moon Science*«, sagt Vivian. »Während ihr es euch in der Abstellkammer gemütlich gemacht habt, habe ich herausgefunden, wo es ist. Also los!«

»Au ja«, sagt Sandra und reibt sich die Hände. »Vampirwerden macht Spaß!«

Ich werfe Vivian einen erschrockenen Blick zu.

»Sorry, Sandra, aber dieses Mal musst du zu Hause bleiben«, sagt Vivian, »aber wir würden uns gerne deinen Wagen leihen.«

»Mein *Auto?*«, ruft sie so schrill, als hätten wir vorgeschlagen, ihr die Hand abzuhacken. Wir nicken.

»Im Austausch gebe ich dir einen Tipp von unschätzbarem Wert«, locke ich sie und betrachte ihre unsägliche Christina-Aguilera-Gedächtnisfrisur in Blond mit schwarzen Strähnen. »Für diesen Tipp wirst du mir ewig dankbar sein!«

Sie hadert mit sich. »Na gut«, brummt sie und rückt widerwillig die Schlüssel raus.

»Bevor du ein Vampir wirst«, sage ich, »geh zum Friseur und lass dir eine zeitlose Frisur machen.«

Ihr Gesicht hellt sich auf. »Ah, verstehe. Damit mir so was nicht passiert.« Sie zeigt auf meine Dauerwelle.

»Genau«, sage ich zerknirscht.

Wenige Minuten später sind Vivian und ich unterwegs. Zum Glück herrscht nachts kaum Verkehr, so dass wir schnell durchkommen. Vivian schaut alle paar Sekunden in den Rückspiegel, ob uns nicht doch jemand verfolgt. Aber niemand ist hinter uns. Unbehelligt erreichen wir die Adresse am Rande von Hürth.

»Es sieht überhaupt nicht wie ein Institut aus«, stelle ich fest und gebe Vivian das Fernglas, das sie wohlweislich mitgenommen hat. Wir sitzen im Auto und beobachten aus sicherer Entfernung das Anwesen.

»Das ist vielmehr eine richtige Villa«, antwortet Vivian angesichts des ockerfarbenen Prachtbaus mit den Säulen vor dem Eingang. »Die könnte glatt in der Toskana stehen. Freunde meiner Eltern hatten so eine ähnliche in der Nähe von Lucca.«

»Gab es da auch so eine hohe Mauer?«, frage ich angesichts der bestimmt vier Meter hohen Wand, die das Gelände umgibt.

»Natürlich nicht.«

»Was machen wir denn jetzt?«, frage ich. »Wir können doch nicht einfach am Tor klingeln?«

»Du könntest dich in eine Fledermaus verwandeln und mal einen Kundschafterrundflug machen«, schlägt Vivian vor.

»Gute Idee!«

Es ist einfach großartig, fliegen zu können. Ich komme mir vor wie Supergirl, als ich über das Gelände sause.

»Also«, berichte ich, als ich wieder im Auto sitze, »das Gebäude ist noch gar nicht richtig fertig. Hinter dem Haus wird noch gebuddelt, da stehen Bagger und Lastwagen.«

»Hast du irgendwas gesehen, das wie ein Labor oder so aussieht?«

Ich schüttele den Kopf. »Scheint, als ob sich dieses Schwein mit Ellis Geld einfach eine schicke Villa baut.«

Wir hören ein Motorgeräusch, und Augenblicke später nähert sich ein Betonmischer.

»Der fährt bestimmt zur Baustelle«, sage ich.

»Das ist unsere Chance!«, schreit Vivian und schmeißt den Motor an. Ehe ich irgendwas antworten kann, ist sie schon losgefahren. Im Windschatten des Betonmischers rollen wir durch das stählerne Tor vor der Zufahrt zum Haus. Durch den Seitenspiegel beobachte ich, wie sich hinter uns das Tor langsam wieder schließt, und mir ist gar nicht wohl dabei. Der Betonmischer fährt über einen Matschweg rechts am Gebäude vorbei, Vivian aber lässt unseren Wagen einfach vor den Haupteingang rollen. Wir steigen aus. Von hier sieht die Villa schon fast fertig aus, es fehlen nur noch ein paar Pflanzen. Und ein Klingelschild.

»Das hätte er ja ruhig auch schon anbringen können«, maule ich. »Dann könnten wir jetzt schon wieder umdrehen.«

Vivian läuft nach links zum Fenster und späht hinein.

»Und?«

»Keine Möbel. Also wohnt noch niemand hier. Los, komm!« Sie winkt mir und läuft um die Ecke.

»Warte«, rufe ich und haste hinterher. Vivian läuft immer flotter als ich, schließlich war sie früher eine erfolgreiche 800-Meter-Läuferin gewesen. Aber heute ist sie noch viel schneller als sonst. Ich kann kein bisschen mit ihr mithalten. Schon hat sie mindestens dreißig Meter Vorsprung. An einer Terrasse bleibt sie stehen, und ich hole sie wieder ein.

»Was ist denn mit dir los? Hast du heute Siebenmeilenstiefel an?«, frage ich.

»Hä? Wieso?«

»Na, du bist irre schnell. Ist dir das nicht aufgefallen?«

»Nein«, sagt sie und deutet auf die Terrassentür. Sie steht einen Spalt offen. Wir schauen uns um und schlüpfen hindurch.

»Was wollen wir eigentlich hier?«, frage ich leise.

»Wir müssen irgendeinen Beweis finden, dass das Tures Haus ist«, flüstert Vivian zurück. Aber das scheint nicht einfach zu werden, denn die Räume sind ratzekahl leer. Keine Fotos an der Wand, keine Briefe in der Ablage, noch nicht mal Müll, den wir durchwühlen könnten. Aber wenigstens auch kein Vampir, der uns begegnet.

Ganz entfernt hören wir leise Baustellengeräusche. Eine nackte Betontreppe führt nach oben, und wir schauen uns auch im ersten Stock um. Viele leere Zimmer, noch nicht mal die Tapete hängt hier, geschweige denn irgendetwas Persönliches, das Aufschluss über den Besitzer geben würde. Enttäuscht gehen wir wieder runter. »Dann müssen wir wohl mal einen der Bauarbeiter fragen«, sagt Vivian.

»Meinst du wirklich, dass das nötig ist?«, frage ich. »Mir wäre ja lieber, es würde keiner mitkriegen, dass wir hier sind.«

»Mir auch. Aber ich sehe hier sonst nichts, was beweisen könnte, dass das Tures Villa ist.«

Auf dem Weg nach hinten kommen wir an einer dicken Stahltür vorbei, die aussieht wie bei uns der Zugang zum Heizungskeller.

Vivian deutet mit dem Finger darauf und flüstert: »Interessant. Die untersuchen wir später. Jetzt besichtigen wir erst einmal die Baustelle.« Der hintere Teil des Gebäudes befindet sich noch im Rohbau. Scheint, als würde hier noch ein Tanzsaal entstehen.

»Vielleicht bauen die hier doch ein Labor hin?«, flüstert Vivian angesichts des fast turnhallengroßen Raumes, der mit einem Wellblechdach abgedeckt ist. Und am Ende des Dachs geht es sogar noch weiter. Wir laufen auf einem Steg aus hintereinander gelegten Brettern über erst kürzlich gegossenen Beton. Ein Geflecht aus Eisenstäben ragt aus dem Fundament hervor wie skelettierte Finger. Dahinter erstreckt sich eine tiefe, frisch ausgehobene Grube, in der verschiedene Rohre verlegt wurden.

Einschalungsbretter zeigen an, wo einmal die Wände wachsen sollen. Der Betonmischer steht mit rotierender Trommel neben der Grube. Bauarbeiter sind nicht zu sehen.

»Vielleicht machen die gerade Pause«, wispere ich. »Immerhin ist gerade Mitternacht.«

»Okay, dann lass uns erst in dem Keller nachgucken«, schlägt Vivian vor. Wir drehen uns um und prallen gegen die breite Brust eines Vampirs. Ups. Entsetzt schaue ich an ihm hoch. Anthrazitfarbener Overall, dunkle lange Haare, hohe Wangenknochen, schmale Lippen, kein Funken Freundlichkeit in den winzigen hellrosa Augen, die uns herrisch angaffen.

»Hallo«, sagt Vivian zuvorkommend und streckt ihm die Hand hin. »Carol Templeton, und das ist Beverly Boyer.« Sie zeigt auf mich. Der Vampir bleibt unbewegt stehen, und Vivian lässt die Hand sacken.

»Was machen Sie hier?«, fährt er uns an.

»Wir sind die Partymanagerinnen«, behauptet Vivian. »Hat er Ihnen nicht gesagt, dass wir kommen?«

»Nein«, antwortet er.

»Wir planen die Einweihungsfeier. Wir dachten an eine Mottoparty – Beachlife. Was halten Sie davon?«

»Hmmmpf. Weiß nicht.« Seine Anspannung lässt etwas nach. »Ich bin hier nur der Bauleiter, Peter Hamann.«

»Ah ja!«, macht Vivian, als ob sie ihn kennen würde. Dann sagt sie in vertraulichem Ton: »Dann wissen Sie ja, dass *er* ganz schön fuchsig werden kann, wenn irgendwas nicht so läuft, wie er es will, nicht wahr?«

Ein Lächeln umspielt seinen Mund. »Kann man wohl laut sagen.«

»Treibt er Sie auch dauernd an? Meine Kollegin und ich wissen bald gar nicht mehr, wo uns der Kopf steht«, plappert Vivian weiter.

»Oh ja!« Der Bauleiter stöhnt gequält auf. »Kenne ich. Am Anfang habe ich mich gewundert, warum man ihn den Höllenfürst nennt, aber jetzt weiß ich es!« Vivian wirft mir einen triumphierenden Blick zu. Hamann redet weiter: »Plötzlich will er hier noch einen Keller und da noch einen Anbau. Dann gießen wir das Fundament, und dann sagt er in der nächsten Nacht, er will den Anbau doch nicht mehr, und wir sollen einfach Erde drauf kipp…«

»Ja ja, so ist er, unser Höllenfürst«, unterbricht Vivian, »also, wir müssen dann mal! Tschüssi!« Wir lassen ihn stehen und gehen wieder in das Gebäude.

»Na also! Da haben wir es doch«, sagt Vivian befriedigt.

»Jetzt lass uns schnell verschwinden!«, bitte ich sie.

Wir nähern uns der Stahltür. Vivian sieht sich um, aber der Bauleiter ist nirgendwo zu sehen. »Aber vorher werfen wir noch einen Blick hier hinein«, bestimmt Vivian.

»Nein!«, rufe ich. »Nicht!«

»Was soll schon passieren?« Vivian drückt entschlossen die Klinke herunter und öffnet die schwere Tür. Dahinter führt eine Treppe hinab. »Dann wollen wir doch mal sehen, was für Leichen er im Keller hat«, witzelt sie, aber mir bleibt das Lachen im Hals stecken.

Auch Vivians Forschheit scheint zu bröckeln, als wir

wenig später am Fuße der Treppe einen langen Gang entdecken. Es gibt keine Lampen hier, und obwohl wir in der Dunkelheit eigentlich gut sehen können, ist es so finster, dass selbst unsere Augen Schwierigkeiten haben, sich daran zu gewöhnen. Wir tapsen weiter, an verschiedenen Abzweigungen vorbei. Der Keller ist riesig, ein regelrechtes Labyrinth aus Gängen und Tunneln und Röhren, viele davon sind noch nicht mal betoniert, sondern einfach in die Erde gegraben. Kein Geräusch ist zu hören, es ist unwirklich leise, und die Luft ist feucht und riecht nach Gruft. Alles in allem der unheimlichste Ort, an dem ich je gewesen bin.

»Lass uns abhauen«, flüstere ich, aber Vivian läuft unbeirrt weiter. Mir bleibt also nichts anderes übrig, als ihr hinterherzuschleichen. Das Blöde ist, dass mir meine Fantasie in solchen Momenten gerne mal einen Streich spielt, besonders seit ich selbst ein Vampir geworden bin. Ich meine, wenn es untote Blutsauger gibt, dann können Zombies, Werwölfe und anderes Dämonengeschmeiß genauso gut existieren. Und wenn ich mir das mal so richtig überlege, dann könnten wir ja hier rein theoretisch im Bau eines menschenfressenden Nacktmullmutanten sein, der sich gerade von hinten anschleicht, um uns gleich seine metergroßen Nagezähne in den Leib zu rammen und in Sekundenbruchteilen zu Hackfleisch zu verarbei…

»Aahh!«, schreit Vivian.

»Aaaahh«, schreie auch ich, mache einen Satz nach vorne und klammere mich an Vivians Arm fest. Ich gucke mich hektisch um.

»Was war das?«, wispert Vivian.

»Keine Ahnung.«

»Aber warum hast du dann geschrien?«

»Du hast doch zuerst geschrien«, gebe ich verblüfft zurück.

»Nein. Ich hab so gemacht.« Vivian saugt lautstark Luft ein, als ob sie sich erschreckt.

»Nein. Du hast geschrien, und deswegen hab ich auch geschrien«, sage ich patzig.

»Mann, Leni, du sollst mich nicht so erschrecken, das macht mich nervös.«

»Das ist doch wohl die Höhe! *Du* machst mich nervös, und dann soll ich wieder schuld gewesen sein?« Ein rhythmisches Knacken lenkt mich von meinem Ärger ab. »Fledermäuse«, stelle ich leise fest. Dann wird mir klar, was ich da gerade gesagt habe. Fledermäuse. Wer sagt denn, dass es wirklich nur kleine Flattermänner sind und nicht etwa verwandelte Vampire?

»Wir müssen hier raus!«, beharre ich, und endlich hat Vivian auch nichts mehr dagegen einzuwenden. Doch irgendwie führt der Weg, den wir gekommen sind, nicht zur Treppe nach oben. Wir haben uns verlaufen!

»So eine Krähenkacke«, schimpfe ich leise. »Und wer hat noch gesagt, nein, lass uns nicht in den dunklen Keller des Massenmörders gehen?«

Wir gehen weiter, immer in der Hoffnung, endlich die Treppe wiederzufinden. Aber wir haben uns ganz eindeutig total verfranst. »Da hinten leuchtet was«, sage ich erleichtert, und Vivian und ich eilen auf die Lichtquelle zu.

Doch statt auf die Treppe mit der offenen Tür, stoßen wir auf eine Art unterirdische Halle, mit Boden und Wänden aus schwarzen Schieferplatten. In der Mitte stehen diverse Pranger in allen Größen, Böcke, Bänke und mehrere Käfige. An der rechten Wand sind neben einer stattlichen Kollektion von Lederpeitschen und Handschellen ein Dutzend mittelalterliche Fesselschienen befestigt.

»Oh, sieh mal einer an, die gute Stube des Fürsten der Hölle«, sagt Vivian.

»Guck mal da!« Ich deute an die Decke. Dort schimmern eine silberne Sonne und ein goldener Mond, umgeben von fluoreszierenden Sternen.

»*Vampire Sun Moon Science*«, flüstert Vivian. Und dann entdecken wir an der linken Wand eine Inschrift in blutroten Lettern: *Ich bin Gebieter deines Universums, Herrscher über deinen Leib, deine Angst ist mein Lebenselixier.*

»Es ist ein *Folterinstitut*?«, flüstere ich schaudernd.

»Ja. Und noch was mehr.« Vivian zeigt auf ein Ledergestell, das an einem Stahlseil an der Decke befestigt ist.

»So was Ähnliches habe ich schon mal gesehen«, fällt mir in dem Moment ein, »in *Sex and the City*, als Samantha mit Smith…« Plötzlich wird mir alles klar. Der Höllenfürst hat sich eine SM-Ferienanlage gebaut, in der oben in Luxus geschwelgt wird und unten Quälerei mit wissenschaftlicher Gründlichkeit betrieben wird. Ich starre Vivian entsetzt an. Panik erfasst uns. Wir drehen um und rennen los, Vivian wieder in ihrem Wahnsinnstempo.

»Nicht so schnell«, rufe ich, denn ich komme nicht mit. Vivian hält inne. »Von stehen bleiben hat niemand was gesagt«, blaffe ich, als ich an ihr vorbeilaufe.

»Warte«, flüstert sie. »Was ist mit *deine Angst ist mein Lebenselixier* gemeint?«

»Soll ich dir das wirklich noch genauer erklären?«, frage ich ärgerlich und will schon weiter, aber Vivian hält mich fest. »Elixier hat immer was mit Flüssigkeit zu tun. Er meint Angst*schweiß*.«

»Na und? Jetzt lass uns endlich verschwinden!«

Vivian sieht mich beschwörend an: »Vampire können nicht schwitzen und haben deswegen auch keinen Angstschweiß.«

»Aber Angst«, wispere ich hysterisch.

»Das ist ein kleiner, aber feiner Unterschied für so ein perverses Schwein. Los, komm.«

Und sie läuft tatsächlich zurück. Ich krieg die Vollkrise! Nur weil Agentin Schlevogt sich hier irgendeinen Unsinn zusammenreimt, gehen wir noch alle drauf! Sie rennt zurück zu der Folterhalle und weiter hindurch. Dann bleibt sie abermals stehen. »Hörst du das?«, fragt Vivian. »Dieses leise Pochen?«

Ich nicke entnervt. »Doch. Aber ich höre auch jede Menge Fledermäuse! Und es wäre angebracht, endlich abzuhauen, bevor sie uns entdecken.«

Aber Vivian hört mal wieder nicht auf mich, sondern ist schon weiter um die Ecke geschlichen. »Das Pochen kommt von hier!«, ruft sie. Vivian bleibt vor einer Holztür mit einem fetten Eisenriegel stehen. »Klingt, als ob da jemand klopft«, sagt sie. Wir schauen uns um. Niemand zu sehen. Vivian legt das Ohr an die Tür. »Ist da jemand?«, ruft sie leise.

»Ja!«, schreit eine helle Stimme panisch. »Hilfe!« Jemand donnert hektisch an die Tür. »Wir sind hier drin. Holen Sie uns raus! Bitte!«

Wir schieben den Riegel zur Seite und öffnen die Tür. Zwei junge Frauen stehen verängstigt zitternd in dem Verlies und starren uns an. Sie sind beide blond und zierlich. Ich habe ihre Gesichter schon mal gesehen. In der Zeitung.

»Seid ihr Kim aus Koblenz und Julia aus Remscheid?«, frage ich. Die beiden nicken. »Und wo ist die Dritte, Marion?«

Kim fängt an zu weinen. »Er hat sie geholt«, flüstert Julia.

Plötzlich höre ich wieder das Knacken der Fledermäuse, diesmal näher. Und jetzt wird mir klar, dass wir aus gutem Grund nicht alleine sind. Die entführten Mädchen müssen ja von irgendwem bewacht werden.

»Los«, schreie ich, und auf mein Kommando rennen die zwei aus der Zelle. Ich lasse sie vorbei. »Vivian, ihr folgt mir gleich«, rufe ich, und als die Mädels draußen sind, verwandele ich mich in eine Fledermaus. Das ist unsere einzige Chance, hier raus zu finden. Ich flattere vor den dreien her. Vivian hat die Arme von hinten um die beiden Mädels gelegt und rennt mit ihnen hinter mir her. Und jetzt ist es wirklich nicht mehr zu leugnen. Ganz offensichtlich hat auch Vivian eine Vampirkraft entwickelt, denn ihre Geschwindigkeit ist nicht von dieser Welt! Sie schafft es sogar, die beiden Mädchen mitzuziehen, ja, fast zu tragen. Mit jedem Schritt schnellen die drei meterweit nach vorne. Mein übermenschlicher Orientierungssinn führt uns sicher durch das Labyrinth. Schon ist die Treppe nicht mehr weit, doch da merke ich, dass die Fledermäuse die Verfolgung aufgenommen haben. Ihr knatterndes Rufen klingt wie ein Trommelfeuer. Sie kommen von überallher. Doch dank Vivians Geschwindigkeit haben sie uns noch nicht erreicht! Sie zieht die beiden Mädchen mit Leichtigkeit die Stufen hoch, am obersten Treppenabsatz fliege ich einen Looping, und als ich hinter ihnen bin, verwandele ich mich zurück und husche auch noch schnell durch die offene Stahltür. Vivian donnert sie hinter uns zu und dreht den Schlüssel um. Das war knapp! Schon poltert es an der Tür, jemand stemmt sich von innen dagegen, und ich sehe, wie die schwere Tür sich in den Angeln bewegt.

Ich will weiter Richtung Vorderausgang fliehen, aber Vivian schüttelt den Kopf. »Hier lang!«

Wir spurten zum hinteren Teil des Gebäudes. Da kracht es hinter uns. Das kann nur die Tür gewesen sein, die aus der Verankerung gerissen wurde. Ich schaue mich um. Fünf Vampire stürmen hinter uns her.

»Leni, du wartest hier und kommst dann nach«, befiehlt Vivian knapp, und in dem Moment weiß ich, was sie vorhat. Ich bleibe am Rande der Baugrube stehen, Vivian zieht die beiden Mädels nach rechts, lässt sie in sicherem Abstand stehen und saust weiter Richtung Betonmischer. Ich drehe mich um, scheinbar ganz willfähriges Opfer für die Verfolger. Sie geifern wie Bluthunde, und ich muss mich wirklich zwingen, nicht panisch zu flüchten.

Das sind bei weitem die hässlichsten Vampire, die ich je gesehen habe: grobschlächtige Untote mit langen Klauen, wulstigen Stirnen und Reißzähnen wie Säbel. Irgendwie sehen sie halb verwest aus in ihren langen schäbigen Mänteln, die nur noch aus verdreckten Fetzen bestehen. Ich möchte nur eines machen: rennen, rennen und nochmals rennen. Sie galoppieren auf mich zu, noch zehn Meter... Bitte, Vivian, ich hoffe, du weißt, was du tust! Noch fünf... Ich höre es zäh plätschern. Noch drei, noch zwei und *wusch!* Ich springe nach hinten in die Grube und verwandele mich im letzten Moment in eine Fledermaus, fliege senkrecht nach oben und sehe, dass die tumben Typen in die Grube stolpern, geradewegs in den frischen Beton rein, der weiter aus dem Betonmischer quillt, ein Schwall dicker Brei, der sich wie ein klebriges Leichentuch auf die Vampire legt und sie unter sich begräbt.

Vivian klettert aus dem Betonmischer und geht zu den Mädchen, die sich ängstlich aneinanderklammern. Zum Glück ist es eine mondlose Nacht, so dass sie sicher nicht alles erkennen konnten, was passiert ist.

»Los, kommt«, sage ich, und wir laufen auf dem Matschweg am Gebäude vorbei zum Haupteingang. Niemand ist zu sehen, doch als wir an einer Art Bauwagen vorbeikommen, geht die Tür auf, und vier Bauarbeiter, angeführt von Peter Hamann, kommen heraus. Sie tragen orange Overalls, die an Sträflingskleidung erinnern, und ihr schlafmütziger Gesichtsausdruck und der schlurfende Gang legen die Vermutung nahe, dass sie weder freiwillig noch gerne ihrer Tätigkeit nachkommen. Wahrscheinlich sind sie wie Vivian und ich zum Gemeinschaftsdienst abkommandiert worden. Umso besser. Was wir jetzt nicht gebrauchen könnten, wäre ein übermotivierter Strebertrupp, der sofort merkt, dass hier was nicht stimmt. Vivian und ich gehen vor, die Mädels dicht hinter uns. Ich bin froh, dass die beiden sich ganz offensichtlich im Schockzustand befinden, der ihre Haut blass und ihren Puls kaum hörbar macht. So merkt ein wenig aufmerksamer Vampir nicht, dass sie lebendige Menschen sind. Während die Bauarbeiter ohne Regung an uns vorbeischlurfen, bleibt Hamann stehen. »Wer ist das denn?« Er deutet misstrauisch auf die beiden Mädchen.

»Das sind unsere Dekorateurinnen«, sagt Vivian im Gehen. »Sie wollten wissen, wo sie die Plastikpalmen aufstellen können. Ach, könnten Sie uns bitte das Tor aufmachen?«

Schon sind wir an Hamann vorbei. Hamann nickt und sieht uns nach. Wir zwingen uns, normal weiterzugehen. Schließlich kann es sich nur noch um wenige Minuten handeln, bis die Bauarbeiter das Desaster in der Grube entdecken. Aber wir erreichen den Wagen, ohne dass das Chaos hinter uns ausbricht. Und tatsächlich hat Hamann das Tor geöffnet. Vivian tritt so fest aufs Gas, dass der Kies aufspritzt. Mit einem richtigen Kavaliersstart rasen wir los. Gerade noch rechtzeitig, denn im Rückspiegel sehen wir plötzlich Hamann brüllend und wild gestikulierend hinter uns her rennen. Viel schlimmer ist jedoch, dass das Tor sich wieder zu schließen beginnt.

Vivian schreit: »Festhalten!«, und wir donnern gerade noch so eben durch die Lücke. Ein hässliches Knirschen ertönt – das war der Torflügel, der die rechte Autoseite zerbeult hat. Das wird Sandra nicht freuen, so viel steht mal fest. Nach etwa hundert Metern biegen wir auf die Landstraße und brausen Richtung Köln.

Sobald wir die Kölner Stadtgrenze passiert haben, lassen wir die Mädchen in der Nähe eines Taxistands raus.

»Danke«, stammelt die größere der beiden.

»Keine Ursache«, sagt Vivian, dann sind wir wieder allein. Einen Moment schweigen wir.

»Woher wusstest du eigentlich, wie man einen Betonmischer bedient?«, durchbreche ich die Stille.

»Ach, das habe ich schon x-mal im Fernsehen gesehen«, behauptet sie.

»In was für einer Sendung lernt man denn so was?«, frage ich. »In Germany's Next Top-Mafiosi?«

Vivian kichert ein bisschen. Aber dieses Mal bleibt selbst uns ein hysterischer Lachanfall im Halse stecken. »Die armen Mädels«, sagt Vivian ernst. »Hoffentlich ist diese Marion wenigstens ein Vampir geworden.«

»Ja, bestimmt«, sage ich und nach einer Pause: »Und was machen wir jetzt?«

»Tja, normalerweise kommt jetzt der Teil, wo man den Verbrecher mit seinen Taten konfrontiert und ihm klarmacht, dass man ihn durchschaut hat. Aber ich bin dafür, das zu überspringen. Der Höllenfürst ist ganz offensichtlich nicht nur gefährlich, sondern auch noch pervers.« Vivian macht eine kurze Pause. Nicht auszudenken, dass sie sich beinahe in ihn verliebt hätte! »Wir sollten einfach direkt zur Königin gehen, die Beweise auf den Tisch legen und dann warten, was passiert«, sagt sie.

»Genau.«

»So können wir der Königin aber nicht unter die Augen treten. Lass uns vorher schnell nach Hause fahren und die schlammigen Klamotten loswerden.«

Wir schließen die Tür auf. Alles ruhig, stellen wir erleichtert fest. Plötzlich geht meine Zimmertür knarrend auf. Vivian und ich hüpfen entsetzt zur Seite.

»Hallo«, sagt Sandra.

»Mann, hast du mich erschreckt«, motze ich. Dann starren Vivian und ich sie entgeistert an.

»Sapperlot«, entfährt es Vivian. »Was um alles in der Welt hast du dem Friseur gesagt?«

»Gut, was?« Sie dreht sich stolz. Die Haare sind zurückgekämmt und enden im Nacken in einer lockigen Welle, wie sie nur durch eine intensive Bearbeitung mit Rundbürste und Fön zustande gebracht werden kann. Es sähe total spießig aus, wenn da nicht diese Farbe wäre! »Grace Kelly«, posaunt Sandra stolz heraus. »Diese Frisur kommt nie aus der Mode! Hat Udo Walz gesagt, hat mein Friseur gesagt.«

»Aber Grace Kelly war *sonnen*blond«, sage ich.

»Na und? Platinblond ist die Königin der Haarfarben! Das wird immer Trend sein.«

Sie schaut bewundernd in den Spiegel. Sie scheint noch nicht ganz kapiert zu haben, dass ihre Farbe viel mehr Platin als Blond ist, denn der Friseur hat ganz offensichtlich die Silberspülung ein paar Minuten zu lang draufgelassen, vielleicht auch ein paar Stunden. Damit ist sie nur ganz knapp am Omablau vorbeigeschrappt. Vivians Mundwinkel zucken verdächtig. Und auch ich muss mir das Lachen verkneifen.

»Was ist, Bobtail-Kopf?«, faucht Sandra.

»Nichts, Golden G…, äh pardon, *Silver* Girl«, keife ich zurück.

»Okay, Leute«, sagt Vivian, »wir haben Wichtigeres zu tun, als zu streiten. Sandra, hast du noch die Akte?«

»Logo«, sagt sie und hält sie hoch.

»Gut, dann schnell saubere Klamotten an und ab zur Kön…«

Pang! Pang! Pang!, donnert es an die Tür. Wir erstarren. »Vivian, machen Sie auf«, schnaubt der Höllenfürst grimmig.

»Hilfe!«, rufe ich panisch.

»Lasst uns abhauen!« Sandra guckt sich hektisch um. Vivian zuckt mit den Achseln. Es gibt hier leider keinen Hinterausgang, das wissen wir nur zu gut.

»Lass uns einen Schrank vor die Tür schieben«, schlage ich leise vor.

»Das nutzt doch nichts. Du weißt doch, wie stark er ist«, flüstert sie zurück.

»Ich weiß, dass Sie da drin sind«, frohlockt Ture höhnisch, »und ganz ehrlich, diese Tür muss ich noch nicht mal einschlagen, die kann ich auch wegpusten.«

Dieser Blödmannsvermieter! Hätte er doch nur die Sicherheitstür genehmigt. Jetzt sind wir geliefert. Obwohl ich Vivian anflehe, es nicht zu tun, geht sie zur Tür und macht auf. Ture marschiert herein, packt Vivian am Arm und wirft sie aufs Sofa, als wäre sie so leicht wie eine Tüte Popcorn. Mit dem Finger zeigt er auf mich und dann neben Vivian. Ich gehorche und setze mich zitternd neben sie.

»Sie haben also eine Akte aus dem zentralen Identitätsregister mitgehen lassen?« Er mustert mich feindselig.

»Ja«, antwortet Vivian für mich und hebt trotzig das Kinn.

Ture durchbohrt Vivian mit seinen Regenpfützenaugen, die heute zu Eis erstarrt sind. »Weiß Ihre Freundin denn nicht, dass das streng verboten ist?«, fragt er mit frostklirrender Stimme. Er ist eindeutig nicht der cholerische Killertyp, sondern ein Psychopath, der kaltblütig mordet.

»Ich gehe mal davon aus, dass das eine rhetorische Frage ist?«, antworte ich, aber er ignoriert mich.

»Ich brauche sie zurück«, verlangt er und kommt wie eine hungrige Raubkatze auf uns zu. Vivian und ich klammern uns verängstigt aneinander. Hinter ihm löst sich Sandra, die sich neben einem Schrank an der Wand versteckt hatte, aus ihrer Deckung und schleicht Richtung Tür. Sie wird doch wohl jetzt nicht abhauen und uns im Stich lassen? Würde mich ja nicht wundern. Doch zu meinem großen Erstaunen greift sie sich vom Sideboard die Bling-Dynastie-Vase und pirscht sich von hinten an Ture ran.

»Ach ja?«, schreit Vivian. »Zu spät! Wir wissen alles! Wir kennen die Masche! Testamente fälschen und alles dem ›Forschungsinstitut‹ vermachen.« Bei Forschungsinstitut malt sie Anführungsstriche in die Luft. »Und dann die armen Mädchen …«

In dem Moment knallt Sandra ihm die Vase auf den Kopf, und er sinkt bewusstlos in sich zusammen.

»Gute Qualität«, sagt Sandra anerkennend angesichts der heil gebliebenen Vase.

Tures mächtiger Körper liegt regungslos am Boden. Wir starren ihn an. Ein ohnmächtiger Höllenfürst ist ungefähr so harmlos wie ein sibirischer Tiger, der gerade ein Nickerchen macht.

»Wir müssen ihn pfählen«, flüstert Vivian.

»Ja«, sage ich, »aber womit?« Ich hole schnell unsere Krimskramskiste aus dem Regal. »Mmhh, die Essstäbchen sind zu dünn, der ungarische Zierkochlöffel zu stumpf … Vielleicht das hier?« Ich halte einen unterarmlangen fünffarbigen Buntstift hoch, an dessen Ende sich eine Diddlmaus festklammert. »Ich müsste ihn nur anspitzen«, überlege ich und befühle die abgebrochene Mine. Vivian zieht verächtlich die Augenbrauen hoch. »Na gut«, sage ich und schmeiße das nutzlose Ding zurück in die Kiste.

»Warum kannst du auch nicht einmal etwas Vernünftiges kaufen, wie eine Kollektion Holzpflöcke zum Beispiel«, mault Vivian.

»Da fällt mir was ein!«, rufe ich und renne in mein Zimmer.

»Was willst du denn damit?« Vivian und Sandra glotzen entsetzt, als ich zurückkomme.

»Wieso?«, gebe ich zurück. »Der Stab ist aus Holz und hat eine Spitze.«

»Leni, das ist ein *Sonnenschirm!*«

»Wenn du eine bessere Idee hast, Miss Schlaumeier, dann immer her damit.«

»Nein, hab ich nicht«, muss Vivian zugeben. Sie nimmt den roten Sonnenschirm mit den weißen Punkten und betrachtet den unteren Teil des Stabs, der angespitzt ist, um ihn in den Sandboden stecken zu können. »Es könnte funktionieren«, murmelt sie.

»Zum Glück habe ich die Nostalgieversion genommen«, sage ich zufrieden. »Es gab den gleichen Schirm mit einem Metallstab, aber da hat mir das Muster nicht so gut gefallen.«

Vivian hält die Spitze probehalber über Tures Brust.

»Und wie geht das jetzt?«, plappert Sandra. »Muss man den jetzt einfach in sein Herz rammen, oder wie? Ich kenne das ja nur aus dem Fernsehen.«

»Meinst du, wir haben so was schon mal gemacht?«, fragt Vivian gereizt.

»Hey, hätte doch sein können, dass man das auf der Vampirschule lernt. Konnte ich ja nicht wissen, dass ihr euer Handwerk nicht beherrscht«, gibt sie zickig zurück.

»Wenn du es machen willst, dann bitte schön«, sagt Vivian und reicht Sandra den Schirm.

»Nein, danke«, ruft sie und weicht ihr aus.

»Leni, was ist mit dir?«

Ich schüttele den Kopf. Vivian seufzt.

»Guten Abend, die Damen«, sagt plötzlich eine Stimme. Wir drehen uns um. Ludwig Kowarsch steht in unserer Wohnung, ein Männlein, farblos wie Glas und weich wie eine Wolke, seine unförmige Silhouette umhüllt ein katzenstreufarbener Leinenanzug. »Die Tür stand offen, da war ich so frei«, sagt er.

»Was machen Sie denn hier?«, frage ich ihn verwundert und beeile mich zu versichern: »Brunner hat mich rausgeschmissen, deswegen bin ich nicht zur Arbeit gekommen.«

Seine wulstigen Lippen verziehen sich zu einem spöttischen Grinsen. »Fräulein Leni, mit Verlaub, aber Ihre Vorzüge liegen eindeutig nicht im intellektuellen Bereich. Ich bin wohl kaum hier, weil Sie schwänzen.« Er schiebt sich zwei Schritte weiter, ohne uns aus den Augen zu lassen. »Sie denken doch wohl nicht, dass Ihr kleiner Ausflug in das zentrale Identitätsregister unentdeckt bleiben würde?«

»Nein, sicher nicht«, sage ich beflissen, »aber wir waren aus einem guten Grund da.« Jetzt wird er sehen, dass ich alles andere als doof bin. »Wir haben jetzt den Beweis, dass der Höllenfürst persönlich hinter all den Morden steckt«, verkünde ich. Ich erwarte ein überraschtes Lob oder zumindest eine anerkennende Geste, aber nein, er tut so, als wüsste er das längst.

»Was Sie nicht sagen? Und jetzt, die Damen«, säuselt Kowarsch, »hätte ich gerne die Akte.« Sein Blick fällt auf den regungslosen Ture. »Hoppla, wen haben wir denn da?«

»Ja«, sage ich stolz, »wir haben den Höllenfürst eigenhändig zur Strecke gebracht.«

Er glotzt verdutzt auf Ture. Dann auf uns. Und plötzlich fängt er an, keuchend zu lachen. Es klingt, als käme es direkt aus Satans fauligem Rachen, und geht uns durch Mark und Bein.

»Ihr macht mir Spaß«, japst er. »Ihr denkt tatsächlich, *das* sei der Höllenfürst?« Er zeigt mit dem madenförmigen Finger auf Ture und lacht weiter. »*Hechhechhechhech.*«

Vivian und ich schauen uns erschrocken an. In meiner Erinnerung erscheint Cher, die uns zu unseren Arbeitsplätzen gebracht hat. »Ihnen wird das Lachen noch vergehen. Sie sind beim Höllenfürst eingeteilt«, hatte sie gesagt. Sie hatte nicht gesagt, Ture sei der Höllenfürst. Das haben wir nur angenommen, weil er viel höllenartiger aussieht als dieser schmierige, bleiche Wicht Kowarsch, der zwar ein ekliger Grapscher ist, der aber ansonsten viel zu weich wirkt für Brutalitäten. Große Krähenkacke! Wir haben uns schlichtweg vertan! Wir sind ja solche Deppen!

Ich werfe einen Blick auf unsere vollgekritzelte Detektivwand und auf den Namen des Hauptverdächtigen, den ich nach dem Auftauchen von Ellis Kette durchgestrichen hatte: Ludwig Kowarsch. Immerhin hat er als Chef der Verwaltung alle Möglichkeiten, die Testamente zu fälschen! Auch Vivians Groschen fällt. Sandra schaut uns fragend an, Kowarsch lacht immer noch und haut sich auf die Schenkel. Vivian bewegt sich langsam zu der Vase, die hinter ihm auf dem Boden liegt, sie bückt sich in Zeitlupe, richtet sich auf, während Kowarsch nicht aufhört zu lachen. Doch als sie mit voller Kraft zuschlägt, ist er auf einmal verschwunden, und eine großohrige Fledermaus flattert hoch. Plötzlich tauchen noch mehr Fledermäuse auf, ein richtiger Schwarm mit messerscharfen Zähnen und Klauen an den Hinterbeinen wie Skalpelle. Sie umschwirren und stürzen sich auf uns, attackieren uns, Sandra kreischt, Vivian duckt sich. Ich aber renne zu meiner Krimskramskiste.

»Ihr Idioten«, sage ich, nehme meine elektrische Fliegenklatsche und schlage die Flattermänner wie Squashbälle aus der Luft. Durch den Stromschlag sind sie zumindest kurzfristig außer Gefecht gesetzt. Vivian schnappt sich jede Fledermaus, die runterfällt, und wirft sie in Sandras Beauty-Case. »Welche von denen war Kowarsch?«, schreit Vivian.

»Ich weiß nicht«, rufe ich und donnere der letzten Fledermaus den Schläger an den Schädel. Sie fällt, doch bevor Vivian sie packen kann, verwandelt sie sich. Und wie sollte es anders sein: Es ist Kowarsch. Und er ist sauer. Mit einer Handbewegung schleudert er das Sofa aus dem Weg. Verdammt noch eins. Der Teufel scheißt wirklich immer auf den dicksten Haufen. Jetzt hat er auch noch Riesenkräfte! Kowarschs Gesicht ist eine hassverzerrte Fratze. Vivian, Sandra und ich drücken uns in die Ecke. Wir sind geliefert.

»Wer ist der Kerl?«, fragt Sandra.

»Er ist der wahre Höllenfürst. Derjenige, der die Vampire getötet hat, um sich zu bereichern«, sage ich.

»Derjenige, der die Mädchen entführt hat, um sie zu vergewaltigen und zu beißen«, erklärt Vivian. Zum Glück spart sie sich die Details seiner perversen Taten.

»Ha!«, schreit Sandra auf einmal und geht einen Schritt auf ihn zu. »Nimm mich!«

»Sandra, bist du verrückt?«, brülle ich.

»Wieso?«, sagt sie. »Ich tu wirklich alles – solange ich auch ein Vampir werde!«

Und dieses teigige, hässliche Männchen schaut Sandra abschätzig an und sagt höhnisch: »Nein, danke. Zu alt.«

Dann zieht er aus seinem Jackett eine Handvoll glänzend polierte Holzpflöcke. Gerade denke ich, das war's, da wacht Kasimir Ture auf. Im Nu ist er auf den Beinen, und in atemberaubender Geschwindigkeit packt er sich Kowarsch und wirft ihn gegen unser Regal, das krachend zusammenbricht.

»Endlich erwische ich dich, du Vampirkiller!«, ruft Ture und stürzt sich auf Kowarsch, doch der wehrt den Angriff geschickt ab, und sie verkeilen sich ineinander. Da beide unglaublich stark sind, stemmen sie sich gegeneinander wie zwei ebenbürtige Sumoringer.

»Du hast wirklich erbärmlich lange gebraucht, um durchzublicken«, ätzt Kowarsch.

»Aber dafür bekommst du jetzt deine gerechte Strafe«, sagt Ture, doch plötzlich dreht sich Kowarsch blitzschnell weg, Ture taumelt, und Kowarsch rammt seine Schulter gegen Tures Brust. Der fliegt gegen unsere Wohnungstür, die zerbröselt wie ein Butterkeks. Ture liegt einen Augenblick benommen da, der Höllenfürst springt auf ihn, drückt mit seinen Knien Tures Arme auf den Boden, nimmt einen seiner Nahkampf-Holzpflöcke wie ein Mördermesser in die Hand und sagt gehässig: »Sayonara, Ture.«

Er holt aus ... Da höre ich ein schmatzendes Geräusch, als ob ein Fuß im Matsch versinkt, und der Höllenfürst verharrt wie versteinert mit gehobener Hand. Aus seiner Brust guckt eine Holzspitze. Der Höllenfürst guckt verdutzt.

»Zu alt, was?«, sagt Sandra höhnisch. »Immer noch jung genug, um es mit dir aufzunehmen.« Sie lässt den Sonnenschirm los, den sie ihm von hinten ins Herz gerammt hat. Ein unmenschlicher Schrei entfährt Kowarschs Kehle – laut wie ein Düsenjet und durchdringend wie ein Fingernägelkratzen auf einer Tafel. Es klingt wirklich schaurig. Ture rollt sich unter ihm weg, und Kowarsch kippt mit dem Gesicht nach vorne in den Teppich. Er faucht noch einmal, dann ist er still. Der Sonnenschirm wippt hin und her, schließlich macht es flapp!, und der rote Schirm mit den weißen Punkten klappt sich automatisch auf.

»Jetzt weiß ich, was mir die ganze Zeit gefehlt hat: ein Schirmständer!«, sage ich und kichere erleichtert.

Auch Vivian fängt an zu lachen. Doch dann läuft sie zu Ture, der noch auf dem Boden sitzt. »Geht's wieder?«, fragt sie. Er nickt und steht auf. »Es tut mir leid, dass wir dich, äh, Sie für den Höllenfürsten gehalten haben«, sagt Vivian.

»Wie seid ihr denn bloß darauf gekommen?«, fragt er finster.

»Sie hatten Ellis Kette!«, platzt es aus mir heraus.

»Wie bitte?«

»Elli Canterburys Perlenkette mit dem goldenen Muschelanhänger. Sie haben sie der Königin geschenkt!«, ruft Vivian. »Wieso?«

Ture sieht uns bestürzt an. »Kowarsch hatte sie mir

mitgegeben«, brummt er. »Ich hatte ja keine Ahnung, dass es die Kette eines seiner Opfer war!« Er schüttelt den Kopf. »Aber warum habt ihr mich nicht danach gefragt?«

»Na ja, Sie waren am Anfang ja nun nicht gerade nett«, rechtfertigt sich Vivian. »Eher das Gegenteil.«

Tures Gesicht hellt sich auf. »Okay, da hast du wohl recht. Ich verspreche dir, mich zu bessern. Und ich fange damit an, indem ich dich bitte, mich Kasimir zu nennen.«

»Ist gut, Kasimir.« Vivian strahlt ihn an, er lächelt zurück, und mir wird schon wieder warm. Plötzlich fällt mir auf, dass das immer genau dann passiert, wenn Vivian und Ture sich näherkommen. Was hatte Elli noch mal erzählt? Wahre Liebe zwischen Vampiren ist so selten wie ein Tag ohne Sonne, doch wenn zwei Vampire tatsächlich füreinander bestimmt sind, dann brennt ihre Liebe so heiß wie das Höllenfeuer. Ich stöhne unmerklich auf. Mir wird klar, dass mit einem Tag ohne Sonne ja wohl die Sonnenfinsternis gemeint ist, und die hatten wir gerade erst. Jetzt haben wir hier tatsächlich auch noch ein Vampirtraumpärchen. Doch leider bin ich nicht Teil davon. Also gut, denke ich mir, wenn es so sein soll, dann haben sie meinen Segen.

»Kowarschs Leibgarde ist hier drin«, sage ich und reiche Ture Sandras Beauty-Case.

»Danke«, sagt er. »Wir hatten ihn schon seit einiger Zeit im Verdacht, doch erst nach dem ersten Einbruch in das Identitätsregister sind wir auf die Idee gekommen, die Akten der Opfer ein zweites Mal zu überprüfen. Denn bei unserer ersten Überprüfung war noch alles in

Ordnung gewesen. Als ich dann noch einmal im Register war, habe ich die Fälschungen entdeckt und herausgefunden, dass er die Testamente mit einer seiner alten Schreibmaschinen geschrieben hatte.«

Ich gebe ihm Ellis Akte. »Wie hat er seine Opfer gefunden?«

»Er hat einfach geguckt, wo es was zu holen gab.« Ture schaut auf den toten Kowarsch. »Dieses habgierige Schwein.«

»Und warum wolltest du noch mal in das Identitätsregister?«, fragt Vivian.

»Ich habe mich angemeldet, um Kowarsch nervös zu machen. Und ihn dazu zu bringen, Beweise verschwinden zu lassen. Deswegen habe ich auch die Überwachungskameras einbauen lassen.« Er schmunzelt. »Da habe ich nicht schlecht gestaunt, als ich euch gesehen habe.«

»Ja, äh, Entschuldigung«, sage ich verlegen.

»Und als meine Leute heute Nacht zu Kowarschs sogenanntem Forschungsinstitut gefahren sind, fanden sie ein paar hübsch einbetonierte Vampire. Das wart auch ihr, nehme ich mal an?«, fragt er. Vivian und ich nicken.

»Da seid ihr mir ja einige Male zuvorgekommen«, grinst Ture. »Keine schlechte Arbeit.«

»Im Übrigen war da noch was ...«, sagt Vivian, »Kowarsch hat nicht nur die Vampire getötet. Er war es auch, der die Menschenmädchen entführt hat.«

»Dieses Monstrum!« Ture schüttelt den Kopf vor Abscheu.

»Zwei konnten wir befreien. Was mit der Dritten passiert ist, wissen wir leider nicht«, sage ich.

»Das werden meine Leute rausfinden!« Ture holt sein Handy raus und geht in Vivians Zimmer, um zu telefonieren.

Plötzlich wackelt der Schirm. Kowarsch bewegt sich! Sandra, Vivian und ich schauen uns erschrocken an. Kowarsch stöhnt dämonisch, er versucht, seinen Kopf zu drehen. Wir sind wie gelähmt. Doch da kommt zum Glück Ture zurück.

»Schnell!«, ruft er hektisch und kniet sich auf Kowarschs durchbohrten Rücken. »Wir müssen ihn enthaupten, sonst geht's gleich wieder los. Habt ihr irgendwas da, eine Axt oder ein Messer?«

Ha! Vivian soll noch einmal behaupten, Homeshopping sei rausgeschmissenes Geld! Mit triumphierendem Blick ziehe ich eine fast beilartige Klinge aus meinem japanischen Messerset und lege es Ture in die Hand, als wäre ich eine OP-Schwester.

»Sehr gut«, sagt er. Dann wende ich mich ab.

Es glibscht und knatscht, und dann fragt Ture: »Tasche?« Aus dem Augenwinkel sehe ich, wie der bleiche Kopf von Kowarsch in einer Jutetasche mit einer Werbung für Rübenkraut verschwindet. Ein paar Tropfen einer zähen braunen Schlacke rinnen aus der Schnittfläche, das ist alles. Zum Glück läuft kein Blut aus, sonst wäre das jetzt eine Riesenschweinerei.

»Was machen Sie denn hier für einen Unsinn?«, ruft schon wieder eine Stimme.

Erschrocken wenden wir uns zum Eingang, wo nur noch ein paar Holzsplitter an die Tür erinnern. Herr Hennes, noch müde um die Augen, aber schon angezogen, fasst entsetzt an die nutzlos gewordenen Scharniere. Nie wieder ziehe ich in ein Haus, in dem auch der Vermieter wohnt!

Schnell springe ich neben Vivian und Ture, und auch Sandra gesellt sich zu uns, damit unsere Beine Kowarschs kopflose Leiche verbergen. Wir versuchen, sie mit den Füßen hinter das Sofa zu schieben. Aber erstens ist der tote Kowarsch so schlaff wie ein nasser Lappen, und zweitens fängt der Sonnenschirm wie verrückt an zu wackeln, als wir die Leiche ein Stück wegschieben.

Vivian geht zu Hennes. »Wir haben doch gesagt, dass wir die Sicherheitstür brauchen«, sagt sie und dreht ihn so, dass er uns nicht sehen kann. Ich ziehe mit einem Ruck den Schirm aus der Leiche, Ture packt sie und wirft sie hinter die Couch.

»Aber das ist noch lange kein Grund, die Tür *rauszureißen*«, sagt Hennes.

»Doch«, sage ich und gehe zu den beiden.

»Wir hatten nämlich Ungeziefer, das durch die Tür reingekommen ist«, behauptet Vivian. Hennes schaut uns skeptisch an. »

Wir mussten sogar einen Kammerjäger rufen«, Vivian zeigt auf Ture, »und er hat gesagt, wir bräuchten dringend eine neue Tür, sonst wären wir hier nicht vor Fledermäusen sicher.«

»Fledermäuse? Sie hatten Fledermäuse?«, fragt Hennes entsetzt.

Wir nicken. »Jede Menge!«, sagt Vivian.

»Seien Sie froh, dass wir nicht die Miete mindern«, sage ich.

Hennes wiegt seinen großen Kopf. »Also gut«, sagt er, »dann bekommen Sie Ihre Sicherheitstür. Aber erzählen Sie den anderen Mietern nichts von Ihrem Fledermausproblem! So, und jetzt brauche ich dringend einen Kaffee!«

»Ede, wir haben gute Neuigkeiten. Du kannst auf Gut Strigoi bleiben«, verkündet Vivian am Telefon. Sie hat es auf Lautsprecher gestellt, so dass ich mithören kann.

»Das ist ja wunderbar«, ruft Ede ausgelassen.

»Und der Mörder von Elli hat seine gerechte Strafe bekommen. Er ist tot«, sagt Vivian.

»Teufel sei dank, mich hat der Gedanke ganz krank gemacht, dass er davonkommen würde!«, sagt Ede bitter. Er fügt leise hinzu: »Sie fehlt mir sehr.«

»Uns auch«, seufzt Vivian.

»Auch wenn ich nicht immer, nun, einverstanden war mit dem, was sie gemacht hat …«, er räuspert sich, »so habe ich sie doch bewundert für ihre Courage.«

»Deine Mutter war wirklich eine tolle Frau«, bestätigt Vivian.

»Und jetzt, wo alles geklärt ist, kann ich endlich nach Berlin reisen«, sagt Ede erleichtert. »Ich werde Ellis Asche am Ufer des Wannsees verstreuen, dort, wo auch die Asche ihrer Tänzerin ihre letzte Ruhe gefunden hat.«

»Das ist schön, Ede!«, ruft Vivian. »Sie würde sich sehr darüber freuen.«

»Vielen Dank an euch beide«, sagt Ede. »Ohne euch hätte ich nicht gewusst, was ich machen soll.«

»Sehr gern geschehen, Vampirpatenonkel«, sagt Vivian lächelnd. »So, Ede, und jetzt müssen wir gleich los. Wir haben eine Audienz bei Ihrer Majestät.«

Sie verabschiedet sich und legt auf. Ich habe mich inzwischen fertig angezogen und sitze auf dem Sofa, das wir wieder an seinen ursprünglichen Platz geräumt haben.

»Hey, Leni, ist das nicht super?«, ruft Vivian aufgekratzt und tanzt zu ihrem Kleiderschrank. »Wir haben den Fall gelöst, ich habe einen neuen Freund *und* eine neue Vampirkraft!«

»Ja, das ist toll«, antworte ich.

»Hättest du das gedacht, dass er überhaupt nicht der Höllenfürst ist?«, fragt sie zum hundertsten Mal. »Ich meine, wie doof sind wir gewesen! Hatten wirklich geglaubt, dass er ein Killer ist! Aber er ist es nicht! Kasimir Ture ist kein Mörder!« Sie fängt an zu lachen, als hätte sie den Verstand verloren.

»Hallo du, hallo ihr, wir sind Ute, Schnute, Kasimir«, singe ich.

»Lass das bitte, Leni.« Vivian kommt in ihrem schicken braunen Wildlederrock und der weißen Bluse ins Wohnzimmer. »Die Uteschnute-Zeiten sind vorbei!«

»Ja gut«, brumme ich.

Vivian beugt sich von hinten über die Sofalehne und umarmt mich. »Und für dich finden wir auch bald einen schmucken Vampir. Bestimmt!«

»Ich will keinen Vampir. Ich will Milo!«, sage ich patzig.

»Milo ist leider weg, Süße. Aber andere Mütter haben

auch schöne Söhne«, versucht Vivian mich zu trösten. Ich antworte nicht und drehe mich weg.

»Er ist doch weg, oder?«, fragt Vivian misstrauisch, stellt sich vor mich und schaut mir ins Gesicht.

»Ja, ist er«, antworte ich und nestele an meiner Bluse herum.

»Sag nicht, du hast was von ihm gehört?«

Ich verdrehe die Augen.

»Leni?«, fragt Vivian ahnungsvoll.

»Er hat mir gemailt, okay? Nur *eine* Mail, mehr nicht. Er ist unerreichbar weit weg, okay? Er genießt in Tarifa das Surferleben am Strand, und ich werde ihn nie wieder sehen. Bist du jetzt zufrieden?«

Vivian stöhnt. »Leni, ich würde es dir von Herzen gönnen, dass du mit ihm glücklich wirst. Aber wenn du Kontakt mit ihm hast, ist das sehr gefährlich. Für ihn. Und für dich. Wenn die Königin das rauskriegt, wird sie sicher verdammt sauer werden.«

»Aber du hast gesagt, du hast ihr Milo ausgeredet«, sage ich mürrisch.

»Das habe ich überhaupt nicht gesagt. Ich habe gesagt, ich konnte sie vertrösten. Das ist etwas ganz anderes. Wenn sie merkt, dass du ihn vor ihr versteckst, wird sie sicher alles tun, um ihn zu bekommen.« Vivian betrachtet mich besorgt. »Du weißt doch, nichts ist so verführerisch wie etwas, das jemand anderem gehört. Besonders für unsere liebe Frau Königin.« Und nach einer kurzen Pause fügt sie hinzu: »Diese kleine machtbesessene Schlampe. Na ja, tu mir einfach den Gefallen, es niemandem zu verraten, ja?«

»Mann, Vivi, ich wollte keine Anzeige schalten, okay? Ich mach das schon.«

»Na gut. Also, fertig?«

»Fertig«, sage ich.

Ture wartet draußen in einer schwarzen Stretchlimousine. Vivian setzt sich neben ihn, und sie halten die ganze Fahrt über Händchen. Es ist unerträglich warm im Wagen, und ich schließe die Augen und stelle mir vor, ich säße unter der Sonne Südspaniens. Wir holen Sandra ab, die sich auch noch aufbrezeln wollte für den großen Moment, und um fünf Uhr morgens passieren wir das Tor zu Schloss Lohenstein. Wenig später stehen wir vor der Königin. Sie betrachtet erheitert Kowarschs Leiche, die wir in unseren alten Flokati eingerollt haben.

»Lecker«, grinst sie, nachdem Ture seinen Bericht über Taten und Ende des Höllenfürsten abgeschlossen hat. »Dieser alte Perversling.« Sie giggelt anzüglich und tätschelt den bleichen Kopf des ehemaligen Jack-Sparrow-Doubles, das schlaff wie entgrätet neben ihr auf dem Sofa liegt. »Und er hat sich dort ein richtiges Sadomasoparadies geschaffen?«, fragt die Königin mit lüsternem Blick. »Das würde ich mir gerne einmal anschauen.«

»Das wird nicht gehen, Eure Majestät«, sagt Ture unbeirrt. »Es wird gerade dem Erdboden gleichgemacht.«

»Oh«, sagt die Königin erschrocken. »Warum das denn?«

»Nun, wir müssen selbstverständlich schnellstmöglich alle Spuren verwischen, so dass uns die bundesrepublikanische Polizei nicht auf die Schliche kommen kann.«

»Ach ja, stimmt ja«, sagt Carla, »wie dumm.« Das

Hermelin springt auf das Sofa, rollt sich auf Carlas Schoß zusammen und schaut uns arrogant an. Einen Moment streichelt die Königin gedankenverloren das Tier, und ich stelle fest, dass ich es trotz seines flauschigen weißen Fells noch abstoßender finde als seine Besitzerin. Ich weiß nicht warum, aber es ist ein kleines Ekelpaket auf vier Beinen. Vielleicht wegen seines anmaßenden Gesichtsausdrucks, mit dem es uns mustert, als seien wir Schmeißfliegen. Oder was Hermeline sonst so fressen.

»Es ist ja nicht zuletzt Euer Verdienst«, sagt Ture jetzt, »dass wir seit über dreißig Jahren keinen Ärger mit den deutschen Vampirjägern haben. Und dass das so bleibt, dafür arbeiten Eure Untertanen jeden Tag. Und ich möchte hier auch noch einmal ausdrücklich den Einsatz dieser drei Damen hervorheben, ohne die wir dem Höllenfürsten nicht das Handwerk gelegt hätten.«

»Richtig, richtig, Ture. Nun denn«, verkündet die Königin in unsere Richtung, »da ihr euer Versprechen gehalten habt, sei euch eure kleine unfeine Aktion mit dem Torero verziehen.« Dann schiebt sie mit einem dämonischen Grinsen ein »Vorerst« nach. »Denn«, sie hebt drohend ihren Finger, »aufgeschoben ist nicht aufgehoben.«

Wir nicken gehorsam.

»Wo ist der Torero jetzt?«, fragt die Königin harmlos und krault das Hermelin, das uns nicht aus den Augen lässt.

»Er ist verschwunden«, sage ich schnell.

»Er ist nicht mehr in Deutschland«, sagt Vivian.

»Und wir haben absolut keine Ahnung, wo er ist«, beteuere ich und bemühe mich, das Hermelin nicht anzugucken, denn irgendwie denke ich, dass es mich durchschaut.

Carlas Augen verengen sich zu Schlitzen. »Das rate ich euch auch.«

»Äh, wir haben da noch ein dringendes Anliegen«, sagt Vivian hastig und schiebt Sandra nach vorne. Die Mundwinkel der Königin zucken, und ich weiß nicht, ob das ein gutes oder ein schlechtes Zeichen sein soll.

»Mit Verlaub, Eure Majestät, hier ist das, was ich Euch versprochen habe«, sagt Sandra und holt eine Palette Lidschatten hervor. »Ich habe es Euch ja schon mal erklärt: Schlupflider können wunderschön aussehen, wenn man sie richtig schminkt. Wie man an Claudia Schiffer zum Beispiel sieht.«

»Die hat auch Schlupflider?«, fragt die Königin verwundert.

»Aber ja«, sagt Sandra und nähert sich mit gezücktem Make-up-Pinsel. »Wenn Ihr erlaubt?«

Die Königin nickt, und Sandra macht sich an die Arbeit. Kurz darauf bewundert sich Carla im Spiegel. »Fantastisch! Wirklich fantastisch!« Sie klatscht in die Hände wie ein Mädchen, das sich an Karneval als Prinzessin verkleiden durfte. Dann guckt sie Beifall heischend in unsere Richtung. Wir bestätigen ihr, dass sie wunderschön aussieht.

»Können wir dann jetzt?«, frage ich aufgeregt.

Die Königin nickt huldvoll, lehnt sich zurück und sagt: »Dann zeig mal, was du drauf hast.«

Ich drehe mich zu Sandra. »Also gut, Sandra, dann wirst du jetzt ein Vampir.«

»Endlich!«, sagt sie begeistert.

»Aber ehrlich gesagt hatte ich gedacht, du würdest dich vorher noch rasieren.«

»Wie rasieren?«, fragt Sandra irritiert. »Ich hab doch die Beine rasiert!«

»Ich spreche doch nicht von den Beinen. Ich meine dieses lange fiese Haar!« Ich zeige auf ihre Wange.

»Was? Wo?«, ruft sie hektisch.

»Da, direkt neben den schwarzen Stoppeln über der Oberlippe.«

»Was?« Sie befühlt hektisch ihren Mund und das Kinn. Ihr Blutdruck steigt. Die Ader auf ihrer Stirn fängt an zu pochen.

»Mir sind auch diese Koteletten noch nie aufgefallen. Sind die neu?«

Sandra schnappt nach Luft. Ihr Puls rast. Ich höre das Blut rauschen wie einen Wasserfall. Meine Zähne sind jetzt voll ausgefahren.

»Ich meine wirklich, du hättest dir ein bisschen mehr Mühe geben können. Meine Güte, mit dem Damenbart siehst du aus wie eine alte Klavierlehrerin.«

»Ahh«, kreischt Sandra, »ist das wahr? Ist es zu spät? Bin ich schon zu alt?«

»War doch nur ein Witz«, sage ich lässig. Und dann beiße ich zu.

Danke

an Valesca Schober von Scripts for sale für die entscheidende Idee – ohne Dich wäre es ein gänzlich vampirloser Roman geworden!,

an meine Agentin Petra Hermanns für die tatkräftige und inspirierende Unterstützung,

an meinen Freund Clemens Gersch fürs Probelesen und ehrliche Kritisieren,

und an meine Lektorin Anne Tente für die gute Zusammenarbeit.

Und ein außerordentlicher Dank an meine drei – ihr seid die Besten!

Jana Voosen

»...witzig, chaotisch und voll Gefühl ...«
Brigitte Young Miss

»Jana Voosen schreibt zum Wegschmeißen komisch.«
Prisma

»Mit viel Humor und amüsanten Seitenhieben auf die Herren der Schöpfung.« **Westdeutsche Zeitung**

978-3-453-40658-2

Er liebt mich ...
978-3-453-40122-8

Venus allein zu Haus
978-3-453-40466-3

Mit freundlichen Küssen
978-3-453-40571-4

Zauberküsse
978-3-453-58037-4

HEYNE